Two Romances

Carlos Maynes
and
La enperatrís de Roma

Critical Edition and Study of Two Medieval Spanish Romances

by

Anita Benaim de Lasry

Vassar College

Juan de la Cuesta

Newark, Delaware

The large decorated capital letters which
begin each chapter have been reproduced from
Juan de la Cuesta's stock of decorated type
used in his original seventeenth-century Madrid
print shop. We are indebted to Professor R. M.
Flores of the University of British Columbia for
providing these.

A la memoria de
PEPE BENAIM
cuya inspiración prevalece

Table of Contents

ACKNOWLEDGEMENTS

WISH TO EXPRESS my gratitude to several individuals for their generous assistance during the course of the present study: Professor B. B. Thompson, in particular, for his guidance and stimulating advice throughout all stages of the work, as well as for his patient checking of the English; Professor S. G. Armistead, for his encouragement and helpful advice on a section of the manuscript; Professor A. D. Deyermond, for reading selected portions of the manuscript and offering invaluable counsel; my friend and colleague Professor Patricia Kenworthy for her helpful comments on Chapter IV; Professor F. Martínez-Bonati for his critical advice on the section dealing with the analysis of the romances; Professor J. Ferrante for her constructive suggestions; the editor, Professor T. A. Lathrop, for his editorial skill, and especially for his friendly attitude which was very helpful; Professor P. Silver for his pertinent criticism and generous advice. In addition, I am much indebted to Professor J. E. Keller for his words of encouragement and his recommendation of the manuscript for publication. I most gratefully acknowledge their help, but I am solely responsible for the contents of this book.

Finally, I most gratefully acknowledge the encouragement and financial support provided by the Salmon Fund through the Research Committee of Vassar College.

✣ 1 ✣

State of Scholarship on the Romance Genre

OMANCE IS THE TERM used to describe medieval fiction. There have been various studies about individual romances, but no work discusses early Spanish romances as a genre, or analyzes the romance as representative of the genre in order to study its characteristics. In fact, the romance has been generally disregarded and needs an extensive amount of critical work. The present chapter will give an account of previous research on the romance, and will also give reasons why this genre has been overlooked.

A. D. Deyermond, in an article detailing the characteristics of the romance,[1] defines it as:

> ...a story of adventure, dealing with combat, love, the quest, separation and reunion, other-world journeys, or any combination of these. The story is told largely for its own sake, though a moral or religious lesson need not be excluded, and moral or religious connotations are very often present. A commentary on the meaning of events is normally given, with special attention to the motives of the characters, and descriptions are fairly full. The audience aimed at is generally more cultured than the audience for the epic.
>
> The marvelous is frequently used by the writers of romances, and the world in which the action is set is remote from the audience in time, space or social class, and very often all

I

three.... [The romance] deal[s] with real emotions, reaching (often by the use of archetypal patterns and motifs) very deep levels of emotional experience.

...Verse is the characteristic medium for romances at one stage (usually only one or two types of verses are used in any language), and later tend to be replaced by prose (pp. 233-34).

Northrop Frye, in *The Secular Scripture*, points to the tendency of the romance to polarize its characterizations into heroes and villains:

The characterization of romance is really a feature of its mental landscape. Its heroes and villains exist primarily to symbolize a contrast between two worlds, one above the level of ordinary experience, the other below it. There is, first, a world associated with happiness, security, and peace; ...I shall call this world the idyllic world. The other world is a world of exciting adventures, but adventures which involve separation, loneliness, humiliation, pain, and the threat of more pain. I shall call this world the demonic or night world. Because of the powerful polarizing tendency in romance, we are usually carried directly from one to the other (p. 53).

Daniel Eisenberg gives us two features characteristic of a particular type of romance, the romance of chivalry.[2] First of all, he mentions the pseudo-historicity of the romances of chivalry. He observes that the authors of Spanish romances of chivalry were fully aware of the uncertain status of their fiction. In order to de-emphasize the fictional element, these authors adopted a device which made the work appear to be based upon historical fact, written by an eyewitness, an official chronicler.

After having developed the first characteristic of Spanish romances of chivalry, their pseudo-historicity, Eisenberg notes that a second characteristic, the deliberate inconclusiveness of these works, is closely related to the first. He points out by way of contrast to the romances ("novels") of chivalry, that the modern novel generally arrives at its conclusion and thus ends. However, he remarks, the same is not expected of history, and a historian may conclude his work at his own discretion. Eisenberg notes that the authors of the romances of chivalry were conscious of the inconclusiveness history shows and deliberately increased the artificiality of their works in order to simulate historical writers further. This inconclusiveness he suggests, might have been used as a device to permit the author to continue writing. It was, however, considered a requirement of the genre, and not just related to the author's will or intentions.

Concerning the number of extant romances, Deyermond indicates that without counting the romances in Catalan and Portuguese, as well as the two new categories which appeared in the sixteenth century—the pastoral romance and the descendents of *Amadís de Gaula*—over fifty medieval Spanish romances are extant.

After giving the characterizations of the romance, Deyermond also shows the extent of the need for critical work concerning this genre. He deplores the universal neglect of this important genre by literary scholars, and laments the fact that the romance is seldom mentioned in Spanish literary histories. The most famous works are often analyzed, but nearly always in isolation, not as the representatives of a genre. The lesser-known works are not found in most histories of literature, and when they are, it is only as an item in a list of similar works. Deyermond points out that some of the texts exist in editions which were acceptable according to the norms of the time in which they were edited, but need new editions. Others have been poorly edited, or have no modern editions at all. As Eisenberg notes in the preface to his edition of *Espejo de Príncipes*, some romances have not been reprinted since their first edition, and thus are found only in several libraries.[3] He goes on to say: "Hasta muy recientemente, los que querían conocer los libros de caballerías se veían limitados a los textos del tomo 40 de la *Biblioteca de Autores Españoles*, el *Amadís de Gaula* y las *Sergas de Esplandián*" (*Espejos*, I, p. lxxxiii). Even those romances found in the *Biblioteca de Autores Españoles*—volume 40 of the *BAE* and volumes 6 and 11 of the *NBAE*—are now out of print and are not easily accessible.

Deyermond remarks that while most of the French and English romances are available in scholarly editions, only a few of the Spanish ones have been edited with the advantages of modern transcription techniques of paleography. The minor romances have seldom been studied and the general outlook is one of neglect.

Deyermond also studies the causes of such neglect and points out that since the extant romances far outnumber the total number of epics, including the lost ones which are known through the chronicles, it cannot be due to lack of material. He does not accept a lack of quality as a possible cause. Nor does he attribute the cause to the fact that most of these works are were not originally written in Spanish but are rather adaptations from the French. He points out that

Middle English romances, like the Spanish, are very frequently derived from foreign sources, yet the English romance has not suffered scholarly neglect as has the Spanish. He remarks that the fact that medieval Spanish lacks a term for "romance" is not a reason for ignoring the genre, since it is known that medieval terminology is notoriously imprecise. Eisenberg also comments on the problem of terminology. He indicates that in Spanish, the term "historia" had to share a number of functions mostly in the sixteenth, but also in the seventeenth and eighteenth centuries ("Pseudo Historicity," 254). Deyermond lists the various Spanish words used to describe romances in nineteenth- and twentieth-century criticism (244).[4] While trying to suggest a Spanish term, Deyermond finally selects "libro de aventuras."

He suggests that a possible cause for the lack of critical attention to the romance is a psychological barrier which existed at the end of the nineteenth century, explaining that due to the influence of the Generation of 1898 there was a revaluation of the country's past. Spain's history, language and literature were interpreted through old national characteristics. Therefore, since that time, the uniquely Spanish has been related to the realistic and the popular, and these qualities have been considered the most desirable in works of art. This belief is, according to Deyermond, the cause of the avoidance of areas of Spanish literature which stress Spain's European heritage and lack of local realism. As such, the romance with its pan-European settings, indeed origins, and its less than realistic personages and deeds, is then to be expected to fall short of the aspirations set in motion by the influential Generation of 1898.

Discussing the difficult beginning prose fiction had in general, Eisenberg's article suggests that "one of the causes for this difficulty is that it represented the Renaissance's most radical departure from classical literary models, and it was rejected by purists and theoreticians until it had been established for generations, if not for centuries" (253).

His study is an important contribution to the critical work on the romance in that it clarifies the origin of the use of the term "historia" for a particular type of romance—that of chivalry—and shows that it was not randomly used. Since, as was mentioned, the Spanish language lacks a word for "romance," it is necessary to define the meaning of the substitute words used to designate the genre.

After studying the causes for such neglect, Deyermond examines the consequences. He finds that this neglect has led to four serious consequences: 1) many romances worthy of being studied are virtually unknown, 2) scholars have been impaired by the unawareness of a general tradition of medieval Spanish romance with which individual works could be compared, 3) if the genre of the romance is not known and thus romances are thought to pertain to another genre, the critic will look for certain features in them which are not characteristic of their rightful genre, 4) the general outline of literary history has been distorted (244).

It is relevant, at this point, to explain Deyermond's system for classifying romances. He shows that since the aims of the Spanish and French romance writers are substantially the same, the Spanish works fall into categories similar to the French ones.[5] He then quotes the familiar lines where Jean Bodel, in his *Chanson des Saxons*, classified romances into three branches, which he called "matières" (235). We find the "matière de Rome"—works whose action is set in classical antiquity, the "matière de Bretaigne" or Arthurian romances, and the "matière de France" or the Carolingian group. The "matière de Rome" is, as Deyermond points out, an important element in medieval Spanish literature, not only in quantity, but also in quality. (Included in it are the *Libro de Alexandre*, the *Libro de Apolonio*, and the *Historia troyana polimétrica*.) The Arthurian romances, or "matière de Bretaigne," are almost as significant in quantity. Deyermond remarks: "In quality, however, they cannot compete with the *Libro de Alexandre, Libro de Apolonio,* or *Historia troyana polimétrica*" (235). Finally, he indicates that the "matière de France," or Carolingian group, is less important, though it does include some Spanish works, such as *El noble cuento del enperador Carlos Maynes*.

England also has its branches of romances based on national themes which, as Deyermond observes, has been classified as the Matter of England. In most cases, these romances have an Anglo-Saxon original.[6] Other non-English romances are nominally set in England but are represented in Spain, as for example *Guillaume d'Angleterre,* which has two separate Spanish versions.[7] As Spanish national themes are mostly dealt with by the epic and the ballad, there is no Matter of Spain as such. According to Deyermond, however, since most of the medieval Spanish romances cannot be classified within any of the Matters listed, they are usually called "novelas" (or "libros de caballerías") even when they have little or nothing to do with chivalry. Deyermond's one-line descriptions for a few "non-chivalric" romances are especially valuable. Some have a sentimental theme, as *El conde Partinuples*, a story about the separation and reunion of lovers; others, such as the *Cuento de un caballero Plácidas*, and the two Spanish versions of *Guillaume d'Angleterre*, are about families separated and reunited, but also have connections with folklore as well as with hagiography. Some romances, set in Rome—*Cuento muy fermoso del enperador Otas de Roma, Fermoso cuento de una santa enperatrís*— are Spanish versions (originally composed in France) of the important group which develops the theme of the calumniated woman. Another group, treating the transformations of human beings into animals, is represented by *La historia de la linda Melosina* and the *Caballero del cisne* section of the *Gran conquista de Ultramar*.[8]

Deyermond ends his study by giving some indication of the bibliographical material available to Hispanists who study the romance, opening unexpected horizons to an entire genre virtually untouched. He makes clear that the best way to study romances is as a part of a genre, rather than individually.

Although some romances of chivalry have relations with hagiography, few scholars have made the connection. One of the first was Herman Knust, who, in 1878 published his *Dos obras didácticas y dos leyendas*, which contained an edition and study of sources of the romances *De un caballero Plácidas, Estoria del rey Guillelme*, and *Cronica del rey Guillermo*. He summarizes the first part of *La historia del caballero Zifar* noting that the legend of St. Eustace is its source, whereas the second and third parts have no relation to the legend. Knust also sees a connection between the *Estoria del rey Guillelme*, the *Crónica del rey Guillermo*, and the legend of St. Eustace.

Another critic who—in more recent Hispanic scholarship—tries to make a bridge between hagiography and chivalry in early Spanish romances is John K. Walsh.[9] Walsh remarks that this connection has been suggested before as a principle of the chivalric mode. He briefly discusses the theme of the noble woman, who, because of a false accusation of adultery, is exiled and must raise her sons in the wilds. He mentions *Ursón y Valentín* and the ballad of "Santa Genoveva, princesa de Brabante," both of which include the theme. He finds one or both motifs (the calumniated wife and the separation and reunion of brothers), which are essential in the legend of St. Genevieve, in the Old Spanish romances of the Empress Crescentia and the Emperor Carlos Maynes, and the early portion of *Ursón y Valentín*.

Although Walsh finds elusive the precise connection betwen the motifs of the saints' lives and those of the early Spanish romances which refer to them, he indicates:

> ...it is apparent that many of these romances were conceived as tales within the same fictional designs of certain popular legends, and with characters whose own actions and afflictions were perceived by themselves as refractions of the stories of saints (190).

As an example, Walsh cites the *Zifar* and the romance of Empress Crescentia, in which the protagonists see their own dilemmas as trials parallel to those of St. Eustace. He comments:

> With such declarations they too are absorbed into a tradition where they are counted among those sanctified by suffering. At the most despairing moment, when Crescentia has been exiled and suspected of the murder of her own son,[10] she compares her plight to that of Eustace (190).

Walsh then discusses some studies on the hagiographic sources of the *Caballero Zifar*. He cites Alexander H. Krappe and Roger M. Walker who have dismissed Knust's claim that the tale of St. Eustace was the model for the *Zifar*:

> Both Krappe and Walker have preferred a more detailed and parallel proto-legend, and have cited an Oriental narrative...as an appropriate source. In Walker's thesis, this Oriental original is made all the more plausible by what he construes as a general Near-Eastern stratum at work in the creation of the *Zifar*: names and places are thought to be Arabisms of appropriate symbolic content, and stylistic peculiarities are deciphered as rhetorical calques from Arabic (191).

Walsh does not accept this Semitic source for the *Caballero Zifar*. He finds that Walker's proof is "brilliantly assembled though still not the grand irrefutable appraisal of the *Zifar*" (191).

In order to establish the extent to which hagiographic elements may be used in romances of chivalry, Walsh examines the fictional dragon. He points out that the meeting and ensuing combat of the knight and the giant are often episodes in romances of chivalry. He traces the chivalric dragon back to the legend of St. George, which provides a sufficient narrative source for the elements of the chivalric conflict. He mentions as an example the romance of chivalry *Valentine and Orson*, in which the episode of the dragon is directly influenced by the tale of St. George (192). After giving other examples of giant-dragon encounters and their relations to saints, Walsh concludes by suggesting that at some point, and perhaps throughout chivalric literature, certain motifs and fictional devices were known as episodes from both romances of chivalry and lives of saints.

In order to understand a genre, it is necessary to establish the elements of which it is composed, what themes and motifs are its constants, and what elements of other genres are encountered within it. Walsh's study is important in that it tries to establish a link between two medieval genres-hagiography and romance. He does this mainly through the discovery of themes common to both, and therefore clarifies this aspect of the relationship between the two genres. However, more studies are needed on the subject to determine what other themes and motifs the two genres may have in common.

NOTES

[1] A. D. Deyermond, "The Lost Genre of Medieval Spanish Literature," *HR*, 43 (1975), 231-59.

[2] Daniel Eisenberg, "The Pseudo-Historicity of the Romances of Chivalry," *Quaderni Ibero-Americani*, Nos. 45-46 (1976), 253-59.

[3] Diego Ortúñez de Calahorra, *Espejo de príncipes y caballeros*, ed. Daniel Eisenberg (Madrid: Clásicos Castellanos, 193, 1975), I, xi.

[4] Here Deyermond records Amador de los Ríos' designations as: "ficciones romancescas, tradiciones romancescas, caballeresca leyenda, novela caballeresca, and ficciones de la caballería." He further notes that in the twentieth century critics and literary historians generally use "novela" for a prose romance and "poema" for one in verse.

[5] Deyermond refers the reader to Ian Michael's article ("A Parallel Between Chrétien's *Erec* and the *Libro de Alexandre*," *MLR*, 62 (1967), 620-28) where Michael states that the Spanish and French romance writers had in common a great affection and familiarity with the classical authors. Both were concerned with displaying their erudition. The supernatural was an important element in the works of both. They shared an enthusiasm for dwelling on man's military, social and intellectual accomplishments. Both expressed a sense of pride in their work.

[6] For further information on Middle English romances, see Derek Pearsall, "The Development of Middle English Romance," *Mediaeval Studies* (Toronto), 27 (1965), 91-116.

[7] *Estoria del rey Guillelme*, ed. Herman Knust, in *Dos obras didácticas y dos leyendas sacadas de manuscritos de la Biblioteca del Escorial* (Madrid, 1878), pp. 171-248.
Crónica del rey don Guillermo y de la reyna Bete su mugier, ed. Herman Knust, in the same volume, pp. 302-403.

[8] See A. D. Deyermond, "La historia de la linda Melosina: Two Spanish Versions of a French Romance," in *Medieval Hispanic Studies Presented to Rita Hamilton* (London: Támesis, 1976), pp. 27-65.

[9] John K. Walsh, "The Chivalric Dragon: Hagiographic Parallels in Early Spanish Romances," *BHS*, 54 (1977), 198-99.

[10] The empress is not accused of the murder of her own son, but of the son of the kind gentleman who gave her hospitality. To reciprocate, the empress had taken care of the child.

❧ 2 ❧

State of Scholarship on

Carlos Maynes

and the Santa Enperatrís de Roma

HE FOLLOWING PAGES will outline the essentia
points of previous research on these romances
and on their original Old French sources. In
view of the importance of the theme, it is surprising that relatively few investigators have
examined the genre, and especially the two specific romances that we study here as a part of
the genre.

A. Noble cuento del enperador Carlos Maynes de Roma
& de la buena enperatrís Sevilla su mugier

The story of "Sevilla," as it appeared in the *Noble cuento del
enperador*... (abbreviated here as *Carlos Maynes*)is also found in several
editions of the *Hystoria de la reyna Sebilla* (1498 or 1500, 1532, 1551,
1553, 1585, and 1623). There is also a Dutch version published in
Antwerp between 1500 and 1554. Ferdinand Wolf was the first critic
to study the theme. In 1833, he showed that the *Hystoria de la reyna
Sebilla* (Sevilla, 1532) was a translation of a *chanson de geste* now lost.[1] In
1857, Wolf established that the Spanish and Dutch versions of the
story of "Sevilla" came from the same French sources, a *chanson de geste*
entitled *Chanson de Sebile*. Wolf knew a few fragments of the French
version discovered and published in 1836 by von Reiffenberg.[2]

The lost French original, the *Chanson de Sebile*, was summarized by the monk Albéric des Trois-Fontaines in his *Chronica Albrici Monaci Trium Fontium*,[3] a chronicle from the first half of the thirteenth century containing extracts or summaries of several Old French epic poems.

Albéric's summary the *Chanson de Sebile* is important because, besides telling the plot, it also determines the historical basis of the saga behind the *Chanson de Sebile*. The Latin text clearly mentions the French poem, model for the Spanish and Dutch versions.

Three fragments of the *Chanson de Sebile* are extant, all of them on French alexandrine verse: the one from Mons (126 lines), published for the first time by von Reiffenberg (pp. 611-14); those from the Loveday Library (66 and 67 lines), published by Baker and Roques;[4] and the one from Sion (168 lines), published by Aebischer.[5]

It is important in the present study to establish which passages of *Carlos Maynes* correspond to the different passages of the three fragments, and to explain carefully the significance of of the discoveries made successively by von Reiffenberg, Scheler[6]—who revised and enlarged von Reiffenberg's edition—Baker and Roques, and Aebischer.

The first passage found in the fragment of Mons (in which the thief Griomoart first tells Sebile, Varocher (Barroquer in the Spanish version), and Loys that the hermit of whom he is speaking is the brother of the emperor of Constantinople, and then takes them to the hermitage) corresponds to most of chapter XXXII of *Carlos Maynes*. The next passage of the fragment of Mons relates how Griomoart stole the villain's donkey by putting the owner to sleep through his magical powers. The passage goes on to relate how Griomoart is greeted at the hermitage by Queen Sebile and her company when he appears with the donkey heavily loaded with stolen food and riches. This passage—which would be seen in chapter XXXIV of *Carlos Maynes*— is not found there.[7] The *Hystoria*, however, includes this material.

In 1875, Scheler published the valuable study (see note 6 above) in which he explains that the adventures of Queen Sebile can also be found in a long cyclical poem written in italianized French, entitled *Macaire*—named after the traitor to and persecutor of the queen. This poem is preserved in a manuscript of the fourteenth century in St. Mark's library in Venice (Scheler, 404-25). He explains that this poem, in which the queen is called Blanchefleur rather than Sebile, was first edited by Mussafia in 1864 in his *Altfranzösiche Gedichte aus*

Venezianischen Handschriften (Vienna, 1864), and then by F. Guessard in 1866.[8] Guessard indicates that this italianized poem has a French source, not extant then (p. xv). Scheler then explains that, upon realizing the importance of von Reiffenberg's fragments as the only known sections of the poem about Queen Sebile mentioned by Albéric de Trois-Fontaines, Guessard reproduced them in the appendix of *Macaire*, while proposing a few improvements "qui se présentaient d'elles-mêmes à un philologue quelque peu versé dans la lecture des vieux manuscrits" (Scheler, 406-07). Unfortunately, as Scheler indicates, Guessard did not change the erroneous chronological order under which they were first printed. When the Académie Royale purchased the fragment of Mons, Scheler saw that the text published by von Reiffenberg in 1835 contained misreadings which neither Wolf nor Guessard had seen when they re-edited the fragment. Thus Scheler produced a new edition of the fragment of Mons in which he reproduced the original more accurately than his predecessors. In addition, he coordinated the passages conforming to the development of the poem in the Spanish and Dutch prose translations, and he added seventy-six more lines which von Reiffenberg had not transcribed in his edition.

Scheler's fragments start with von Reiffenberg's last passage, when the king of Hungary was thanking Jocerant for having taken care of Loys. We then have Jocerant's daughter's declaration of love, Loys' refusal, and we come to the added lines, in which the queen, Varocher and Loys decide to leave and in the course of their journey through the forest meet some thieves. This corresponds to chapter XXX of *Carlos Maynes*. Varocher and Loys kill all the thieves except one, Griomoart, who begs Loys for mercy. This corresponds to chapter XXXI. At this point comes von Reiffenberg's first passage, which relates how Griomoart tells the queen and her company that the hermit is the brother of the emperor of Constantinople. Then Scheler's fragment—missing from *Carlos Maynes*—relates the hermit's surprise at seeing people and his inability to give hungry travelers food because of his poverty and how Griomoart offers to provide for them, stealing food and gold through his magic. We then have von Reiffenberg's second passage which relates how Griomoart was welcomed by the queen and her company. The last fragment found by Scheler consists only of the first hemistiches of twenty lines, but as he indicates, it is enough to surmise that it is about the decisions the hermit makes with his niece on the course of action to follow (413).

This is also part of the missing section from *Carlos Maynes*.

Baker edited two fragments of the *Chanson de Sebile* that were found in the Loveday Library. Roques established the correspondences between Baker's fragments and *Carlos Maynes* (using Amador de los Ríos' edition[9]). The first fragment that Baker edited corresponds to most of chapters XVIII and XIX of *Carlos Maynes*, except the first few lines of chapter XVIII, which relate how Aubri's dog, leaving his master's body for the last time, went to the palace, and there tried to attack Macaire (7). The fragment begins when Macaire's relatives want to kill the dog, and the duke of Naimes tells the others not to kill it because they should first find out what the dog had against Macaire. This fragment is interrupted almost at the end of what is chapter XIX in *Carlos Maynes*, where the dog makes Charlemagne understand that they all should follow it, so that they should see its master's body. They all go except Macaire. The second fragment narrates part of the apologue found in chapter XXII of *Carlos Maynes*. This apologue about Merlin is told by the Duke of Naimes to illustrate what should be done to judge Macaire's crime, already revealed. The fragment continues to relate the king's decision about the combat between Macaire and Aubri's dog, and how Macaire tries to avoid the fight without success. This corresponds to part of chapter XXIII of *Carlos Maynes*. Therefore, from the end of chapter XIX to the end of chapter XXIII, *Carlos Maynes* does not have a French equivalent in Baker's fragments. Assuming that *Carlos Maynes* corresponds exactly to the lost *Chanson de Sebile*, Roques estimates that the portion of *Carlos Maynes* from the end of chapter XIX to the end of XXIII would have corresponded to about 130-40 lines in the *Chanson*. Roques concludes that *Carlos Maynes* is a translation of the *Chanson de Sebile* (12).

Aebischer's fragment from Sion corresponds to the end of chapter XLI of *Carlos Maynes* (chapter XLII in the Amador edition), which relates Barroquer's deliverance by Griomoart, and to chapters XLII and XLIII, which relate the king's surprise and dismay upon seeing that his prisoner had escaped, his punishment of the two men responsible for the prisoner, and the dispatch of a messenger to get help from Paris.

The findings of von Reiffenberg, Scheler, Baker and Roques, and Aebischer are important because they give an accurate idea of what the *Chanson de Sebile* must have been like in its entirety through their analysis of its extant fragments. In addition, their conclusions prove that *Carlos Maynes* is a medieval translation of the *Chanson*.

In a study on Queen Sebile, Reinhold Köhler confirms that *Carlos Maynes* is a prose adaptation of the French poem *Chanson de Sebile*.[10] He arrives at that conclusion by verifying that some of the lines of *Carlos Maynes* correspond to the extant fragment of the *Chanson* edited by von Reiffenberg, without any critical apparatus judging the value of the adaptation, however.

Köhler offers an important contribution towards the study of *Carlos Maynes* by suggesting a background of literary history for the placenames and personal names appearing in the Spanish romance. This is indeed useful because the Spanish variants of the names are often very distant from the original ones.[11] Köhler also tries to draw a broader European background for the proverbs found in *Carlos Maynes*.

Until recently, very little importance has been attributed to *Carlos Maynes*. Menéndez y Pelayo classified the work as part of the romanesque decadence of the epic (*Orígenes de la novela*, I, p. cxxix ff.). Bohigas Balaguer, in his *Historia general de las literaturas hispánicas*, agreed with this classification, but, unlike Menéndez y Pelayo, he showed no praise for this work, which he went so far as to call absurd (I, p. 522). *Carlos Maynes* is not even mentioned in recent Spanish literary histories such as Valbuena's and Alborg's. A. D. Deyermond, in his volume on the Middle Ages in *A Literary History of Spain*, cites it in an enumeration of Spanish romances which have been largely neglected by scholars (p. 161), and John K. Walsh mentions it in connection with his study on the affiliations between lives of saints and early romances (190).

Eric Köhler's article is an excellent study on the function of the *villano* in the age of chivalry, and especially in *Carlos Maynes*.[12] He introduces this work—which he dates from the fourteenth century— as one of the oldest courtly romances in the Spanish language. In his article, he points out that the *vilain* of the courtly epic always plays an episodic role. The Spanish reworkings of the courtly literature of France follow their models in this respect. To illustrate this. Köhler quotes a passage from *El baladro del sabio Merlin*, in which Merlin calls the *villano* Dares el Barquito a fool because he considers himself father of the brave knight Tor (234, n. 14). Thus, while investigating the phenomenon of the *vilain* in the *chanson de geste* of the twelfth century as the constant companion and protector of the high nobility,

Köhler points out that there is no older epic with such an important role for a member of the lower class.

Upon examining the historical position of the *villano* in Castile after the Reconquest, Köhler develops an insight into the reasons why a Spanish author at that time translated the French *chanson* about Queen Sebile and the *vilain* Varocher into Spanish prose.

He believed that the Spanish author wanted to show the importance given to the *villano* because he desired to emphasize the power of the Spanish king by deemphasizing the power of the high nobility in Europe. If a common *villano* could attain such importance, it meant that no nobleman could have so much power, at least not equal to the king's. At the end of his investigation, Köhler asks whether Barroquer served as a model for Sancho Panza. Köhler observes (p. 239) that the decline of Spain, which led Cervantes to the realization that nobility and populace are mutually dependent and that their cooperation is necessary, provides the historical background for the companionship between knight and *villano*, which to a large extent is the real issue of *Don Quijote*.

Köhler then points out that the recourse to the figure of the *villano*, which belongs to the literature of the Middle Ages, could not have been inspired by the courtly romance, because in those romances there was no *villano* as the constant companion of the protagonist. He concludes that the theme of communion of fate between knight and *villano* was formed in *Carlos Maynes*. Cervantes could hardly have known *Carlos Maynes* in the form of the Escorial manuscript, but probably in a later version—the *Historia de la reyna Sevilla*—which, as he indicates, was in all important aspects a copy of *Carlos Maynes*, and was printed in Spain several times in the sixteenth century.

Köhler's article undoubtedly merits the importance which Deyermond gives it ("Lost Genre," p. 242). This article emphatically remedied the prevailing neglect with which the villano was treated by showing the magnitude of his historical and literary significance in this romance.

An extensive study on Queen Sevilla is José Chicoy-Dabán's dissertation, *A Study of the Spanish 'Queen Sevilla' and Related Themes in European Medieval and Renaissance Periods* (University of Toronto, 1974).

A reading of *Carlos Maynes* gives Chicoy-Dabán the impression that it is an abridged text, because some passages are so briefly narrated that the reader cannot get a clear idea of what has happened in the episode. After giving examples from the text, he attributes the abridgement to either the carelessness of the copyist who may have skipped several folios, or the possibility that the text which served as the original or model for MS h-I-13 (which contains *Carlos Maynes*), may have had a lacuna (pp. 14-15).

Studying the relationship between the *Chanson de Sebile* and the other texts he analyzes, Chicoy-Dabán cites Menzel concerning an analogy which Wolf saw between the Sevilla and some other legends, e.g., the *Crescentia* and *Florence de Rome.*

> Wolf had emphasized the Nordic character of the legendary tradi-
> tions related to the *Chanson de Sebile* and tried to explain the
> divulgation, transformation and enlargement of the saga
> throughout the ages. The saga could be a feminine counterpart of
> the biblical story of Joseph, its elements being: (a) a chaste queen
> who is tempted by the king's brother or confidant while the king is
> absent; (b) because of the queen's refusal, the temptor accuses her
> of infidelity to the king; (c) later, with the evident help of God she
> is restored to her former state (p. 54).

To this we must add that in part (c), the queen is not always restored to her former state. In some cases, as for example the *Fermoso cuento de una santa enperatrís que ovo en Roma & de su castidat* (Spanish version of the *Crescentia* romance), the queen prefers giving herself over to poverty and religion rather than returning to her previous place near the emperor on the grounds that, since human beings have failed her, she can only put her complete trust in God.

Chicoy-Dabán gives an extremely detailed, almost line-by-line comparison of *Macaire* and the *Chanson de Sebile* (p. 136). In this section he does not use the fragments edited by Scheler, Baker, and Aebisch-er—because these are very short—but *Carlos Maynes* itself, since it is regarded as a very faithful version of the *Chanson de Sebile.*

His comparison shows that the *Chanson de Sebile* (in the Spanish version, *Carlos Maynes*) is not a translation of the *Macaire* because, besides the fact that the heroine in the *Macaire*—Blanchefleur—has a different name from the one in *Carlos Maynes*—Sevilla—, the *Macaire* has episodes that do not have an equivalent in *Carlos Maynes*. How-ever, some stanzas in the *Macaire* correspond to chapters in the *Chanson de Sebile.*

He also attempts to establish the relationship between *Carlos Maynes* and the texts which contain fully or partially the story of Sevilla, by presenting a chapter by chapter summary of *Carlos Maynes* and its parallel passages in the other versions.[13] Chicoy Dabán concludes that most of the 507 lines of the *Chanson de Sebile* are contained in *Carlos Maynes* and that *Carlos Maynes* often seems a literal translation of the French poem. From the testimony of the monk Albéric, Chicoy-Dabán presumes that, apart from the episodes included in the surviving 507 lines, the French poem represents a version very close to *Carlos Maynes*. He also conjectures that the entirety of *Carlos Maynes* is very probably a close prose translation of the French poem. On the basis of these assumptions, he estimates the approximate length of the poem at roughly 3650-3700 lines. He does not discount the possibility that *Carlos Maynes* may be a shortened prose version of a poem written in Castilian, which would be a close translation of the *Chanson de Sebile*, as suggested by the fact that most of its proper names are of French origin.

Chicoy-Dabán's study is a valuable one because it follows the important theme of Queen Sevilla throughout all its European versions in the Middle Ages and the Renaissance. His extensive research is extremely useful for future studies specializing in any of the different versions of the theme. However, his comparison of *Macaire* and the *Chanson de Sebile* is unnecessarily drawn out. A few examples would have sufficed. Also, his conclusion that *Carlos Maynes* is a close prose translation of the *Chanson de Sebile* had already been proven by Roques.

B. FERMOSO CUENTO DE UNA SANTA ENPERATRÍS QUE OVO EN ROMA & DE SU CASTIDAT

In Mussafia's "Eine altspanische Prosadarstellung der Crescentia-sage," we find his edition of the *Fermoso cuento de una santa enperatrís que ovo en Roma & de su castidat.* This romance is one of the versions of the *Crescentia* legend which treats the subject of the innocent woman accused of adultery and her exoneration after a long series of unfortunate adventures. In his brief introduction, Mussafia enumerates the nine works that the Escorial MS h-I-13 contains.[14]

The *Fermoso cuento de una santa enperatrís*..., which treats the legend itself, is the same as the version found in the *Speculum Historiale*, the compilation of historical material and general knowledge of the period collected by Vincent de Beauvais in 1244 or 1254. Mussafia explains that the *Fermoso cuento* is a translation of Gautier de Coincy's *Conte,* but, as one can read at the beginning of the Spanish version , it was translated indirectly, from a lost Galician translation. Mussafia also mentions another of the nine works contained in MS h-I-13 as second example of a Spanish romance stemming from a French one: the *Cuento muy fermoso del enperador Ottas et de la infanta su fija et del buen cavallero Esmere* is a translation of the Old French *Roman de Florence* which is now lost, and is another version of the *Crescentia romance*.

Mussafia dates the translation (*La enperatrís de Roma*) from the fourteenth century. After citing *Carlos Maynes*—found in the same MS h-I-13—as another example of a translation from a French original, Mussafia explains that *La enperatrís de Roma* is extremely valuable because in the long series of translations from original works found in the Spanish Middle Ages, this is one of the few cases where the original and the translation have both been preserved intact. He explains that it is important to have both the translation and the original intact because there are several translations which are just as exact as *La enperatrís de Roma* but which claim to be original works. These are, in effect, plagiarisms. Conversely, there are original works which claim to be based on sources which never existed.

When Mussafia perceives some textual difficulties on the course of his edition, he quotes the French lines equivalent to the obscure Spanish. This enables him to observe some misinterpretations in the Spanish version, which he indicates.[15]

A. Wallensköld's "Le Conte de la femme chaste convoitée par son beau-frère" is a study of the different versions of the *Crescentia* theme.[16] The characteristics of the tale are first of all that the lover rejected by the innocent woman is her husband's brother. Secondly that the heroine's persecutors, punished by their ailments, are cured by the victim herself, after having confessed their misdeeds. In Wallensköld's summary of the previous findings on the subject, he indicates that only Mussafia's "Über eine italienische metrische Darstellung der Crescentiasage" offered a classification of the *Crescentia* romance (7). The classification proffered by Mussafia was based on the number of persons who were sick and cured by the heroine. In Mussafia's group I there is only one sick person: the brother-in-law; in group II there are four of them, two of whom are the heroine's persecutors; in group III only the two criminals—the heroine's brother-in-law and the murderer—are sick; in group IV there are four criminals sick; the fifth and last group has the four sick criminals of the preceding group and the heroine's husband. Mussafia does not include the Oriental versions of this saga in his classification; he only indicates that they resemble groups IV and V.[17] Concerning the origin of this tale, Wallensköld believes it stems from the Orient, probably from India; but, he adds, "contrairement à l'opinion de Mussafia, elle n'a pas, après sa première introduction en Europe, subi une influence orientale postérieure" (7). However, the original Hindi tale (called *Touti-Nameh*) is now lost. The study then offers a summary as well as a literary analysis of all extant versions. Wallensköld first examines the Oriental versions,[18] and then continues with the Occidental ones. After having studied both the Oriental and the Occidental branches of the story, we perceive that although both branches stem from the lost *Touti-Nameh*, the Oriental branch stems from a revision of the lost *Touti-Nameh*. This revision is also called *Touti-Nameh* (Wallensköld, 8). The Occidental versions differ from the Oriental ones, among other ways, in two characteristics: 1) the imprisonment of the brother-in-law; 2) the elevated status of the husband (he is an emperor or king). These two characteristics must have been present in the old *Touti-Nameh* from which both branches stem, but they are not found in its revision which gave the Oriental branch.

The fact that the "Conte de la femme chaste convoitée par son beau-frère" can be found in an abridged form towards the middle of the twelfth century in Europe (in the *Kaiserchronik*, from about 1150) leads Wallensköld to the assumption that its introduction to Europe must have occurred before the end of the eleventh century (24). The *Gesta Romanorum* and *Florence de Rome* are the two groups of Occidental versions which are closer to their Oriental source, the lost Old Hindi *Touti-Nameh*. Both preserve the theme of the four criminals (the brother-in-law, the murderer, the penitent young man and the captain). Wallensköld examines the first group of versions of the *Gesta Romanorum*, because it is closer to the primitive Hindi version than that of *Florence de Rome*. There are two main editions of the *Gesta Romanorum*: an Anglo-Latin version and a Continental one. The Anglo-Latin version had not been printed at the time that Wallensköld wrote his study. He consulted its manuscript (Brit. Lib. Harl. 2270 [XVth Century], chap. 101; and Brit. Lib. Harl. 5259 [XVth Century], chap 99). This Anglo-Latin version was translated into English; there is an extant manuscript of it (Brit. Mus. Harl. 7333 [XVth Century]) which also gave a version of the *Conte* under the title *Merelaus the Emperour*.[19] The Continental version was first published in 1872 by H. Osterley in his edition of the *Gesta Romanorum*, and in 1890 by W. Dick in his collection of "examples" (Wallensköld, 27, n. 1). Of this last Latin version there are two different German translations.[20]

As mentioned already, the group of versions of the *Gesta Roma-*

norum, and that of *Florence de Rome* are closely related. The versions of the *Conte* included in the branch of *Florence de Rome* are: 1) a French romance from the first quarter of the thirteenth century in alexandrine verse (edited by Wallensköld in the *Société des Anciens Textes Français* series, Vol. LVIII, 1909) of which there is an Old Spanish prose translation published in 1864 by Amador de los Ríos;[21] 2) a French adaptation of the lost primitive version of the romance of *Florence de Rome*, dating from the first half of the thirteenth century (edited by Wallensköld in the same *Société des Anciens Textes Français* series, Vol. LXIV, 1909); 3) a translation in English of the lost primitive version entitled *Le bone Florence of Rome* dating from the fourteenth century or the first half of the fifteenth;[22] and 4) the *Dit de Flourence de Romme*, dating from the beginning of the fourteenth century (edited by A. Jubinal in *Nouveau recueil de contes, dits, etc.* [Paris, 1839] I, 88-117). The common source for all these versions was probably an Old French song, also entitled *Florence de Rome*, dating from the second half of the twelfth century, now lost (Wallensköld, 29).

The Oriental versions, the versions of the *Gesta Romanorum*, and the ones of *Florence de Rome* do not have a direct divine intervention in the story of the heroine. The next group of versions, which Wallensköld calls *Le miracle de la Vierge*, introduces a miraculous feature: an episode where the Virgin tells the heroine—asleep on a prominent rock in the middle of the sea—the way to cure lepers. A characteristic feature of this group is that there are never more than two criminals, the brother-in-law and the murderer.

Then oldest version of the group is preserved in a number of manuscripts from the twelfth century onwards, containing in Latin some anonymous miracles to the glorification of the Holy Virgin. There are four extant versions, called by Wallensköld *Miracle latin A, B, C,* and *D*.[23] The oldest one, *A*, is found in a manuscript of the twelfth century. The second version, *B*, is abridged, and is the one which the famous historiographer Vincent de Beauvais introduced intact in chapters 90-92 of the seventh book of his *Speculum Historiale*. The third version, *C*, is similar to *B* and is known through a manuscript of the thirteenth century. The fourth version, *D*, is in verse. In spite of the fact that it stems from the twelfth century, it is only in the thirteenth century that the *Miracle de la Vierge* became well known due to the popularity of the French monk Gautier de Coincy (1177-1236) and Vincent de Beauvais (1190-1264). Before referring to these, though, Wallensköld mentions a few anonymous collections of tales which contain the *Miracle de la Vierge,* written in French, Dutch and Icelandic (35-37).

In French the *Miracle de la Vierge* is found in three different versions, two in prose and one in verse. One of the prose versions, entitled *De Nostre Dame, qui garda la femme de l'enpereur de plusieurs perilx,* is found in two manuscripts of the XVth century (Paris. Bib. Nat.f. fr. 1805 [fol. 90r-95r] and 1806 [fol. 61r-64r]). The other French prose version is entitled *Faiz et miracles de Nostre Dame* (Paris, Bib. Nat., f. fr. 410 [fol. 15r; XVth Cent.]). The French verse version is entitled *De la sainte empereris qui garissoit les lieprous* (Paris Bib. de l'Arsenal, N⁰ 3516 [fol. 133r-136r] XIIIth Cent.).

The Dutch version was published in 1503 by Hugo Jan Soen van Woerden (*Die miraculen van onse lieue vrouwe,* 1503). There are three different Icelandic versions, published in 1871 by C. R. Unger (*Mariü saga,* 1871, pp. 421-38, 1104-12, and 1112-16).

The version which Gautier de Coincy wrote between 1218 and 1222 in his *Miracles de Notre-Dame* was first published by M. Méon in 1832 in his *Nouveau Recueil de fabliaux et contes inédits* mentioned above. Wallensköld also indicated Mussafia's publication of the Spanish translation of Coincy's version, *La enperatris de Roma* (see note 14 above).

Wallensköld then points out that the Spanish translation of Gautier de Coincy's version of the *Miracle de la Vierge* was not done directly, but through an earlier Galician translation, now lost. Wallensköld examines the possibility that Alfonso X el Sabio's version of the *Miracle,* found in his *Cantigas de Santa Maria* under the title: "Esta é como Santa Maria aiudou a Emperadriz de Roma a sofrel-as coitas per que passou" was based on the lost Calician version (see Walter Mettman's edition (Coimbra, 1959), I, 14-20). The *cantiga* has twenty-six strophes of six lines with a refrain of two lines. In Spain, the story of the *Miracle* is found in two works: first, in the sixteenth century, in Juan de Timoneda's *El patrañuelo* (Valencia, 1567), and second, in a romance by Juan Miguel del Fuego (XVIIIth century), entitled *La peregrina do[c]tora.*

Next Wallensköld examines a group of versions which have in common the fact that the heroine has the name Crescentia, a name used almost exclusively in the scholarly world to designate the *Conte de la femme chaste convoitée par son beau-frère.* Wallensköld objects that the *Conte* has no right to the title *Crescentia* because the latter designates only a very small part of the versions of the *Conte.* This widespread use of a title can be explained by the fact that it is due to the presence of a version of *Crescentia* in the *Kaiserchronik*, published twice towards the middle of the nineteenth century,[24] that our *Conte* became well known. The version of *Crescentia* found in the *Kaiserchronik* stems from 1147. In a brief conclusion, Wallensköld states that this legend is not connected with the other tales where the heroine is a woman unjustly accused by the rejected lover (Queen Sevilla, for example), because although both tales have similarities of plot, it is not the same story. At the end of his study, he adds an alphabetical table of contents of all the different versions he mentions and an appendix in which he publishes some of the versions.

His attempt to sketch the historical development of this legend and to group the versions of the legend according to their points in common with the primitive version is extremely successful.

NOTES

1 *Über die neuesten Leistungen der Franzosen für die Herausgabe ihrer National-Heldengeschichte* (Vienna, 1833).

2 "Über die beiden wiederaufgefundenen Niederländischen Volksbücher von der Königin Sibille und von Huon von Bordeaux," *Denkschriften der Kaiserlichen Akademie der Wissenschaften*, Philosophisch-Historische Klasse (Vienna, 1857), VIII, 183-84, and Frédéric Auguste Ferdinand Thomas, Baron de Reiffenberg, *Chronique rimée de Philippe Mouske, évêque de Tournay au treizième siècle, publiée pour la première fois avec des préliminaires, un commentaire et des appendices* (Brussels, 1836), pp. 611-14.

3 Albertius Trium Fontium, *Chronica Albrici monaci Trium Fontium a monacho novi monasterii Hoiensis interpolata*, ed. Paulus Scheffer-Boichorst, *M. G. H., Scriptorum* (Hanover, 1874), XXIII, pp. 631-950.

4 A. T. Baker and Mario Roques, "Nouveaux fragments de la Chanson de la reine Sibille," *Romania*, 44 (1915-17), 1-13.

5 Paul Aebischer, "Fragments de la Chanson de reine Sebile et du Roman de Florence de Rome conservés aux Archives Cantonales de Sion," *Smed.*, Nuova Serie, 16-17 (1943-51), 135-52.

6 Auguste Scheler, "Fragments uniques d'un roman du XIIIe siècle sur la reine Sebile, restitués, complétés et annotés d'après le manuscrit original récemment acquis par la Bibliothèque de Bruxelles," *Bulletin de l'Académie royale des sciences, des lettres et des beaux-arts de Belgique*, 44e année, 2e série (Brussels, 1875), XXXIX, 404-25.

7 The fact that there is a missing section at chapter XXXIV of *Carlos Maynes* was first noted by Adolfo Bonilla y San Martín, in his edition of the *Cuento del emperador Carlos Maynes e de la buena enperatriz Seuilla*, in *Libros de*

caballerías (Madrid: Bailly-Ballière, 1907), I, 503-33 at p. 521. According to the order followed by *Carlos Maynes*, this passage comes chronologically before the one narrating the identification of the hermit and the one about the theft of the donkey.

[8] *Macaire, Chanson de Geste*, publié d'après le manuscrit unique de Venise, avec un essai de restitution en regard, éd. F. Guessard, (Paris, 1866).

[9] *Noble cuento del enperador Carlos Maynes de Roma e de la buena enperatriz Sevilla su mugier*, ed. José Amador de los Ríos, in *Historia crítica de la literatura española* (Madrid, 1864), V, pp. 344-91.

[10] Reinhold Köhler, "Zu der altspanischen Erzählung von Karl dem Grossen und seiner Gemahlin Sibille," *Jahrbuch für Romanische und Englische Literatur*, 12 (1871), 286-316.

[11] Köhler uses Amador de los Ríos' edition. Following the names he cites, I will note my own reading when it disagrees with Amador's. Here is a section of the names traced by Köhler.

In chapter VI, the name Almerique appears twice as two different persons. Köhler quotes: "el duque Almerique [read Almeric] et Guyllemer de Escoçia, e Gaufer de Ultramar, Almerique de Narbona et el muy buen don Aymes," and he notes that both names Almerique refer to the same person, probably Aimeri de Narbonne. He also indicates that Guyllemer de Escoçia is Gillemer l'escot, or d'Escosse (292). In chapter XV, Köhler relates Castiello de Terrui to Chateau Thierry; Renis to Rheims. In chapter XVIII, he connects Ougel with Ogier de Danemarche and his horse, known in *Carlos Maynes* as Broyefort, with Ogier's Broiefort. Erui [read Corui] is tentatively related to Gui (de Autefoille), Baton to Haton, Grifez de Altafolla to Grifon de Hautefeuille; Terrilar de Nois [read Terri Lardenois] to Thierry l'Ardenois, Simon de Pulla to Simon de Pouille and Galfer Despoliça to Gaufer d'Espolice (293-94). It is important to note that the two last names do not have their counterpart in the *Chanson de Sebile*. In chapter XXXVII, Köhler identifies Proins as the modern 'province' (Seine et Marne) (310). Köhler notes that one should read "Aymes et Ougel a Leni," a reading with which I agree. Leni is traced to Lagny (311).

[12] Eric Köhler, "Ritterliche Welt und *villano*: Bemerkungen zum *Cuento del enperador Carlos Maynes de Roma e de la enperatris Seuilla*," *Romanistisches Jahrbuch*, 12 (1961), 229-41.

[13] P. 138. *Chronica Albrici Trium Fontium* (first half of the 13th century); three fragments of the *Chanson de Sebile*, all of them in alexandrine verse (13th century): the fragment of Mons, those from the Loveday Library, and the one from Sion; *Ly Myreur des histors* of Jean d'Outremeuse (14th century); *Noble cuento del enperador Carlos Maynes*... (MS h-I-13 of El Escorial, end of 14th century or beginning of 15th); MS 3351 of Arsenal Library, Paris (fifteenth century); Dutch version of the *Hystoria de la reyna Sebilla* (between 1500 and 1544); *Storie Nerbonesi* (14th century).

[14] "Eine altspanische Prosadarstellung der Crescentiasage," *Akademie der Wissenschaften*, Philosophisch-Historische Klasse (Vienna, 1866), LIII, 498-562. MS h-I-13 contains:

1. Vita de sancta Maria Magdalena.
2. Estoria de Santa Maria Egipciaca.
3. Estoria del enperador Constantino.
4. Estoria de un cavallero Placidas que fue despues christiano et ovo nonbre Eustaçio.
5. De sancta Catalina.
6. Estoria del rey Guillerme de Inglatierra.
7. Cuento muy fermoso del enperador Ottas et de la infanta Florencia su fija et del buen cavallero Esmere.
8. Fermoso cuento de una sancta enperatrís que ovo en Rroma et de su castidat.
9. Noble cuento del enperador Charlos Magnes de Rroma et de la buena enperatrís Sevilla su mugier.

[15] One of the examples that Mussafia used is unfortunately incorrect. In chapter VII we find: "...nunca fi de tal padre tal ama oviera...." Mussafia reads "fide" rather than "fi de," the apocopation of "fijo de," often found in medieval Spanish texts. For the frequency of this kind of apocope one only has to look to the title of the romance *Enrique fi de Oliva*. Mussafia mistook here the all too common "fi de" for a strong preterite (n. 1, p. 525): "'Fide' sieht aus wie die 3. Sing. eines starken Perfectes (und zwar mit *e* im Auslaute, wie 'pude' III, 22), aber von welchem Verbum? Nur als Vermuthung schlage ich vor: 'nunca vide' ('ich sach') tal padre [que] tal ama oviera...'"

[16] A. Wallensköld, "Le Conte de la femme chaste convoitée par son beau-frère," *Acta Societatis Scientarum Fennicae*, 34 (1907), 1-173.

[17] "Über eine italianische metrische Darstellung der Crescentiasage," *Sitzungberichte der Philosophisch-Historische Klasse, Akademie der Wissenschaften*, LI (Vienna, 1865), 589-692.

[18] Three branches in Oriental versions, all stemming from the Old Hindi *Touti-Nameh*: 1) *Touti-Nameh* (first third of the 14th century), 2) *Mille et une nuits* (from the 14th century), 3) *Mille et un jours* (1710-12). These three classifications are then subdivided into: 1) (a) Nakhchabi's *Touti-Nameh*, and (b) *Histoire de Merhûma* (Turkish *Touti-Nameh*); 2) (a) *Le Cadi de Bagdad, sa vertueuse femme et son méchant frère* or the Montague version, (b) *Le Cadi juif et sa pieuse femme* or the Boulac version, a Jewish version found in the *Maase-Buch*, (c) *La pieuse femme accusée de libertinage*, or the Breslau version, a Tataric version, very close to the Breslau version; 3) A Persian collection of tales, *Al farag Ba'da Alsidda* contains the *Histoire de l'Arabe, de sa femme Ouriya et de son frère*, story which is also found in Pétis de la Crois' *Mille et un jours* under the title *Histoire de Repisma*. There are also three other versions belonging to the third branch of the Oriental versions: 1) Bouillé's drama, *Repisma, essai d'une tragédie domestique*, 2) a Basque pastoral poem, *La Princesse de Cazmira*, and 3) a Greek story, *Von der Frau die Gutes thut und Undank erfährt*.

[19] S. J. H. Herrtage, *The Early English Versions of the "Gesta Romanorum"* (London, 1879), pp. 311-19.

[20] *Fabeln aus den Zeiten der Minnesinger*, trans. Th. J. Bodmer (1757), pp. 262-71. *Kaiserchronik*, trans H. F. Massmann (1864), III, 913-16.

[21] *Cuento muy fermoso del enperador Otas de Roma e de la infanta Florencia su fija e del buen caballero Esmere*, edited by J. Amador de los Ríos, *Historia crítica de la literatura Española* (Madrid, 1864), V, pp. 391-468. It was edited a second time by Herbert L. Baird in *Anejos del Boletín de la Real Academia Española* (Madrid: Aguirre, 1976), XXXIII, 13-126

[22] *Le bone Florence of Rome*, edited by Joseph Ritson in *Ancient English Metrical Romances (London, 1802)*, III, *1-92, and by* M. Wilhelm Viëtor (London, 1893).

[23] *Miracle Latin A:* MS Paris, Bibliothèque Nationale, f. lat. 14463 (fol. 36 r/a; XIIth century). *Miracle Latin B:* MS Paris, Bibliothèque Nationale, f. lat. nouv. acq. 357 (fol. 1; XIIIth century). *Miracle Latin C:* MS Londres, Paris, British Museum, Harl. 2316 (fol. 6r-7v: Nº 12; XIIIth century). *Miracle Latin D:* MS Paris, Bibliothèque Nationale, f. lat. 17491 (fol. 155r; XIIIth century) and 2333A (fol. 119r; XIVth Century).

[24] H. F. Massmann, *Der kaiser und der kunige buch oder die sogenannte Kaiserchronik,* (1849), II, pp. 347-92. J. Diemer, *Die Kaiserchronik nach der ältesten Handschrift der Stiftes Vorau* (1849), I, 347-92.

❧ 3 ❧

French Sources of *Carlos Maynes* and *La enperatrís de Roma*

HIS CHAPTER CONTAINS a comparison of *Carlos Maynes* and *La enperatrís de Roma* with their respective French sources. The purpose of this study is to evaluate the characteristics of the fourteenth-century Spanish prose adaptations of these two twelfth-century French romances. The most significant discrepancies between the originals and their Spanish versions will be divided into interpolations, omissions and misinterpretations or substitutions. These points will be studied as they appear in the text rather than grouped together, because one often finds an omission and an interpolation in the same scene. Furthermore, the adaptation of a poem into a prose romance should be viewed as a whole to get a clearer picture of its literary value as the representative of a new genre. Although the Spanish models of these two French romances follow their versions closely, they cannot be referred to as translations in the modern sense of the word, because they lack the verbal fidelity it implies. Zumthor comments on the idea of "translation" in the Middle Ages, in his *Essai de poétique mediévale* (Seuil, 1972: p. 54):

> Le mot de "traduction" doit être pris ici dans un sens large. Il s'agit le plus souvent d'adaptations fournissant un équivalent approximatif simplifié ou glosé, de l'original...

Carlos Maynes and the Chanson de Sebile

The extant fragments of the *Chanson de Sebile* will be studied according to their place following the succession of events in *Carlos Maynes*, not in the chronological order of discovery. Thus, Baker's fragments, corresponding to most of chapter XVIII and XIX of *Carlos Maynes*, will be analyzed first. Next will come Scheler's edition, in preference over von Reiffenberg's, since the former revised and enlarged the latter's edition. Scheler's fragment corresponds to chapters XXX and XXXI of *Carlos Maynes*. Aebischer's fragment, which corresponds to the end of chapter XLI, and to chapters XLII and XLIII of *Carlos Maynes*, will be seen last.

As we already noted, Chicoy-Dabán makes a comparison of *Carlos Maynes* with the three extant fragments of the *Chanson de Sebile*. Although he does note additions as well as omissions in the Spanish version, he fails to draw any conclusion as to the literary relevance of the discrepancies. An analytical study estimating the nature of the divergencies between the two texts will help evaluate the technique of medieval translation or adaptation.

At the beginning of Baker's first fragment, Macaire's relatives are angry with the Duke Naimes for preventing them from harming the dog. They accuse Naimes of doing wrong to them at Charlemagne's court and explain that the dog wounded Macaire because it had become mad. Thus, the dog's ensuing hatred of Macaire:

> E quant cil entendirent a pou sunt erragez.
> "Par Deu, sire duc Nemes, vous nous contrariez:
> En la cort li Roi forment nos enpirez.
> 5 Cest chen navra Macer, car il eust esragez:
> Espor le chen le het ou de pres ou de vez."

The Spanish counterpart of this scene differs. The accusation of Macaire's relatives (verses 3-5 above) is omitted; instead, they ask don Aymes to give them the dog who wounded Macaire badly.[1]

> Quando ellos esto oyeron, fueron muy sañudos & dixieron: "Señor, dexatnos este can que veedes llagó a Macaire *muy mal en la espalda*." (XVIII)

The translator adds an epithet qualifying the wound, "muy mal," and specifies the part of the body where it occurs, "en la espalda."

At this point there is an interpolation in the Spanish text. In Baker's fragment, Naimes had given the dog to a knight to hold, in order to protect it against Macaire and his relatives, who want to destroy it. In the Spanish version, don Aymes adds a line referring to the dog's hatred of Macaire.

"Amigos, non lo culpedes, bien sabe el can dónde viene ese desamor, o de viejo o de nuevo."

These lines do not have a counterpart in the French poem. The *Chanson* proceeds to relate that Macaire's relatives were all present (v. 11). The Spanish version shows at this point a curse against Macaire's relatives, *"que Dios maldiga,"* which is not found in the original. This curse will often be repeated when the narrative voice refers to one of the villains (the dwarf, Macaire, and his relatives).

Verses 11-15 of the poem list the names of Macaire's relatives who were present at that time. In the list, we find some variants between the names recorded by the model and its prose adaptation. The discrepancies between the five verses concerned and their Spanish counterpart are placed in an interesting pattern. The five Spanish lines will follow the French ones in order to illustrate this pattern.[2]

    La sunt si parent, *Hates de Mondider,*
    E se i fu Malingres *e ove lui* Berenger,
    Faukes e Aloriz, *Ysotard* e Bricher.
    Gefron de Hautefoile *prist un cotel d'ascer;*
15 La vodrunt maintenant demembrer le leverer.

    ý estavan *con él entonçe* sus parientes, *que Dios maldiga:*
    Malyngres & *Corui, Batón &* Berenguer,
    Focaire & Aloris & *Beart &* Brecher,
    Grifes de Altafolla & *Alart de Monpanter*
    que quisieran matar el can de grado ý. (XVIII)

In the Spanish equivalent of line 11, we do not have the second hemistich, formed by the name Hates de Mondider. Instead, we have the curse of Macaire's relatives. The Spanish version of line 12 does not render "E se i fu," but adds "con él entonces" in its equivalent to line 11; it does not show either the words "e ove lui," but adds two new names, Corui and Batón. The name Ysotard, found in line 13, does not have an equivalent in *Carlos Maynes*, but similarly placed, between Aloris and Brecher, is Beart. The second hemistich of line 14 is not rendered. In its place, the Spanish text adds a name, Alart de Monpanter. Line 15 corresponds to its Spanish equivalent, except for the semantic nuance distinguishing the verbs *demembrer* and *matar.* We perceive that each hemistich has its counterpart, even if not trans-

lated textually, and that some words, names or phrases which are
rendered with a different content end with the same sound: "e ove
lui—Corui; Ysotard—Beard; prist un cotel d'ascer—Alart de Monpanter." This unusual type of verbal correspondence it not found at
any other point in the texts.

In the enumeration of the Duke Naimes' friends (vv. 17-18), all
the French names have their Spanish variants, but we find two
additional names in *Carlos Maynes*: el viejo Simón de Pulla and Galfer
Despoliça.

We will now follow the episode of the knight Aubery's greyhound
until its completion in order to appreciate the unfolding of the
technique of heroization that the interpolations in the prose romance
bring about. We will return to Naimes' complaint to Charlemagne
thereafter.

When Naimes saw that Macaire's relatives wanted to destroy the
dog, he shouted to his friends for help, and they all went to kneel in
front of the king. After the listing of don Aymes' friends, the Spanish
version adds a few lines describing the scene.

> Quant Neme de Beivere comensa a hucher,
> Richard de Normandie e Gaufroi e Oger,
> Terri l'Ardinois, Berardz de Mondider,
> Dreit au pié Charles s'en vont agenoiler:
> 20 "Sire dreit emperere, mout nous peut mervailler
>
> Quando el buen duque don Aymes *esto vio,*
> començó a dar baladros, & *metió bozes*
> a Rechart de Normandía, & a Jufre, & a
> Ougel, & a Terri Lardenois, a Berart de Mondisder.
> *& al viejo Simón de Pulla, & a Galfer Despoliça.*
> "Barones," *dixo el duque, "ruégovos por Dios que*
> *nos ayudedes a guardar este galgo." & ellos*
> *respondieron que de todo en todo lo farían.*
> *Entonce travaron del can & leváronlo antel*
> *enperador, e fincaron los inojos antél, e el*
> *duque don Aymes lo tenía por el cuello & fabló*
> *primero, & dixo:* "Señor enperador, mucho me maravillo...(XVIII)

In his commentary to Baker's fragments, Roques infers that this
scene was enlarged in order to explain that Naimes brings the dog to
Charlemagne (8, n. 3). This, however, is not so, because lines 57 and
58 of Baker's fragment show that after the discussion between
Charlemagne and Naimes, the latter seizes the greyhound and takes
it to the king. When the dog saw the king, it stooped in front of him:

Nemes sest le leverer, vers le Roi s'est tornez.
58 Le leverer veit le Roi, vers lui s'est aclinez.

In the Spanish counterpart, don Aymes merely has to let go of the dog for the animal to go towards the king of its own will and sit in front of him.[3] The discrepancy in this scene may have been contrived in order to stress the role of the dog as a hero with human overtones. The translator may have felt that if Naimes had to go and get the dog in order for the animal to play his role before the king—the way it is found in the original—it lessened the acting of the dog to a considerable extent. Thus, he prolonged the scene where the struggle for the dog began (equivalent to French lines 16-17), and made don Aymes get the animal before the discussion, so that once the argument was over, the duke just had to let go of the dog for the animal to start acting on his own, without human interference. This increases the dramatic impact on the audience, which is the goal of the translator, as this study will reveal. We can observe the closeness of the rendition of the first line of Naimes' speech after the interpolation (v. 20). This is another indication that the interpolation is a willed one. This intention of the translator will be confirmed by the consistent interpolations of the Spanish text, all leading to the intensification of the dog's role.

At the point where Naimes reminds the emperor that the dog belonged to Auberi, whom Charlemagne had sent to escort the queen in her exile, between lines 38 and 39, the Spanish adaptation interpolates the following words, emphasizing the close relationship between the dog and his master:

"que este can fue con él, que tanto ha más de un año & sienpre andava con él, que lo non podían dél quitar." (XVIII)

This elaboration of the scene builds up the image of friendship. The parallelistic use of the words "con él" culminate in the phrase denoting the inseparability of man and dog: "que lo non podían dél quitar." After Macaire's protestations of honesty to the Duke Naimes —similarly found in the original and its prose version—Naimes gives him a short answer telling him that he will reserve his judgment for three days (vv. 54-55). The Spanish omits this answer.

At the end of this episode, the French poem briefly describes a scene in which the greyhound tugs at the emperor's ermine robe, in order to lead him to his master's body:

Le leverer veit le Roi, vers lui s'est aclinez,
Devant lui s'agenoille, si s'est mout dementez;
As denz prist son ermine que estoit engoulez,
60 Voluntieris l'en traisist le leverer affilez
Quant li Roi l'ad veü, si plora de pitiez;

The Spanish counterpart prolongs the description of the action.

& el can se fue luego para el rey, & asentóse antél, & començó *de aullar & de se coitar, así que bien entendían que se querellava*. E travó con los dientes en el manto del rey que tenía cobierto, *& fazía senblante que lo quería levar contra la floresta, a aquella parte do su señor yazía muerto*. Quando el rey esto vio, tomóse a llorar de piadat. (XIX)

We can again evaluate the pictorial technique of the Spanish prose version as it elaborates the scene in which the dog is lamenting. *Carlos Maynes* also further clarifies the motives of the dog for pulling the emperor's coat. Although it would seem that the animal's intentions are clear enough, this intensifies the image of a unique friendship. We will often find that the Spanish version does not render the rhetoric tradition of *amplificatio* used in descriptions of the original. Line 60, which serves only to further explain line 59, and the first hemistich of line 58, which restates the second hemistich of line 57, are omitted. The details the Spanish version supplies exhibit a style of narration more suited to prose.

We will now go back to the scene where Naimes speaks to the emperor in the name of his friends as well as in his own. He complains that Charles used to hold them high in his esteem, and that now he does not show them the same regard:

Vous me soleiz mout amer e tenir cher,
Moy e Terri l'Ardonois, Berard de Mondider;
24 Ore ne vous volez mes amer ne priser.

The Spanish version singles out the Duke Aymes in the equivalent scene:

Vós me solíades amar *& llamar a vuestros grandes consejos & a los grandes pleitos, & en las vuestras guerras yo solía ser el primero*. Agora veo que me non amades nin preçiades. (XVIII)

This is yet another example of the technique of amplifying a scene to stress the function of a character. We have already had an example of this procedure in *Carlos Maynes'* characterization of the greyhound.

In order to heighten the moment, the translator specifies the nature of the character's complaint. This gives certain heroic overtones to don Aymes, already emphasized by being singled out, whereas in the *Chanson*, Naimes spoke of himself in conjunction with two other noblemen. Since these two noblemen have their counterpart in the equivalent episode of *Carlos Maynes*,[4] their elimination from the scene does not appear to be an accidental omission.

Baker's second fragment starts towards the end of Merlin's apologue, which Naimes tells the emperor and his company in order to prove that the dog is man's best friend. In *Carlos Maynes*, line 6: "Si m'aï icil sire qu'en croiz fu peinez" is omitted. The suppression of this verse, however, is not detrimental to the line of the narrative, because at this point Merlin is likening his desire to receive the help of the Lord who was tormented on the cross to his belief that his dog is the friend who loves him best, for the purpose of asserting the trueness of this relationship. In the Spanish romance Merlin merely assures Caesar of the love his dog feels for him, without drawing a comparison which may have seemed sacrilegious to the translator.

Roques quotes the Spanish equivalent to the extant portion of Merlin's apologue. He observes that the adaptation is much clearer than the French lines, and allows us to understand the obscure line 12, which ends the episode: "Issi irra Merlin cum vois oï ore avez." (pp. 10-12). In fact, this line comes abruptly after Merlin had finished explaining his relationship with his dog, and the sudden mention of his leaving is not clear. The Spanish adaptation adds that Caesar, in admiration of Merlin's wisdom, has him freed from prison. Merlin thanks him and returns home.

After Merlin's apologue, Duke Naimes says:

> "[S]eignors, ceo dist duc Nemes, entendez mon pensé:
> Jugement vous dorreie, si vous [v]endroit a gré.
> 15 Pus que Aubri n'ad home estrange ne prevé
> Que voille vers Macer combatre el chaump mellé,

The corresponding Spanish passage says:

> "Señores, dixo el duque don Aymes, *por esto podedes entender qué grant amor ha el can a su señor verdaderamente. E por ende, deve ser Macaire rebtado de traiçión & enforcado si le provado fuer." Así fabló el duque don Aymes, commo vos conté.* "Varones," dixo él, "ora oýd lo que quiero dezir, porque de parte de Aubery non ha omne de su linage nin estraño que contra Macaire osase entrar en canpo... (XXII)

It is interesting to note that the lines interpolated in Naimes' original speech constitute a reminder of what the duke wants to prove: the unique friendship between the greyhound and the knight Aubery, which entitled the dog to defend his master. Don Aymes also suggests to his audience a just punishment if the treacherous act were to be proven. The narration of the judicial combat proposed is very closely rendered into Spanish, except for the second hemistich of a few verses: l. 22 "bien fait e asscemé" [a description of the club used as a weapon]; l. 24 "tot a sauveté" [restatement of the first hemistich]; l. 25 "par Deu de Majesté" [instead of invoking God's name, don Aymes says: "yo digo çiertamente," rendering "Donc di jeo" which begins line 26.] It should be mentioned that in the poem, the weapons suggested are a shield (escu), a club (baston quarré), and a thorn branch (baston d'espine) (ll. 20-21), whereas in Carlos Maynes, the thorn branch is omitted.

At the end of the speech, between the Spanish counterpart to verses 27 and 28, don Aymes adds a one-line summary, reminding us of Macaire's deserved punishment for the murder of the young knight, in the event of his defeat in combat: "E si Macaire fuer vençido, aya ende tal gualardón commo mereçió de tal fecho..." (XXII).[5]

The noblemen embraced Duke Naimes, admiring the wisdom of his advice:

> E quant cil l'entendirent, si sunt en piez levé,
> 30 Duc Nemes embracerent e si l'ount acolé

The Spanish version misrenders "embracerent" and "acolé"— which are synonyms— for "llegáronse a él and "gradeçiérongelo."

The examples we have seen thus far exhibit a sophisticated level of narration in Carlos Maynes, as it follows the sequence of events presented by the Chanson adapting them to its own narrative method. The interpolations regarding the dog and don Aymes complete the development of these "characters" in the sense that their description seems to arise from their actions and words alone, rather than from the interpretative device of a narrator.

The narrative voice intervenes at this point to explain that the noblemen tell Charlemagne what they have decided concerning Macaire's judgment:

> Devant le Roy s'en vont, tout l'ount reconté
> 34 Trestout le jugement qu'il ount enorté

In the prose adaptation, don Aymes is again the spokesman, and the narrator adds a brief reminder of what this judgment consisted:

> Entonçe se fueron todos antel rey & *don Aymes* le contó todo quanto dixieran *de cómmo se avían de conbatir el can & Macaire en canpo* ... (XXII)

We note that line 34 has been omitted, following the usual procedure observed in the Spanish text of eliminating or substituting a verse—or a hemistich—when it constitutes a rhetorical device used in poetry to expand a simple statement. We can also appreciate that the translator frequently adds short reminders or additional explanations when the conciseness of the French verse does not lend itself to a style proper to the medieval prose romance.

The episode of Macaire's judgment ends with a moralizing thought on the fairness of God to all human beings:

> 39 Mes Deu qu'onques ne menti bien sout la vérité.

The Spanish equivalent to this line is:

> Mas Dios, *que es conplido de verdat*, que nunca mentió *nin mentirá, & que da a cada uno commo meresçe, o muerte o vida*, non se le olvida cosa (XXII).

The terseness of the French poem comes through once again, contrasting with the Spanish method of developing the original thought. In this case, the repetition of the verb *mentir* in past and future tenses serves to elaborate on the theme of the power of God, and this is reinforced by the antithesis *muerte o vida*.

Charlemagne tells Macaire what the noblemen have decreed. In the enumeration of the weapons permitted, the *baston d'espine* is omitted again (l. 53), as it had been in Naimes' speech. The emperor finished by warning Macaire of his coming punishment should the dog be the victor:

> "Et si le chen vous vaint, jeo di par saint Amenaunt,
> Jeo vous ferai justice tel cum est covenaunt,
> 60 D'escorcher e d'ardoir, d'encroier au vent.

In the Spanish romance, the oath (l. 58) and the crude description of the flaying, burning and hanging of the criminal (l. 60) is omitted. Roques notes (p. 12) that line 60 was inscribed in the margin of the manuscript.

Trying to defend himself against the accusation of murder, Macaire claims that Aubery didn't hurt him any more than his own child: "Que Aubri ne fis mal plus que mon cher enfaunt" (l. 62). The Spanish translator rendered this line somewhat differently: "...Auberi nunca me erró, nin me mató hermano nin pariente." The thought is then completed: "*¿por qué desamor con él oviese?*" (XXIII).

Macaire's indignation when he hears that he will have to engage in formal combat against a dog is built up to a climax in the Spanish version through the interpolation of a variant in the complaint which is introduced in a simple statement before the original query as it appears in the French poem:

> "[S]ire," ceo dist Macer, "por Deu le fiz Marie,
> Ja en serrai ceo honte e molt grant vilanie
> Si me comb[at] e au chen en bataille formie.
>
> *"E desta batalla vos dó ende grandes merçedes, mas de se conbatir con un can un cavallero muy valiente non semeja guisado. E agora me dezit, por Dios, señor, ¿non semeja grant onta & gran villanía de me conbatir con un can en canpo?* (XXIII).

Baker's second fragment ends as Macaire is going to arm himself for the combat. As Roques indicates (p. 12, n. 4), the Spanish version adds, between the lines corresponding to verses 68 and 69, a few words regarding Macaire's terror which is the just punishment of evil behavior.

Scheler's first fragment begins as Joserant has taken Sebile's son, Loys, to the king of Hungary, who thanks him for taking care of his godson:

> 5 "Joscerant," dist li rois, "cent merciz vous an rant
> Qui mon filluel m'avez gardé si longuemant."

The equivalent passage in *Carlos Maynes* shows an interpolation which prolongs the king's words of gratitude:

> "Joserante," dixo el rey, "grandes graçias de mi afijado que me criastes tan luengamente & tan bien, & vós averedes ende buen gualardón si yo bivo."

The Spanish version introduced the detail of the reward which Joserant will get when Loys recovers his rightful heritage. In the *Chanson*, the king of Hungary commands one of his men to teach Loys the games of chess and *table*, as well as all the accomplishments of a knight:

.I. serjant apela qui ot non Elinant,
Et cil s'agenoilla devant lui meintenant:
"Sez tu," ce dist li rois, "que te vois comandant?
10 Que d'eschés et de table aprent bien cest enfant
Et de toz les mestiers q'à chevalier apant."
Et cil li respondi: "Tout à vostre comant."
Sa mere aloit vooir et menu et sovant...

The Spanish version gives:

E el rey | [140a] llamó entonçe un su omne *mucho onrrado* que
avía nonbre Elynant, e díxole: "Mandamos vos que *ayades este*
donzel en guarda, & que lo ensseñedes a buenas maneras, e a todas
aquellas cosas que a cavalleros conviene saber, el axedrez, &
tablas," E él dixo que lo faría de grado, *& así lo fue después, ca más*
sopo ende que otros que sopiesen en su tienpo. E el niño fincó con él, & yva
a menudo ver a su madre...(XXIX).

The Spanish translator inverted the king's orders to Elynant,
placing the one which appeared first in the original—the teaching of
the games—last, perhaps because he considered it of less importance
than the others. He also added that Elynant should take the boy
under his care and teach him good manners. Line 8, in which Elynant
kneels before the king, is omitted. Between lines 12 and 13, the prose
adaptation anticipates the boy's exceptional future achievements. The
Spanish version also elaborates on the good care Joserant and his
wife took of the queen.

This scene is followed by the declaration of love of Joserant's
daughter Elisant to Loys. The young girl claims her love for Loys is
greater than Paris' for Helen (ll. 27-28). The comparison is omitted in
Carlos Maynes. Loys' rejection of Elisant is more moderate in the
Spanish version. In both, Loys starts by saying that he is very poor
while she, on the other hand, is beautiful and rich, and that he is very
grateful to her father for his hospitality which he would reward if
God gave him the power to do so. However, when the moment of
the rejection itself comes, Loy's French counterpart is much harsher:

40 "Ralez vos an, pucele, no soiez pas laniere,
    Gardez vo pucelage, trop me semblez legiere,
    Que ne vos ameroie por tot l'or de Baiviere."

In *Carlos Maynes*, Loys merely says:

"...mas guardatvos, amiga, que tal cosa non me digades, nin vos lo entienda ninguno" (XXIX).

Chicoy-Dabán rightly admits (p. 205) the possibility that the comparison with Paris' love for Helen and Loys' rude rejection "could be intentional omissions by the Spanish translator, who perhaps found them improper." In fact, it seems increasingly evident that the Spanish translator had a definite idea of how the story should be written, what additional explanations or details were needed, and which were superfluous or not adequate for the audience to which they were destined.

After the episode of the rejection, the French original briefly mentions that the young man used to go often to the king of Hungary, in whose court he was loved by all. The Spanish version attaches a series of attributes to the young man which have no equivalent in the original. We can remember the Spanish translator had already forewarned his audience of the young boy's achievements after the king's command to Elynant. The young boy's description at the Hungarian court in both texts is as follows:

Mès Looys n'ot cure d'amer ne druerie
Ainz vet souvent à cort au fort roi de Hongrie;
50 Forment se fist amer de tote la mesnie.

...mas el donzel, que esto non avía cura, ývase para el rey, & servía antél, & dávale Dios tal donayre contra él & contra todos, que lo amavan mucho, & salió tan bofordador & tan conpañero & tan cortés, que todos lo preçiavan mucho (XXIX).

The fragment is interrupted when Varrochier is telling the queen that they have remained at Joserant's house long enough. Scheler's second fragment starts as the thief Griomoart is describing to the queen and her company the children of Richier, emperor of Constantinople, Sebile's father:

".ij. anfanz a moult genz, nus ne porroit trouver
Plus biax an nule terre, si l'ai oï conter:
Li uns est chevaliers, bien set armes porter.
L'autres est une fille, Sebile o le vis cler.

60 Il n'a plus bele dame jusqu'à la Rouge Mer.
Richiers li empereres la fist bien marier,
Car le rois l'a de France, Challemaigne li ber,
Il la prist à moullier, à oissor et à per.

The Spanish counterpart is somewhat briefer. To allow for easy comparison, we have numbered the lines below:

(i)   que ha dos fijos, los más fermosos del mundo.
(ii)   E el uno es cavallero atán bueno que le non fallan par;
(iii) el otro es una fija que es la más fermosa dueña que pueden saber,
(iv)   & tiénela casada con el rey de Françia, a que dizen Carlos (XXIX).

Lines 56 and 57 are succinctly rendered by (i). The second hemistich of l. 57, which does not add anything in meaning, but only the number of syllables and the rhyme needed for the alexandrine verse to be complete, is omitted. Line 58 is rendered by (ii); the semantic contents of the second hemistich are heightened by the addition of a superlative in the Spanish counterpart, "que le non fallan par." The contents of lines 59 and 60 are conveyed in *Carlos Maynes*, line (iii), but with a different image. Chicoy-Dabán writes:

The *Cuento* [*Carlos Maynes*] has omitted the epithets attached to Queen Sevilla, 'o le vis cler,' and to Charlemagne, 'li ber.' Also, the line, 'Il n'a plus bele dame jusqu'à la Rouge Mer,' has been omitted. These omissions seem to indicate that the translator was not using the preserved fragment but another one similar to it (p. 218)[6]

Yet, we have just seen that the Spanish adaptation does have a counterpart of the description of Queen Sebile's beauty. Instead of saying that Sevilla was the most beautiful woman [to be found] up to the Red Sea, the Spanish translator—aware that the poem wrote "Rouge Mer" to rhyme with "vis cler"—may very likely have chosen to say that she was the most beautiful woman one could know [or hear] about. The thought that his version was geared to a different audience may have compelled him to make some changes to which his audience would respond more readily. The epithet used to describe Charles was indeed omitted here. However, since Charlemagne's function in the romance is not a particularly heroic one, it is possible that the translator may not have wanted to ascribe the attribute "ber" ('valiant') to a man who had exiled his pregnant wife on an unjust cause without listening to her appeals of innocence.

The semantic contents of line 61-63 are conveyed by line (iv). Line 63, which is a rhetorical amplification of the two preceding lines ("oissor" and "per" are synonyms of 'moullier," meaning 'wife') is omitted.[7]

The recounting of the way to the hermit's house is faithfully rendered into Spanish, except for the omission of line 71, which describes Varrochier as an old grey haired man (*Carlos Maynes* will refer to his "cabellos canos" in Chapter XLV), and the interpolation of some visual motifs, such as the fact that he always walked in front of the queen (the motif of walking in front of the queen is also found in Chapter XIII when Barroquer leads Sevilla to Hungary).

They arrive at their destination and Loys announces to the hermit that they have killed the thieves. In the poem, Loys asks the hermit for his hospitality somewhat abruptly after his news about the highwaymen:

90 "Sire," dit Looys, "nes alez mès doutant,
   Fet en avons jostise en ce bois là devant;
   Deingniez nous hebergier huimès por Dieu le grant."

Perhaps in an effort to smooth transitions, the Spanish rendition places the equivalent of this line after Loys has introduced himself and his company, in reply to a question by the hermit. *Carlos Maynes* also modifies the original narration by adding praise of the hermit to his visitors for their worthy deed. In the poem, the hermit expresses his wonder that in thirty years he has not seen anybody who has not wound up being destroyed by thieves.

96 Fors que toz ne tornassent à grant destruiment

In the Spanish version, the hermit says he has not seen anybody in thirty years except for them: "fuera a vós solamente," and in his question to Loys about Sevilla's identity he adds that it seems to him that she looks unhappy. The French original does not have this perception on the part of the hermit. This interpolation may be accounted for by the fact that a prose romance can present a character's attitude more exactingly than a narrative in verse form.

Loys' reply informing the hermit is more detailed in the original than in its prose adaptation:

100 "Sachiez qu'ele est ma mere, Dieu en trai à garant,
    Et estevous mon pere Varochier le ferrant;

Cis lerres est à nos, s'en avons fet serjant
Por les chevax garder et nostre atornement."

la dueña es mi madre, non ý dubdedes, & éste es mi padre, que
ha nonbre Barroquer, *muy buen ome;* este otro es nuestro serviente, & *albergadnos & faredes grant merçet & grant limosna* (XXXII).

The French epithet attached to Varrochier has changed to "muy
buen ome." Griomoart is not referred to as a thief, nor does Loys'
Spanish counterpart indicate what precise function they have for him
as a servant. In addition, the request for hospitality is more fitting
after the explanation of who they are, especially since immediately
following this, the hermit observes that he is really too poor to feed
and house them. Loys' reply contains an image of Moses which is not
rendered textually into Spanish:

Si li dit Looys: "Diex qui fist Moïsant
109 Vos donra de son bien, en lui somes creant."

"Señor," dixo Loys, "aquel que lo dio a Moisén en el desierto
nos dará del su bien sy en Él oviermos nuestra esperança"
(XXXII).

The translator may have wanted to clarify the analogy by explicitly referring to the miracle in which God provided food for Moses in
the desert, since that is precisely what they needed. At the close of
the scene, the hermit invites his visitors in:
110 "...Donques venez avant!"

"...Pues venit adelante & *tomad todo quanto yo tengo*" (XXXII).

As we can see, the Spanish version renders the hermit's original
answer, and also adds a line which intensifies the religious man's
generous hospitality.

Scheler's third fragment relates the conversation of the queen
with the hermit. The fragment's twelve lines (111-22) are put into
Spanish with remarkable fidelity. In the *Chanson*, Sebile refers to her
mother (l. 115) as the "franche moullier" of Richiers. It is interesting
to note that the Spanish version gives a name to the wife of Richiers,
emperor of Constantinople—Ledima—whereas the original only
mentions that she is French. A similar omission occurs in the case of
Joserant's eldest daughter, who is not named in the original, and in
Carlos Maynes is called Elysant. Chicoy-Dabán makes a comment about
the addition of the name Ledima: "This change again indicates that
the translator was using a different text from that preserved today,

or at least that he was not using exclusively the preserved text of the poem" (p. 222). Reinhold Köhler points out (p. 209) that the *Hystoria de la Reyna Sebilla* (Burgos, 1553), which follows *Carlos Maynes*, reads "legítima" rather than "Ledima." Since it is known that the *Hystoria* follows *Carlos Maynes* closely, this discrepancy is yet another example of the variants two versions of the same story can present. Lines 120-22 are somewhat trimmed in the Spanish adaptation:

> 120 Or m'en a fors gitée par dit de losengier;
> Par les maus traïtors, cui Dieu doinst enconbrier,
> Les parenz Guenelon, qui Dieu n'orent ains chier.
>
> & echóme de su tierra por mezcla falsa de traidores,
> por los parientes de Galarón (XXXIII).

The general sense, although less intense, is nevertheless preserved. The last of Scheler's fragments narrate the scene of Griomoart's theft of goods, which is missing in *Carlos Maynes*.

The fragment published by Aebischer begins with Loys' joy at the sight of Varrochier. The latter was being held prisoner at Charlemagne's castle Autefuille. Griomoart helped him escape and stole Charlemagne's famous sword, which he presents to Loys. The young man promises the thief a reward. The French oath "par le corz sen Vinçant" (l. 2) is substituted by "si Dios quisier." Lines 4 and 5, containing attributes which describe Varrochier and Griomoart, are omitted:

> Gremoarz li bons leres, qui le cuer ot loial,
> 5 Et Warochiers li prouz, qui cuer ot de vesal

Although these lines are not essential to the line of the narrative, they do characterize Varrochier and Griomoart to perfection. The detail that they returned to the camp on foot is also missing in *Carlos Maynes*.

Whereas the poem abruptly skips from the joy of Queen Sebile and her company at the recovery of Varrochier, to Charlemagne's awakening at Autefuille, the Spanish version has a transition: "*Mas del enperador Carlos vos fablaré & de su conpaña.*"

Lines 35-37, part of the arguments of the noblemen guarding Varrochier to prove their innocence of his escape, are omitted. Lines 43-44 relate Charlemagne's anger at these men:

> Grant duel oit l'anpereres, moult an fait le sanblant;
> 45 Les aucas regardai que cil li vont mostrant.

> Gran pesar ovo el enperador quando le mostraron los fierros
> & las cadenas que tenía Barroquer que allí fincaron (XLIII).

The second hemistich of line 44, describing Charlemagne's angry facial expression, is omitted. We shall see that in this fragment, like in those published by Baker and Scheler, the translator will consistently eliminate the second hemistich of a verse or an entire line when it merely contains an amplification of something previously stated, or when it is a rhetorical expression which does not add any new meaning. As Aebischer points out (p. 149), the word "aucas," equivalent to the Old Spanish "alcayaz" or "alcayde," and the Arabic "al qâid" is mistranslated as "los fierros & las cadenas."

As previously seen in line 2, with the substitution of the oath "par le corz sen Vinçant" for "si Dios quisier," the oath "par le corz sent Amant," (l. 45) becomes "por Dios," and the oath "Foi que doi sent Dienis" (l. 52) is rendered as "par la fe que devo a Dios." The translator is here again providing his audience with a familiar cultural background. Just as he eliminated "la Rouge Mer" in the description of Sebile's beauty, he probably felt that a Spanish audience would respond more sympathetically to an oath in the name of God than in that of Saints known in France. Aside from these cultural differences the correspondence between the French model and its Spanish version is as close in this fragment as we have found it to be in Baker's and Scheler's. We can see, for instance, the translation of lines 45-46, in which Charlemagne is expressing his indignation at the escape of the one who hurt him so deeply:

> "Comant," dit l'enpereres, "par le corz sent Amant,
> Ast vous cil echapez, qui tant m'ai fait dolant?"
>
> "Por Dios," diz el enperador, "¿así vos escapó aquél que tanto mal me ha fecho?" (XLIII).

Line 51, an elaboration of lines 49-50, is omitted. In lines 55-57, Charlemagne asks Naimes and Ogier to hang the three men responsible for Varrochier's escape. The Spanish version mentions "dos falsos malos." In line 57, Charlemagne refers to Varrochier as "le pamier peneant." The translator omits the attribute "peneant," rendering only "el palmero." Aebischer surmises that the translator may not have understood this term (p. 149). However, we have seen that several attributes have been consistently omitted. In line 54, "Nayme le vaillant" is rendered as "don Aymes." In the preceding pages, "li prouz (Varrochier)," "li bon leres (Griomoart)," [Aebischer, ll. 4 and

5], "le viellart" (Varrochier) and "le ferrant" (Varrochier) [Scheler ll. 83 and 101], just to mention a few, have been eliminated. This seems to be a characteristic of the "translation" rather than the possibility that the translator may not have understood these epithets.

Lines 66-70 are summarized, as Aebischer notes (p. 149). Ogier attempts to take a message to the Duke of Normandy to seek help for the emperor. The details of Ogier's arming himself in order to seek help are omitted. *Carlos Maynes* merely has "fuése luego armar." Verses 71-86 describes the scene in which Ogier successfully tries to cross the siege of Autefuille. This scene has its equivalent in *Carlos Maynes*, but in a reduced form. The contents of these lines (71-86) can be divided into four parts: (1) Ogier leaves Autefuille and reaches the plain (71-73); (2) the Greeks see him and command him to halt (74-77); (3) the second order from the Greeks (part three constitutes an amplification of part two, since it is a rewording of the first order) 78-81; (4) Ogier does not reply, but begins to fight. Parts one and four have been rendered faithfully. The two commands of the Greeks to Ogier have been reduced and combined into one. The translator has also added a visual detail (the Greeks pursuing Ougel mounted on their horses) which is a fact more important to a prose romance than a poetical rewording. Since prose narratives lack the verbal harmony of verse compositions, they call for more cinematographic imagery in order to stimulate the interest of the audience. We have noticed, however, that the present fragment has more omissions and abbreviation of scenes than Baker's and Scheler's fragments. A possible reason for this is that nearing the end of the narration, the translator may have been concerned with its length. This may have driven him to try to abbreviate it adequately in its last scenes, perhaps to compensate for his previous interpolations.[8]

When Ogier finally meets the duke of Normandy and tells him about Charlemagne's besiegement, the narrator's impersonal discourse is switched to direct address *in medias res* to finish the report of events:

> De Karlon li contai, ne li vot rien celer,
> 110 Que Grifon ont essis pour lui desineter.
> "Par devant Autefuille vous i covint antrer!"

This abrupt change in the narrative style is rendered in the prose version:

E él le contó de cómmo el enperador de Greçia tenía çercado al rey Carlos en Altafoja con muy grant gente a maravilla, "& conviene que vos aguysedes de lo acorrer" (XLIV).

Although the choice of words of Ogier's request is different in the Spanish version, it is essential to note that the semantic contents of the French lines as well as the sudden switch to direct address, are faithfully rendered into Spanish.

The extent of the fidelity in the rendition of vocabulary, meanings and structure that we have appreciated in examples such as the latter seems to indicate that in spite of the liberties he took with his text, the translator was using the manuscript of the *Chanson* whose fragments are extant.

The duke's reply to Ogier contains an oath, "par le cőrs sent Omer" (l. 113). This oath is also found in line 166: it is omitted from the Spanish on both occasions. The second hemistich of line 117, an attribute the duke uses to describe Loys, "moult est biaus bachelers," is an elaboration of the previous line which refers to Sebile: ".I. bel anfant an ai" and is omitted as well.

In verses 118-19, the duke tells Ogier in the form of a rhetorical question that the king cannot ask him to attack the young prince (to whom he owes allegiance, "Quar il est mes droiz sires," he adds). In *Carlos Maynes*, this is incorrectly rendered by an exclamation of the duke about the improbability of anyone wanting to fight against his own son:

> Voudroit ores li rois, que France ai a garder,
> 119 Que j'alese a l'anfant pour conbatre et grever?

> Mas, ¿quién cuydades que se quiera yr matar con su fijo? (XLIV)

The rest of the duke's comments, lines 121-26, are rendered almost verbatim, as the following example shows:

> Ainz irai a l'anfant pour lui merci crier.
> Il ne me sara je nule riens demander
> 125 Que je tot ne li face pour amor achiter,
> Quar il est mes droiz sires: si ne li doi faser!

> Ante le quiero yr pedir merçet,
> & non me mandará ya cosa
> que yo por él non faga
> ca es mi señor natural (XLIV).

We can see the closeness of the two passages, except for the second hemistichs of lines 125 and 126, which are not rendered, following the usual procedure of the translator. Lines 127-50 are adequately rendered, except for the omission of lines 127, 140 and 143, none of which disturbs the line of the narrative. Line 127 indicates that Ogier heard the duke's words and was moved by them. However, his reply to the duke shows his feelings in the Spanish lines. Line 140 relates that the duke's men and the Parisians armed themselves together and line 143 is a rhetorical rewording of of line 142.

Loys' words to his grandfather's men commanding them to arm themselves (ll. 151-52) are summarized in the Spanish version. The second hemistich of line 151 is omitted, as well as the epithet attached to Charlemagne, which forms the second hemistich of line 152. The narration of the actual combat shows interesting interpolations:

> Grifon se sont armé, ne se vont arestant,
> Es François d'atre part vont lor armes praignant.
> 155 A l'esanbler des oz fu la noise moult grant
> Si a que si duressent, moult alet malemant.

> *El roido fue muy grande por la hueste,* & fueron todos armados muy aýna, *& movieron contra el rey Carlos, & así fezieron los otros contra éstos.* E al juntar, fueron los baladros muy grandes, *& el son de las armas & de los golpes que se ferían & ovo mucha gente muerta de una & de otra parte,* & si mucho en esto demoraran oviera ý muy grant dapño fiero (XLIV).

The Spanish adaptation adds a line about the noise the men made while getting prepared, but it summarizes lines 153 and 154 by saying "fueron todos armados," rather than naming each army. The Spanish text then adds comments about the sound of the weapons clashing, the wounded and the dead, which are not in the original narration of the combat.

In the relation of the aftermath of the combat, the French verse shows an epanaphora (159-60)—or extensive anaphora—which regretfully could not be rendered into prose. The repetition causes an appeasement of the rhythm which exemplifies the end of warfare:

> L'apostoiles i vient, qui les vai sarmonant;
> La bataille ont lesie jusque a l'abe aparant.
> 160 La bataille ont lesie; les oz laisant ester,
> Li François, li Grifon sont alé reposer.
> Les trieves sont donée entre ci qu'a jor cler.

E el Apostóligo veno ý que les sermonó que dexasen la batalla fasta otro dia; e fueron dadas treguas de la una parte & de la otra fasta la mañana *a tienpo de misas dichas* (XLIV).

Line 160 is omitted in *Carlos Maynes*. After the translation of line 162, we have an interpolation defining the time the battle would start again as "a tienpo de misas dichas." Then in a different section of the Spanish text immediately following the equivalent of line 162, we have: "Entonçe se partieron, e el enperador Carlos se fue posar a sus | [150a] tiendas; mas Barroquer, que lo vio..."

The French version of these lines shows once again epithets that the translator failed to render:

En son tré repairai Karlemagnes li berz.
165 Warochiers li vaillar le prant a raviser.

The fragment published by Aebischer ends as Varrochier points to Charlemagne, in order to show him to Loys who is not acquainted with him yet. There are no further discrepancies with the Spanish prose version.

*
*   *

Throughout the comparison of the *Chanson de Sebile* with its Spanish prose version, *Carlos Maynes*, we have observed some numerical discrepancies that would be better evaluated if discussed together. At the point when Charlemagne follows the greyhound to Aubri's body, according to Baker's fragment, ten knights accompany him, whereas *Carlos Maynes* mentions a hundred. Aebischer's fragment points to three men guarding Varrochier in prison, while *Carlos Maynes* has only two. In the original, a hundred Greeks attack Ogier, whereas the Spanish version refers to four hundred. The Duke of Normandy gathers an army of fourteen thousand men. This number, like the number of children of the emperor of Constantinople, corresponds exactly in the prose translation. We notice here a general tendency in the Spanish adaptation to increase the original numbers, and this reminds us of a particular episode in *Carlos Maynes*—the original French has unfortunately been lost, but it is obvious that numbers have been inflated. The scene in question is where Barroquer steals Carlos' horse and rides over to Loys where the Greeks were camping. Furious, Carlos rides in his pursuit, accompanied by "bien quatro mill françeses" (145d) As soon as they arrive at Leni, the emperor asks the townspeople to join his men in search of Barroquer. By dawn the following day, Carlos is followed by "bien trezientos a cavallo" (146a). Barroquer arrives at the Greeks' camp and tells Loys that Carlos is after him heading his army to recover the stolen horse, and estimates their number to "bien son treynta mill" (146a). The authorial voice attempts to account for this increase of the original figure by presenting it in terms of the perception of the character: "los unos vienen delante, e los otros detrás, así como les aturan los cavallos." In spite of this narrative device, however, the audience is unprepared for the inflated number.

It is evident that this numerical discrepancy might have been in the original poem, or that there might have been a detail, omitted by the translator, which accounted for it. However, the liberties that the translator has taken with his text, compounded by the verbal correspondence found in several passages, lead us to observe that if he had been as concerned with numerical fidelity as he has shown himself to be with the style proper to the prose of a *cuento,* he might have taken it upon himself to alter these numbers in order to achieve a high degree of verisimilitude.

*

*   *

Besides these differences of numbers, we also have remarked that the names of persons and places found in *Carlos Maynes* are not always the counterpart of those in the *Chanson.* In his commentary to Baker's fragments of the *Chanson,* Roques publishes some passages of a French prose version of the *Reine Sebile* from the fifteenth century, preserved in MS 3351 of the Arsenal Library in Paris (p. 7). Roques perceives the variants between the names in the fragments of the *Chanson,* their equivalent in *Carlos Maynes,* and MS 3351, and rightly concludes that the discrepancies are not very significant: "Il n'y a pas lieu de s'arrêter beaucoup aux variantes de ces listes de noms" (p. 8, n. 2)

The differences between the last extant fragment of the *Chanson* and its corresponding portion in *Carlos Maynes* lead Aebischer to believe that "le texte français suivi par le traducteur castillan différait partiellement de la traduction manuscrite du fragment de Sion" (p. 149). This is certainly a possibility, but when Aebischer claims as a supporting argument (p. 150) that the details interpolated in *Carlos Maynes* couldn't have been invented by a translator who had otherwise shown such a remarkable verbal fidelity in his work, one must object. In fact, the comparative analysis of the fragments of the *Chanson* and their Spanish prose counterparts shows that the discrepancies at determined passages of the text point in a certain direction. In other words, the vast majority of the changes effected by the translator—interpolations, omissions and substitutions—were commendable in the prose adaptation of a poem because they show a consciousness of what is proper to a specific literary genre, the Spanish prose romance. The stylistic features of the *Chanson de Sebile* that stand out in its extant fragments are extreme concision and brevity. Some of the episodes, in fact, are barely sketched. The Spanish translator appears to have been aware that a prose version needed more details in the narration of its scenes, and that some stylistic devices proper to poetry were superfluous in a *cuento*, or prose romance. The translator also seems concerned about the cultural differences between the audience of his version of the romance and that of the original *chanson de geste*.

We will now list the major differences between *Carlos Maynes* and the *Chanson* and briefly comment upon the value of the changes found in the Spanish prose adaptation.

(1) Verses or hemistiches which were rhetorical devices used to expand simple statements are eliminated

(2) Some brief motifs are added which help visualize a scene.

(3) The transitions between some episodes, occasionally abrupt in the *Chanson*, are smoothed in *Carlos Maynes* through brief interpolations of the narrative voice.

(4) Details added in the description of the main characters result in their exaltation as heroes. The purpose of this stylistic technique may have been to elicit the enthusiasm of the audience.

(5) The interpolation of narrative interventions, mostly consisting of curses against the villains, point to the same goal of having the public identify with the story.

(6) The omission or substitution of oaths and epithets provide a text more appropriate for a Spanish audience, the majority of whom might not have understood analogies or names of saints commonly known in France.

*

* *

As we have already indicated, the textual differences between *Carlos Maynes* and its French source, particularly the variants in names and numbers, do admit the possibility that the translator may have been working with another MS of the *Chanson de Sebile*. However, regarding the discrepancies, one must consider the well-known innaccuracy of medieval translations and remember the verbal fidelity with the original observed in several portions of the Spanish prose adaptation, as well as the fact that most changes found in *Carlos Maynes* seem to share a common objective.

The present comparative analysis leads us to believe that the translator worked with the MS of the *Chanson de Sebile* whose fragments are extant. The translator appears to have been primarily concerned with the effect his version of the story would have on a Spanish audience. The excessive care in order to execute his own idea of the length and narrative technique of a Spanish prose romance may have driven him to neglect the proper rendition of names and numbers. The fact that he equally neglected his use of language,[9] and the lack of evidence of another MS of the *Chanson*, further points to such an inference.

B. LA ENPERATRÍS DE ROMA and L'EMPERERIZ DE ROME

As we have pointed out, *La enperatrís de Roma* was translated into Spanish from a lost Galician translation of Gautier de Coincy's *conte*, *L'Empereriz de Rome*. Since, fortunately, the French original verse romance has been preserved intact, we will be able to compare it in its entirety with our Spanish prose version.[10] It is important to bear in mind, however, that the discrepancies we will find between the two romances may stem from the lost Galician version. The Spanish text is extensively abbreviated. The omissions are, in fact, so numerous, that we will only give critical comments on the significant ones.[11] We also find in the Spanish rendition of Gautier's poem—as in *Carlos Maynes*—the constant elimination of rhetorical amplifications.[12]

 La enperatrís de Roma begins by quoting a Latin *sententia*, "Initiun sapientie timor domini," and then gives its Spanish equivalent: "el comienço de la sabiençia es el temor de Dios" (I). Gautier's *conte* only gives the French counterpart of this Latin saying:

> Que la poor de Dieu commence
> 4 L'inicions de sapience.

The French lines referring to the beauty of body and soul of the empress are abbreviated in *La enperatrís de Roma*:

L'Empereriz la damoisele
50 Par defors fu plesanz et bele
De cors, de braz, de mains, de viz
Et se par dedenz vos devis
La biauté de la bele dame,
Plus que de cors fu bele dame

The Spanish version only refers to her physical beauty in a brief comment: "Mas si fermosa era de fuera, muy más fermosa era de dentro..." (I).
The description of the ideal Christian relationship between husband and wife shows an interpolation in the Spanish adaptation:

100 Doit sougite estre fame à home,
Et li hons doit amer sa fame
Autant com fet son cors et s'ame.

La mugier deve ser sogeta del omne, & *andar a su mandado*, & el omne la deve tanto amar como a su cuerpo & su alma. (I)

The Spanish rendition adds "& andar a su mandado," which gives overtones of servility to the role of women not found in Gautier's poem.
The emperor's decision to go on a pilgrimage is narrated with a few textual differences:

Que volenté l'Emperere ot
De sainz et saintes visiter
120 Par s'ame el ciel fere hériter,
Travaillier volt lou cors en terre
En visiter et en requerre
Par divers liex, par païs mainz
Et loinz et près saintes et sainz.

Que entró el enperador en voluntad *de yr en romería a Jerusalén* & de visitar los santos & las santas porque fuese su alma heredera en el regno de los cielos. E quiso trabajar su cuerpo andando por muchas tierras estrañas *que el alma oviese gualardón* (I).

La enperatrís de Roma specifies "Jerusalén" and elaborates the idea of the reward of the soul, "que el alma oviese gualardón." The Spanish version does not render lines 123-24, which stress traveling to different places in order to worship saints.
When the emperor has left, the story describes the empress' sorrow. The French original portrays her kneeling "a nuz genoz"

(l. 148) before the image of the Virgin. The Spanish adaptation
suffers a slight semantic loss from the omission of the adjective "nuz"
because the idea of the bare knees intensifies the heroine's lack of
concern for her body. However, *La enperatrís de Roma* adds to the
original description of her lamentations "faziendo sus oraçiones." The
sense conveyed by the scene is changed from a grieving wife to a
pious woman offering her sorrow in prayers to the Virgin.

Gautier's poem explains how the devil chose the emperor's brother to try to tempt the empress (ll. 165-71). The narrative voice then
sets forth a general statement about the danger of constant promis-
cuity between men and women. The Spanish text shows a misinter-
pretation here:

> Car il set bien qant près de fame
> Puet junes hons estre à sejor,
> Et il la tente nuit et jor,
> 175 Petit avient qu'ele ne choie

> ...ca él bien sabe quál labor ha el omne mançebo de la muger,
> & cómmo le plaz con ella. Desí començó a tentar la buena
> dueña, así noche commo día, a poco que la non derribó (I).

The original poem did not mention the possibility of the empress
falling into sin; it only made a comment about what would happen to
most women in such a situation. After enumerating the reasons why
the adulterous love of the empress' brother-in-law was to blame, the
narrator points out that the young man was trying to rid himself of
his feelings:

> Par tens se cuide repentir
> Et par einsi contrepenser
> 234 Cuide son cuer veincre et tenser

E por todas *estas cosas que veýa de su fazienda*, pensava de se partir deste
amor & de se callar ende & vencer *la mala cobdiçia de la carne, ca bien
entendía que era vil cosa & mala* (I).

In this example, the original idea is amplified. "Per tans" is rendered as "E por todas estas cosas que veýa de su fazienda." The
meaning of "se repentir" is slightly changed: "de se partir deste
amor." The translator has added the image "vencer la mala cobdiçia
de su carne" to the inicial "son cuer veincre" and he completes the
thought with an interpolation stressing the idea of the evilness of sin:
"ca bien entendía que era vil cosa & mala." The additions of the

Spanish text at this point emphasize the Christian idea of the sin of the flesh through a recapitulation intended to refresh the memory of the audience.

The Spanish adaptation of *L' Empereris de Rome*, as mentioned, tends to abbreviate episodes. The resulting concentrated scenes show the careful attempt to preserve the meaning conveyed by the original, so that the line of narrative is not disrupted. An example of this technique, in which the Spanish lines have been numbered for easy comparison, is:

235 Ne dort en lit, ne ne repose
    Son sens à la folie opose
    Et bien le prueve à li méemes
    Que ses aferes est trop pesmes.
    Sa loicherie blasme et chose
240 Qant pense nis à ceste chose;
    Mès lors que veut, revient folie,
    Si lou deçoit, si l'enolie,
    Tot tient à truffe, et à contrueve
    Qanque reson li mostre et prueve.

(i)   *Todas estas cosas* le mostraban razón
(ii)   e gelo defendían,
(iii) mas quando le venía la follía,
(iv) echávanlo de todo esto
(v)   e teníalo todo por nada
(vi) quantas razones le mostrava su seso (I)

Line 235 is omitted. Lines 236-38 are adequately rendered by i-ii. The model explains that his good sense was opposed to his folly and proved to him that his doings were evil. The Spanish text provided a transition with the past enumeration of motives against sin by reminding the audience of "todas estas cosas" which showed him sense and forbade him [these thoughts]. Lines 239-40, which elaborate the idea of his blaming himself about his debauchery, are omitted. Line 241, in which the "folie" or evil thoughts return, is rendered by iii. Line 242, commenting on the way the "folie" fools and bewitches the young man is omitted. Lines 243-44 are rendered by iv-vi.

The narrator criticizes the young man for falling in love with such a religious woman: "Où tant religion véist" (272) is changed to "en que tanta bondat viese." The Spanish text then adds "nin con quien tanto debdo oviese de bien."

A further example will suffice to demonstrate the translator's concentrating procedure without harming the essential sketch of the narrative:

Respont: Dame, n'est pas mervoille
290 Se ma face clere et vermoille
Est devenue pale et tainte,
Vostre face a la moie estainte
Vostre cler vis lou mien efface,
Vostre biau cors, vo bele face,
295 Vostre valors, vostre granz pris
De vostre amor m'ont tot espris,
Que ne puis vivre ne durer.
Vostre amor me fet endurer
Tant triste mois et tant triste an
300 Que plus sui tristes de Tristan:
Plus vos aim, dame, et plus i bé
Que Piramus n'ama Tybé
Ne que Tristan Yseult la blonde,
Ainz nus amanz qui fust el monde
305 Ne nus vivanz tant n'ama fame
Com je vos aim, ma douce dame.

Señora, non es maravilla sy yo só negro & amarillo, ca tan gran coita me da el vuestro amor & el vuestro paresçer a que yo nunca vi par, que la non puede sofrir nin endurar, ca más vos sé amar que Piramus a Tibes nin que nunca omne amó | [101d] mugier. (II)

The French lines are succinctly rendered: the image of the young man's face losing its color because of the empress' beauty, the enumeration of the empress' attributes, and the analogy with Tristan are omitted.

After the empress' wise words of rebuke, the Spanish version interpolates a brief line describing the tone of her voice: "Todo esto lo dixo ella muy mansamente." In spite of the strong tendency to abbreviate in *La enperatrís de Roma*, several passages display a verbal fidelity which is coupled with an intention to give a certain emphasis. In the following example, the idea that the empress' brother-in-law should seek his pleasure elsewhere is stressed through its restatement.

Vostre déduit allors querez,
Et loins et pres moult troverez
355 Beles dames et bien polies
Où porrez fere voz folies.

Mas vós yd demandad vuestro plazer & *vuestro solaz* allá por dó quisierdes e asaz fallaredes acerca & alueñe dueñas & *donzellas* con qui conpliredes vuestras follías (III).

We can see that except for the omission of the attribute "bien polies," the original is rendered textually in the lines said by the empress to her brother-in-law.

The image of the charcoal and spark illustrating the young man's love (361-64) is omitted. At this point, we have an interpolation—in the oral tradition usually associated with performers of epic poems —in the form of a rhetorical apostrophe from the narrator to the listeners: "¿Qué vós diré ?" In some instances, the narrator uses these comments to refrain from repetitious detail, as in "¿Qué vos diré más? (Chaps. III and XXVI) and "¿Qué queredes más?"

The general statement that a women "qui n'a talent de fere l'uevre" (379)—in other words a woman who lacks the wisdom of the empress—should not listen to a man's words if she is to retain her chastity is not rendered in its entirety:

N'en doit oïr nes la parole
379 Qui talent n'a de fere l'uevre

E por ende de toda mugier que se guardar quier de fazer follía, guárdase de oýr ende las palabras (III).

Line 379, which narrows the advice to women lacking wisdom, is omitted. The Spanish version extends the counsel to all women. This particular discrepancy with the original may have been intentional on the part of the translator.

Most rhetorical effects and plays on words of Gautier's poem disappear in the prose version, probably due to the concern of the translator to abbreviate the original. However, the following example in which a series of paradoxes placed in a sequential order visually portray the disorderly passion of the young man is rendered textually into Spanish:

En dormant veille, en veillant songe,
440 Faus tient à voir, voir à mensonge

Así que dormiendo velava, & velando soñava. La mentira tenía por verdat & la verdat por mentira (III).

When Gautier's poem finished the description of the young man's sickness of love, telling the empress' reaction to what was happening to her brother-in-law, it indicates that she was at a loss: "L'empereriz ne set que face" (448). The prose version probably wanted to stress that she was no longer in constant contact with him and thus interpolates: "Quando esto dixieron a la enperatrís..."

In *La enperatrís de Roma*, the empress is not as explicit in her promises to her brother-in-law as in the French poem:

>   Frere, fet-ele, or n'aiez garde
>   Mès soiez toz reconfortez;
> 460 Bien voi que bon cuer me portez;
>   Et, l'amis douz, bon le vos port;
>   D'or en avant moult grant deport
>   Aurez de moi se vos volez
>   El chaut mal dont si vos dolez.
> 465 Prochain conseil metrai, ce cuit,
>   Se je vos truis saige et recuit.

> "Hermano, ora non temades, mas confortadvos toste, ca yo bien veo que grant bien me queredes & yo a vós otrossí. *Pues, puñad de oy más guarir & de vos confortar, &* yo vos porné | |102d| consejo tanto que sanardes" [emphasis mine] (II)

The ambiguity of the empress' words in the Spanish version is seen particularly in the section which is italicized. These words correspond to verses 462-64 of the poem. The changes found in *La enperatrís de Roma* give to the empress' words an added element of honesty; Lines 473-81 are excessively abbreviated in the prose version:

>   Cele où moult a de loiauté
>   Sot bien que por sa grant biauté
> 475 A cil lou mal qui tant l'argue,
>   Miex que chaut mal ou fievre ague;
>   Moult met grant poine à porpenser
>   A ce qu'ele puist assenser,
>   Et qu'ele à droit chemin l'avoit,
> 480 Por ce que si sovent la voit
>   Set bien ses max moult li agriege.

> Aquella que era leal & entendida, bien sopo que por ella avía él toda aquella coita, e pensó qué podería fazer por que se librase dél sesudamente (III).

Due to its extreme brevity, the Spanish counterpart does not fully convey the meaning of the original. Gautier's poem explains more clearly that the young man's illness stemmed from constantly seeing her beauty, and that in order to be cured he would have to stop seeing her. Furthermore, the empress' concern in the model was caused above all by her brother-in-law's health. The Spanish renders this as a desire to get rid of him: "qué podería fazer por que se librase dél."

The oath "par saint Pharon" (491) is omitted in the Spanish version. This reminds us of *Carlos Maynes* where the French oaths were constantly omitted or substituted for equivalent expressions adapted to a Spanish audience.

The narrative voice stresses that the empress didn't want her husband to find out the truth about his brother, in a concern for the suffering this piece of information would bring him. The original then states that if she were the wife of a swineherd, she would act in the same fashion (514). The Spanish version changes *porchier* for *labrador*.

The empress' decision to lock her brother-in-law in a tower is more clearly developed in the prose adaptation. The poem expresses once again the incessant supplications of the young man and the empress' refusal to heed him. This is rendered correctly into Spanish. However, at this point in the poem, the empress suddenly tells her brother-in-law that she had a tower built for their enjoyment. After recounting the young man's joy in hearing her words, the poem briefly describes the tower. The Spanish version inserts the description of the tower before the empress tells her brother-in-law about it. This adds to the narrative logic, because it enlightens the audience as to the honesty of her intentions. The French description of the tower is as follows:

> Qant la tor fu fete et estruite
> Et chambres enz gentes et beles,
> Vallez i fet metre et puceles
> Qui bien se sauront entremetre
> 550 De garder qanqu'i vodra metre.

The Spanish counterpart adds some details: it specifies that these chambers are separated by iron doors with good locks:

> E ella fizo aguisar una torre *fuerte & alta*, & en ella avía dos cámaras *apartadas la una de la otra con fuertes puertas de fierro & con* |

[103b] *buenas çerraduras.* E en la una metió tal gente que bien entendió que farían su mandado; desí castigólos cómmo feziesen (III).

The description of the actual imprisonment of the young man is also more distinct in the Spanish version:

    La dame feint d'aler amont,
560 D'aler avant celui semont
    Qui en volant i est montez.
    Je ne cuit pas qu'il ait contez
    Toz les degrez, non la moitié.
    Qant la dame a tant esploitié
565 Qu'ele l'a mis ne l'uis serré,
    Veroillié l'a tost et serré,
    Et qant il voit qu'il est en serre

...començó a subir por los andamios, *e dixo al donzel que se fuese meter aquella cámara que ella mandara aguisar,* "en tal," *dixo ella,* "que nos non vea ninguno ý entrar ayuntados."* E él dio luego muy grandes saltos & dio consigo dentro. *E ella, tanto que llegó a las puertas, tirólas a sí* & dio de mano ‖ [103c] al berrojo & çerró la puerta. *Así se libró la dueña dél a guisa de buena.* Mas quando se él vio así ençerrado,...(III).

The Spanish adaptation does not render lines 562-63, relating the eagerness of the young man's desire expressed by how he fails to count the stairs on the way up. However, it interpolates narrative details which explain how the empress succeeds in locking him up. Unlike the original poem, the Spanish version motivates the actions of the young man; in particular, it accounts for the fact that he entered the tower without her. This is an essential detail since the empress imprisoned her brother-in-law exclusively using ruse and persuasion. These additions of the Spanish prose version perfect the narrative logic geared to the verisimilitude of the story. Unfortunately, however, we cannot determine whether the additions were supplied by the Spanish translator or the Galician one.

Gautier's poem gives a detailed account of the young man's indignation and of his thoughts of vengeance (571-98). This long passage is omitted in the Spanish version, which only renders the brief description of his despair found in the poem before the narration of the young man's interior monologue (571-98).

The narrator described the empress' praiseworthy management of the empire and her prayers for her husband's return, and then refers to the emperor's *voiage* (637). The Spanish text renders this as *romerías.*

The Spanish adaptation has already shown the addition of this word in the relation of the emperor's decision to leave: "de yr en romería a Jerusalén (I). It is interesting to note that the interpolation of the specific town *Jerusalén* occurs again in the Spanish rendition of line 717 when the young man, freed from prison, slanders his sister-in-law in his first meeting with his brother:

717 Qant en alastes de l'Empire.
Quando vós de aquí fuestes a Jerusalén.

The accusation that the empress wasted all the emperor's treasure is not as clear in the Spanish version:

Tot a donné vostre tresor,
720 Tot vostre argent et tot vostre or
A holiers et a lechéors.
Qant en alastes c'ert la flors
De totes celes c'on séust
Puis n'en volt nul qui n'en éust.

Todo vuestro thesoro ha dado, vuestro oro & vuestra plata, a alcahuetes & a baratadores, que non venía ý tal que desechase. (IV)

Lines 722-23 in which the empress—as she was described before the emperor's departure—was compared to the purest of flowers, are omitted in the Spanish version. Line 724 completes this analogy by indicating that—during the emperor's absence—there was no one who desired her who did not have her. Due to the omission of lines 722-23, the Spanish renditon of line 724, "que non venía ý tal que desechase" does not accuse her of unchastity as plainly as Gautier's lines do, because in spite of the mention of *alcahuetes* it could at first glance be misconstrued as a conclusion to the accusation of being a spendthrift. The accusation of unchastity is, however, clearly stated in the rendition of the rest of the young man's discourse:

Par tot se vent, par tot se done,
Par tot s'otroie et abandone;
Ele velt clers, ele velt lais,
734 Bordel a fet de vo palais.

...a todos se abaldona, a quantos la quieren, así a clérigos commo a legos. ¿Qué vos diré más? (IV)

In the Spanish counterpart, the empress clearly stands out as a lewd woman. However, the active role of wanting men and making a brothel out of the palace which her brother-in-law attributes to her in lines 733-34 is removed. The Spanish adaptation only leaves her the more passive function of giving herself to whoever wanted her.

The epithet "de ses plus felons" attached to the servants the emperor chose to lead the empress to the woods it omitted in the Spanish adaptation. Also, in *La enperatrís de Roma* the men drag the empress by her hair as soon as they leave. In the original they begin to drag her "Qant après ele ne puet tost corre." This line is not rendered into Spanish. While it might have been an accidental omission of the translator in his constant attempt to summarize, it is a possibility that he rendered the episode as though the heroine were dragged by her hair from the beginning of the scene in order to increase the dramatic appeal to the audience.

The narration of the empress' rescue in *La enperatrís de Roma* does not appear in the sequential order presented by Gautier's poem. In the original, the narrative voice first announces the arrival of the prince and his men at the scene; it then explains in what condition they saw her, how much they pitied her, and finally states that they killed the villains. In the Spanish version, the killing of the culprits is narrated immediately after the announcement of the arrival of the prince and his company. Then comes the description of her condition, and his feelings for her.

Before recounting the empress' misfortune at the prince's house, the poem's narrator opens a digression in which he gives a detailed account of the dangers that could befall her if God were not constantly watching over her. The French lines are succinctly summarized in the Spanish version, but the main idea is nevertheless conveyed:

> Se Diex por li encor ne veille.
> Totes vois la velt brisier,
> Soffler revient et atisier
> 1245 Un feu si grant et si très grief,
> Et si ardant qu'en terme brief
> Ou sa chastéé brisera,
> Ou tote vive la fera
> Ardoir en feu, en poudre, en cendre,
> 1250 Noier, ou enfoïr, ou pendre,
> Ou a fors coues de chevax
> Traire, sachier par monz, par vax.

> Mas si la Dios ende non guardase pudiera ser muerta o quemada en poca ora, o destroída de la más cruel muerte que podería seer. (VII)

As we will see, one of the features of the Spanish rendition of *L'empereriz de Rome* is the avoidance of digressions. Immediately before the mention of the prince's brother, the Spanish version interpolates a line directly addressing the audience: "& veno sobre ella otra mala andança que vos contaré." The narrator anticipates so that the audience looks forward to the event with a foretaste of the pain it promises. The oaths "par Saint Florent de Roie," (1316), "par Nostre Dame" (1358), and "par Saint Gile" (1614) are omitted.

The narrative voice proceeds to relate the murder of the prince's son by his brother and the criminal's imputation of the crime to the empress. As the murderer enters the scene of the crime where his brother and sister-in-law are grieving their son, he addresses the empress to accuse her. He then speaks to his brother, blaming him for having taken her into his home. The original offers no transition when the young man turns to address the prince. The Spanish version interpolates between the equivalent of lines 1637-38: "Desí tornóse contra el príncipe & díxole..."

The passage of Gautier's poem where the seamen are talking to each other about the empress' beauty and their desire of her is obscure in Spanish due to the omission of several lines:

> Moult grant plet ont entr'els tenu
> 1745 De la biauté de cele dame:
> Par lou cuer-bieu si bele fame
> Ainz mès, font-il, ne fu véue,
> De ses regardz, de sa véue
> Devons-nous estre tuit refet.
> 1750 Se noz voloir volentiers fet,
> Moult i auromes grant deport,
> Ainz que viegnomes mès à port.
> Plus est polie et plus deugiée,
> Et plus blanche que noif negiée

> Desí començaron a fablar entre sý en la beldat de aquella mugier que nunca tan fermosa dueña vieran, e dixiéronle que feziese su voluntad. (XII)

Line 1750 is rendered as "dixiéronle que feziese su voluntad," which is not clear because of the omission of lines 1751-54. Line 1750 was only the beginning of a thought: the seamen were thinking that if she were willing to submit to their will, they would have a great enjoyment before they arrived at port. Lines 1753-54 contain the seamen's description of her beauty. Due to the omission of the lines after 1750, the rendition of the latter lacks the force of threat contained in the word *deport*. The seamen's expression of their thoughts are in lines 1755-69. The Spanish adaptation renders these lines adequately, although in a summarized version. The obscure rendering of line 1750 is made clear through the villain's words. However, lines 1763-67 of the men's proposition are omitted from the Spanish version, perhaps for being too explicit:

> Se tote aeise estre volez
> Besiez chascun et acolez
> 1765 Et chascuns face son deduit,
> Ne sons pas plus de sept ou d'uit
> Qui de la nef somes li mestre

Possibly with the same intention of giving a version of the story proper for all audiences, the translator edits the crudeness of line 1796 in the Spanish rendition:

> 1795 Si devendrez loutre ou plongons,
> Se tuit en vos ne nos plongons
>
> ...& pescaredes commo nuntria o semejaredes mergollón, sy vos non otorgades a nós.

The word *tuit* (modern French *tous*) refers to the seven or eight seamen. The poem narrates how the seamen seize the empress using force, but there is no description of how the empress tries to defend herself. Between the Spanish equivalent of lines 1808 and 1809, *La enperatrís de Roma* interpolates:

> ...la mesquina [*yva*] *baladrando & carpiendo quanto mas* | [111c] *podía.* (XII)

Through this reminder of her plight, the empress' role as heroine is enhanced, whereas the original gave more emphasis to the brutality of the seamen. At this point occurs the supernatural intervention of the angel's voice, which begins his reproaches to the seamen by saying:

> Por Dieu Signor qui tot cria,
> 1815 Nefforcie mie cele dame.

The oath in line 1814 is not rendered into Spanish, which gives: "Malos, non forçedes esta dueña..." The oath "par les sainz de Costentinoble" (1829) is not rendered into Spanish, and the oath "por les denz bieu" (1867) is rendered as "por los diablos."

The recounting of the intervention of the Virgin is not as clear in the Spanish romance as it is in the original, again because of an excessive abbreviation:

> 1885 La mere Dieu qui bien l'oï
> Les mariniers si esbloï
> E mist en els tele fraor,
> De li noier orent poor
>
> E la madre de Dios, que bien la oyó. los fizo así estar pasmados,
> ‖ [112a] que se tenneron de la echar en la mar. (XIII)

Due to the omission of the important line 1887—indicating the seamen's fear of the divine—the motive of the vilain's hesitation is not clearly depicted in the Spanish text.

The empress is thus left in a protruding rock in the middle of the sea and begins a long discourse of lamentations, whose rendition into Spanish shows, for the most part, a remarkable verbal fidelity. However, the Spanish counterpart of the empress' words does not follow the sequence of the original. After the beginning of chapter fourteen in *La enperatrís de Roma*, "e espesamente pedía merçet a Nuestro Señor Jesu Xristo que la acorriese," corresponding to line 1951, comes the Spanish equivalent of line 2043: "En tal guysa estovo la mesquina . . ." The ninety two missing lines are inserted in the Spanish romance after the rendition of line 2073. Lines 2071-2073 read:

> La sainte fame en tel maniere
> En oroison et en priere
> 2073 Tote la nuit a trespassée.
>
> En tal guysa pasó la santa fenbra toda la noche, en oraçiones & en ruegos. (XIV)

The lines immmediately following the latter in the Spanish romance "Asý duró tres días & tres noches e ya el rostro le negreçiera con coita & con fanbre & desatávasele el corasçón," are the somewhat free rendition of:

> De fain a tot lou vis nerci;
> bien a trois jors que ne manga
> 1954 Trestoz li cuers l'en desment jà.

From line 1952 onwards, the translation is thus followed in sequential order until 2042. Lines 2038-42 read:

> En paradis daint rendre à m'ame
> Loier et retribucion
> 2040 De la grant persecucion
> Qui tant est grant et tant est dure
> Que mon las cors sueffre et endure

The Spanish counterpart has:

> ... faga la mi alma entrar en la gloria de su sant paraý- | [113b]
> so e le dé gualardón de la coita & del trabajo quel mi cuerpo
> cativo endura, que es tan grave & tan fuerte." (XIV)

After these lines, the Spanish romance has an interpolation:

> *E llamava a santa María que la acorriese, e dezía: "¡Virgen gloriosa que vuestro*
> *fijo & vuestro padre engendrastes, e que por vós quiso Dios el mundo redemir,*
> *non querades olvidar a mí!" En tal guisa pasó la postremera noche* (XIV).

The following words in the Spanish version: "E quando veno la
luz fue tan lasa..." are the translation of line 2074 "Au point dou
jour est si lassée... The disruption of the sequential order of the
discourse is nevertheless not noticeable unless compared to Gautier's
poem because the transitions are respected and the line of the
narrative is not disrupted.

Another minor discrepancy with the original in this episode is the
enumeration of the flowers whose fragrance brings comfort to the
empress: "Mes li sainz jugierre, et la mente, / Li aiglantiers, li lis, la
rose"(2083). The Spanish has: "Mas el santo lirio & la rosa," listing
only the *lis* and the *rose*.

As the narrative voice in the poem is commenting on the virtues
of the empress as a charitable doctor curing lepers with her divine
herbs, Gautier inserts a long satire against the malpractice and
overcharging of physicians of the time (2476-534). This digression is
omitted from the Spanish version. Lines 2473-75 read:

> Ainz vos di bien tot a estrous
> Que ce qui ne valt pas un trous
> 2475 Nos vendent-il vingt souz ou trente

The Spanish counterpart is found shortly after the beginning of
chapter XX:

> Ante vos digo que aquello que non vale dos dineros vos
> venderán ellos por veynte o por treynta soldos.

Lines 2535-37, where the narrative returns to the empress, read:

L'Empereriz la sainte fame
De la sainte herbe Nostre Dame
2537 Marchié plus grant fet et millor

The Spanish equivalent has:

Mas la santa enperatrís obrava muy mejor de la santa yerva de Santa María (XX).

We can perceive that the main idea carried by the satire is nevertheless conveyed. Hearing his brother's confession of having slandered his wife, the emperor faints in his despair:

Son vis esgratine et depiece
3262 Et gist pasmez une grande piece

...& desfazía el rostro con sus uñas &esmoreçió ende & *cayó de la syella en tierra* (XXVIII).

The interpolated phrase does not add to the logic of the narrative because the emperor could have fallen over the horse's neck without actually falling off, as the poem suggests. However, by having a character of the importance of an emperor fall off his horse, the Spanish adaptation emphasizes the severity of the news.

The narrative account of the wailing in the palace upon hearing the truth about the empress' unjust accusation presents some differences:

Grant duel demainent el palais,
3270 De chevaliers, de clers, de lais
A si grant duel contreval Rome,
Que tuit guermentent, c'est la some

Desý començaron de yr faziendo tal duelo por la çiudat de Roma, así clérigos commo legos, *así omnes commo mugieres, que non oyrían ý torvón, aunque lo feziesse.* (XXIX)

The Spanish equivalent adds *omnes* and *mugieres* to the enumeration in order to indicate that everybody was wailing. It also adds the narrative detail of the noise being so great that one wouldn't hear thunder if it struck. The idea of the French poem that everybody missed her is somewhat changed. The Spanish version indicates that everybody spoke about her.

De clers, de lais, de viez, de jones,
3282 Regretée est la sainte dame

De clérigos, de legos, de viejos, de mancebos, *de niños,* de todos era mentada...

Fearing the emperor would kill his brother in his anger, the empress reveals who she is. In the Spanish counterpart of this scene, there is an interpolation:

> Diex li pardoint, sire Emperere,
> Et je si faz à vostre frere
> Qui senz deserte et senz meffet
> Tant anui m'a et tant mal fet.
> 3325   Qant l'Emperere l'entendi,
> Les mains au ciel lors en tendi

"Dios perdone a vuestro hermano, & yo fago, que sin meresçimiento me assý fizo sofrir tanto enogo & tanta mala ventura." *Entonçe contó ante todos por quantos peligros & quantas tormentas* | [121b] *pasara.*
    XXX. Quando el enperador esto entendió, *católa & conosçióla luego,* & tendió las manos contra el cielo...

These additions are important because they motivate the actions of the characters: if the empress were physically changed to such an extent, it follows that the emperor only recognized her after hearing her misfortunes and looking at her attentively. The joy that everyone felt when it was generally known that the empress was indeed alive is narrated in Gautier's poem in lines 3350-54. The idea is then restated and developed with variations in lines 3355-60. This amplification of the initial description is omitted in the Spanish romance.

The well-known simile of the magnet used in the poem to describe the strong attraction the empress felt towards God's love is altered:[13]

> Si com le fer li aïmanz
> 3495 Ensaiche à lui, tret et atache

> E así commo la lima tira a sí el fierro, & lo quiere & lo prende (XXXI).

The Spanish version changes the original simile by using a metal file, which, through the act of filing, collects iron shavings.

When the empress expresses her desire to become a nun, the emperor threatens to drown in a river any priest who dares ordain her; the name of the river *lou Troive* (3596) is not rendered into Spanish. In the narrative account of the empress' religious seclusion, a great importance it attached to the vice of gluttony and the advisability of constant fasting towards the redemption of the soul.

Par ce la dame a son corsel
Ne velt doner nul gras morsel,
3685 Si le vent cort par abstinence
Qu'il ne redoie ne ne tence
Encontre l'ame de riens nule
Ne let au cors metre en sa mule
Entasser chose n'ensaichier
3690 Dont l'ame puist à mal saichier.

Por ende non deve dar la dueña a su cuerpo ningunt buen comer, mas apretarlo assý por abstenençia que le non rodeen nin la tiente contra la alma nin cosa, *nin lo enbolver en paños de seda,* nin en cosa de que a la alma pueda venir. (XXXIV).

Lines 3688-89 follow the tradition of *amplificatio,* extensively used by the poet, as they restate the idea of feeding the stomach anything which might be to the detriment of the soul. The translator mistakes it for a reference to luxurious dressing.

The poem describes the empress' spiritual visits to paradise as she is nearing the end of her life:

N'est jor cent fois ses cuers ne mont
3705 En paradis por lui véoir

Non era día que *los rayos de las mientes del* su corasçón non sobiesen çient vezes a los çielos por lo veer...(XXXV).

The highly poetical image added to the rendition of the French word *cuers* accounts for the supernatural voyage of the empress by stressing that it was a mental one. The poem mentions the cleanliness of her soul:

Que soit plus nete et pure qu'ors
3725 Ele set bien puis qu'espousée

...que fuese más linpia que oro puro. *E firía sus pechos,* & ella bien sabía que pues que era desposada...(XXXV).

The Spanish adaptation renders the French verses textually, but inserts an interpolation between lines 3724 and 3725, which helps visualize the empress' role as a penitent.

As Mussafia points out (p. 562, n. 1), the last lines of the poem (ll. 3777 to 4064) are omitted from the Spanish romance.

*

*   *

The main features of the Spanish prose adaptation of *La'Empereriz de Rome* can be summed up as follows:

(1) *La enperatrís de Roma* is an abbreviated prose version of Gautier de Coincy's poem. The Spanish version consistently omits digressions and rhetorical amplifications which are more suited to poetry and would prolong the narrative with constant repetitions. As we have seen, however, the omissions sometimes result in the obscurity of a scene. In its general lines, the Spanish rendition conveys the meaning of the model accurately. In spite of the verbal fidelity perceived in the rendition of several episodes, the order followed by the original is often disrupted without damage to the meaning.

(2) The style of *La enperatrís de Roma* is plain and economical. The language shows a limited use of words of French origin.

(3) The translator smoothes abrupt transitions in the poem by interpolating explanatory indications. These clarifying notes added to the Spanish version stimulate the comprehension, and as a consequence, the appreciation of the narrative.

(4) In spite of their brevity, most additions are significant contributions to the narrative logic of the story because in many cases they motivate the actions of characters. An essential feature of a supernatural tale is a verisimilitude which must be sustained up to the supernatural or miraculous occurrence. As we have seen, the French poem sometimes fails to account for some major actions of characters. The Spanish interpolations of motivations missing in the French original are an important means of enhancing the miracle.

(5) The Spanish adaptation attempts to avoid the elements of the original that would be outlandish to a Spanish version through the omission of names of saints likely to be unknown in Spain—mostly in the form of oaths—as well as the omission of placenames (the river *Troive*, l. 3596) and personal names (the doctors Ypocras and Galiens, l. 2560). Among the few names of saints rendered into Spanish are: Saint Pous (82) = Pablo, Saint Pere (1127) = Pedro, also recorded as Saint Pierre (1934), both of whom would be indeed familiar to a Spanish audience.

This adaptation of a French poem into a Spanish romance reveals the creative spirit of the translator. The technique of allusiveness permeates through the discrepancies found in the Spanish version. Perhaps due to the concern for brevity, many interpolated details are not explicitly stated, but only implied. The omissions appear to seek the same goal of suggestiveness as they eliminate the drawn out, repetitious descriptions, leaving only what is essential. The changes found in the Spanish version also lead to the creation of a *cuento* or prose romance. Although the genre is borrowed from the French *conte*, the critical presence of the translator—who indeed at times becomes an author—pervades the Spanish romance through its characteristics not shared with the French source. For instance, the interpolations added to the model's description of the relationship between husbands and wives divulge the translator's ideas on the role of woman as wife. Due to some minor substitutions in the description of the heroine, there is a certain change in emphasis: her beauty loses the relevance attached to it in the original and her piety is stressed. It is indeed regrettable that, due to the loss of the Galician translation, if there ever *was* one, we are not able to determine which of the changes effected were found by the Spanish translator in his Galician model, and which he authored himself.

*

*   *

The Prose adaptation of both French poems—*Chanson de Sebile* and *L'Empereriz de Rome*—exhibit such a creativity that the translators may be called author-translators. The adaptations show a certain narrative procedure peculiar to the Spanish romance which I will attempt to define.

The Spanish prose romance is of limited length; it has an economical style lacking poetical elaborations. The line of the narrative is followed through smoothly, without digressions. For this purpose, transitions are interpolated when needed. The narrative aims toward a certain logic and thus, in cases where the original does not account for the action of its characters, the author-translator supplies additional motivations. The prose romance arouses the interest of the audience by the provision of details to help visualize a scene, and of narrative comments directly addressing the audience. The author-translator seeks to avert the foreign quality of the original text through the elimination of names that would be unfamiliar in Spain.

Contrary to the canons of modern translation, these narrative features transform the prose adaptations into *Spanish* works, adapted to a Spanish audience, rather than merely giving literal translations of French texts. The resulting Spanish romances become creative models on their own.

NOTES

¹ To facilitate the comparison between the French original and its Spanish version, the interpolations in the Spanish text will be italicized.

² To emphasize the differences in this particular example, we will italicize the French words omitted in the Spanish version, as well as the Spanish interpolations.

³ The Spanish version has *asentóse* which indeed is a more logical position for a dog to assume than *aclinez*.

⁴ In fact, their names are among the few whose Spanish variants are almost identical to the original French name: Terri l'Ardinois of the *Chanson* gave Terri Lardinois in the Spanish romance and Berardz de Mondidier became Berart de Mondisder.

⁵ I have noticed the principal divisions of antique rhetoric in don Aymes' speech. A study on this subject will be forthcoming.

⁶ I will reserve my comments to the possibility of another Ms. with a similar text until the end of this study, when all the facts have been presented.

⁷ It is known that medieval translators took liberties with the rendition of the texts they worked with. Through the studies of Manuel Alvar ("Fidelidad y discordancias en la adaptación española de la *Vida de Santa María Egipciaca*," *Spanische Forschungen der Görresgesellschaft* (Münster, 1960) and of María S. de Andrés Castellanos (*La vida de santa María Egipciaca*, Anejos del *Boletín de la Real Academia Española* XI, Madrid, 1964), we know that the *juglar* who translated the *Vida* took it upon himself to substitute the original metaphors in both decriptions of María for some of his own, idealizing María's beauty in her portrayal as a young woman, and depicting the realism of her penitence in the second description of the heroine (Alvar, 156-57). The anonymous *juglar* added the miracle of the hard dry bread which was softened (Alvar, 155) and the supernatural interventions of the angel at María's death (Castellanos, p. 80). The *juglar* omitted at least twenty verses in his translation from the original French poem (Castellanos, 79).

⁸ Alvar notes a similar phenomenon in the adaptation of the *Vida de Santa María Egipciaca*: "Conforme se avanza en la descripción de la *Vida* la traducción se abrevia. ...Antes ha existido en algún momento cierta libertad interpretativa, ... pero en el verso 1219 el traductor español debió darse cuenta que su versión iba a ser mucho más larga que la fuente ... y siguió el camino más expédito para acabar pronto: eliminar fragmentos o abreviarlos" (p. 159).

⁹ The language of *Carlos Maynes* abounds in Gallicisms. Some of these are: *onta* (modern French *honte*) V; *laída* (*laide*) V; *blasmo* (*blâme*) XII; *par* el cuerpo de Dios (*par*) XII; *despender* (*dépenser*) XIII; *lasso* (*las*) VXI; *de la yerva* (*de l'herbe*) xvii; *se querrelava* (*se querrellait*) XX; *fazía senblante* (*faisait semblant*) XX; *ardido* (*hardi*) XXIV; *proeza* (*prouesse*) XXVII.

¹⁰ Mussafia's contribution to the study of these two romances is diffused in the notes of my edition of *La enperatrís de Roma*.

¹¹ The following list enumerates the lines which were completely omit-

ted from the Spanish version. I did not include the lines which were partially rendered:

91-92, 109-15, 123-24, 129, 139, 178, 184, 201, 220, 222, 235, 239, 240, 242, 252, 260, 280, 290, 292-96, 300, 303-04, 312-13, 324-25, 361-64, 419-20, 423, 426-27, 452-53, 471, 472, 475, 480-81, 488, 497, 498, 510-11, 515-16, 520, 542-44, 571-98, 600-02, 612-13, 623-27, 646-48, 662, 672, 681, 722-23, 734, 756-57, 762, 842, 873-75, 903, 909, 943, 951-52, 965, 992-94, 1068-69, 1146, 1154-56, 1173, 1206-07, 1284, 1288-89, 1316, 1319, 1355-58, 1392-94, 1468-69, 1504-06, 1511-14, 1662, 1669, 1713-14, 1722-23, 1742, 1748-49, 1751-54, 1760, 1763-67, 1780, 1783-84, 1786-87, 1792-93, 1806, 1808, 1814, 1821-22, 1824, 1863-66, 2247-48, 2261, 2324, 2354-56, 2418-19, 2427, 2476-534, 2544, 2560-64, 2566-68, 2669, 2696-99, 2793-94, 2800-03, 2805, 2808, 2870, 2873-75, 2892, 2911-12, 2932, 2951, 2972-74, 3057-60, 3074-80, 3083-84, 3088-91, 3138-40, 3229, 3232, 3247, 3283, 3299-3300, 3303, 3355-60, 3364, 3421-22, 3503, 3505, 3508-09, 3517, 3522-24, 3538, 3544, 3561-62, 3565, 3576, 3578, 3580, 3582, 3584, 3586-88, 3603, 3627, 3666, 3698, 3701, 3742-44, 3747-48, 3757, 3777-4064.

Thus, out of 4064 lines, approximately 651 have been omitted.

[12] For instance, line 91, "De sa fame est chascuns hons chiés," is omitted.However, the same idea is conveyed a few lines later (900): "Doit sougite estre fame à home," which gives in Spanish "la muger deve ser sogeta del omne." Also, the original describes how the emperor's brother lost his own good looks through his feelings for the empress' beauty (191-94). This idea is restated twice (195-96 and 197-98). The Spanish version eliminates the first of the restatements.

[13] See for example Guillaume de Lorris and Jean de Meung, *Roman de la Rose*, ed. Félix Lecoy (Paris, 1975): "que ne fet fers vers aïmant" (l. 1277).

❧ 4 ❧

Analysis of Selected Romances

s WE HAVE SEEN, Deyermond perceives that the romance is an important missing element from Spanish literary criticism and has been overlooked because Hispanists have not been able to distinguish it adequately from other genres since no one had ever defined the characteristics of the romance. In the first part of this chapter, I will offer a definition of the medieval Spanish romance through a formalist analysis of the two romances which are the object of this study, and of the French romance *Valentin et Orson*. In the second part of this chapter, I will extend the analysis of *Carlos Maynes* in order to study the characteristics of this romance in terms of plot, theme, characterization and narrative technique.

Although there is no record of a Spanish version of the French romance *Valentin et Orson*, in spite of the fact that the legend is well known in Spanish literature of the Golden Age (see Walsh, p. 196, n. 2), I have studied it in conjunction with *Carlos Maynes* and *La enperatrís de Roma* because the works share the same basic theme—a woman exiled after being unjustly accused of adultery, and her rehabilitation after a long series of unfortunate adventures. However, each individual romance has different situations and characters.

A. To analyze these narratives, I use Vladimir Propp's method of studying a tale according to the functions of its *dramatis personae*, or, as Propp says in his *Morphology of the Folktale* (Austin, 1972, p. 20), "the study of characters according to their functions, their distribution into categories and their form of appearance." To Propp, function is "an act of a character, defined from the point of view of its significance for the course of action" (p. 21). First, the functions of the *dramatis personae* will be presented schematically, and then each one will be discussed separately.

The functions of the *dramatis personae* are basic components of the romance. These "functions of characters" serve as stable, constant elements in a romance, independent of how and by whom they are fulfilled.

1. Initial Situation

Carlos Maynes: Description of emperor and empress at court.
Valentin et Orson: Same.
La enperatrís de Roma: Same.

2. Absentation

Carlos Maynes: Villain covets empress. Empress rejects him violently. Villain waits for emperor to absent himself from home.
Valentin et Orson: Same.
La enperatrís de Roma: Emperor absents himself from home. Villain covets empress. Empress rejects him.

3. Villainy

Carlos Maynes: In revenge, villain falsely accuses empress of adultery.
Valentin et Orson: Same.
La enperatrís de Roma: Same.

4. Threat of Undeserved Death

Carlos Maynes: Emperor intends to have empress killed as punishment.
Valentin et Orson: Same.
La enperatrís de Roma: Same.

5. Departure from Home

Carlos Maynes: Empress is banished instead of killed because she is pregnant.
Valentin et Orson: Same.
La enperatrís de Roma: Emperor sends empress with two villains to be killed.

6. First Helper

Carlos Maynes: Empress leaves, exiled with a faithful squire and his dog. Villain pursues empress and squire. Squire fights to defend empress but as villain is better armed, squire is killed. Empress escapes.
Valentin et Orson: Empress leaves, exiled with a faithful squire. Villain pursues empress and squire, but flees when recognized by passing merchant.
La enperatrís de Roma: Villains who have task of killing empress decide to rape her. A gentleman passing by hears her cries and saves her.

7. Second Helper

Carlos Maynes: Empress meets poor man who offers to help her reach her father. They set off together and arrive at the house of a couple who give them hospitality. Empress gives birth to her son there and becomes ill, and the two remain at that house for several years.

Valentin et Orson: Empress and squire meet giant and his wife, who offer them hospitality. They remain at their home for several years.

La enperatrís de Roma: Empress' first helper offers her hospitality in his house if she agrees to take care of his son. She remains there for several years.

8. Victory

Carlos Maynes: Dog of empress' faithful squire fights in judicial combat against villain and proves empress' fidelity.

Valentin et Orson: Merchant who had witnessed villain's fight against squire accuses villain of his treachery, fights him, and forces him to confess.

La enperatrís de Roma: Villain is defeated by empress when she forces him to confess.

9. Punishment

Carlos Maynes: Villain is tied to the tail of a horse
Valentin et Orson: Same.

10. Unnecessary Prolongation of Heroine's Banishment

Carlos Maynes: Although empress' fidelity has been proven, emperor does not know where she is and thus she cannot be told the news.
Valentin et Orson: Same.

11. Provision for a Magical Agent

Carlos Maynes: Heroine is attacked by thieves. One of the attackers repents and becomes third helper. He makes himself useful to heroine by means of his magic.

Valentin et Orson: Dwarf uses magical powers to help heroine.

La enperatrís de Roma: Heroine is attacked and abandoned on a rock in the middle of the sea. Virgin appears, miraculously restores her health, and helps her with gift of magic object.

12. Reunion

Carlos Maynes: After many adventures, empress becomes reunited with emperor.

Valentin et Orson: Same.

La enperatrís de Roma: After many adventures, empress makes villain confess and becomes reunited with emperor, although she refuses to remain with him; she prefers to devote herself to religion.

1. INITIAL SITUATION: The initial situation or exposition of the story, according to F. B. Millet in his *Reading Fiction* (New York, 1950, p. 30)

> ...is part of the structure that furnishes the information essential to understanding the situation out of which the problem arises. The essential information consists of facts concerning the time and place of the story, the characters, and their environment, and the problematical element in that relationship.

In *Carlos Maynes,* we are told that the story begins when the emperor Carlos Maynes holds a great party in the royal monastery of St. Denis in Paris. The main characters are Emperor Carlos Maynes, his wife Empress Sevilla, his *altos omnes,* and a deformed dwarf who arrives at the court at the moment the story begins. The narrator forewarns that the dwarf will be the cause of problems for the rest of the characters:

> ...por él fueron después muchos caballos mesados, & muchas palmas batidas, & muchos escudos quebrados, & muchos caballeros muertos & tollidos, & la reyna fue judgada a muerte, & Françia destruida grant parte, así commo oiredes por aquel enano traidor que Dios confonda.

In *Carlos Maynes,* the inital situation occupies an entire chapter. In *La enperatrís de Roma,* the story begins in Rome, at the time when an emperor decides to leave on a pilgrimage to Jerusalem. The main characters are the emperor of Rome, his wife and his brother. The narrator anticipates that the emperor's brother is evil and will try to tempt the empress:

> Por aquel donzel, que tanto era famoso, venía el diablo con sus tentaçiones & con sus antojamientos tentar la buena dueña (I).

In *La enperatrís de Roma,* the initial situation also takes up the entirety of the first chapter, but it is a much longer chapter than in *Carlos Maynes.* In *Valentin et Orson,* the story begins in Paris, at the court of King Pépin. The narrator determines the time with a brief survey of Pépin's life with his wife Berthe. However, the narrator goes on to point out that the main characters of the story are going to be Valentin and Orson, whom later he introduces as sons of King Pépin's sister, Bellissant. The main action in the first chapter is the marriage of Bellissant to Alexander, emperor of Constantinople. Thus, *Valentin et Orson* does not introduce the evil character in its introductory chapter, but only a warning of what is going to happen:

> Mais ne demoura pas longuement que le grant honneur que fut fait à Bellissant et a la ioye que chascun mena fut muée en pleurs et lamentations: pour la france dame Bellissant que par trahison et accusation deceptive fut en exil gettée...(chap. 1)

2. ABSENTATION: The member of the family that is closest to the heroine (her husband in this case) absents himself from home (either momentarily or for a long period of time, as for a journey), leaving the heroine vulnerable to attack by the villain. In *Carlos Maynes* and *Valentin et Orson*, the villain makes his lecherous proposals to the empress before the emperor leaves, is rejected, and then, with the emperor momentarily gone, he takes advantage of the absence to take his revenge. In *La enperatrís de Roma*, the situation is inverted: the emperor absents himself on a long journey, leaving the empress in the care of his brother. It is only after the emperor leaves that the villain tries to seduce the the empress, is rejected and plans his revenge.

3. VILLAINY: The villain causes harm to the heroine. Propp indicates that "this function is exceptionally important since by means of it the actual movement of the tale is created" (p. 3). He then explains that the first functions are the "preparatory part" of the tale, whereas the complication is begun by the act of villainy. Up to this point we only had the initial situation or exposition of the story and the absentation of a member of the household. These functions merely provide the circumstances for the third function, villainy. In the case of all the romances, the villainy consists of a slander against the heroine. It is through this villainy that the major events in the plot occur: namely, the heroine's banishment and tribulations.

4. THREAT OF UNDESERVED DEATH: This function has no action because the threat cannot be carried out, for if it were, the story would perforce end. This threat is a direct consequence of villainy or slander: it is the punishment the emperor judges befitting his wife's

presumed crime. In *Carlos Maynes* and *Valentin et Orson* the emperor allows his knights to convince him that the empress should be banished rather than put to death, because of her pregnancy. In the case of *La enperatrís de Roma*, the emperor actually sends his wife to be killed. However, the men who were given the task of killing the empress decide to rape her instead, but she succeeds in escaping.

5. DEPARTURE FROM HOME: This function must not be confused with absentation (where a family member absents himself from home for a period of time). The departure of a hero(ine) is made without definite plans of return, and is due to causes beyond his control, whereas the absentation, however long it may be, is always temporary and a willing act on the part of the character. The departure from home—or banishment of the heroine—is the outcome of the villainy. The threat of undeserved death is very closely related to the actual banishment, which is the punishment the empress really gets. At this point, we know for a fact that the empress is the heroine because the thread of the narrative is linked to her fate. Propp calls heroes of this variety "victimized heroes" (p. 36). In *Carlos Maynes* and *Valentin et Orson*, the empress is banished from court. In *La enperatrís de Roma*, the empress runs away from the men who intend to rape her; although she is not banished, the effect remains the same since she cannot return to court.

6. FIRST HELPER: The function of this character is to save the heroine's life. In *Carlos Maynes* and *Valentin et Orson*, he is represented by a faithful squire who sets off with the heroine on her banishment by the orders of the emperor, but later, of his own accord he is kind and faithful. In both these romances, the squire fights with the villain, and thus prevents him from raping and then killing the heroine. In *Carlos Maynes*, this helper dies in combat but he is later replaced by a poor man who remains faithful to the heroine until the end. Therefore, the poor man is not the second helper, but a continuation of the first helper. In *Valentin et Orson*, the helper does not die in combat, and thus is able to remain with the heroine. In *La enperatrís de Roma*, the first helper is not sent by the emperor to accompany the heroine on her banishment. He is just a nobleman who happens to be passing by when he hears the screams of the empress and rescues her.

7. SECOND HELPER: The function of this helper is to provide a home for the heroine during her exile. In *Carlos Maynes*, the second helper is the *burgués* who offers the empress hospitality for several years. In

Valentin et Orson, the second helper is the giant who offers his home to the empress. There is only one helper in *La enperatrís de Roma*: he accomplishes the functions of the first and second helpers. The same nobleman who rescues the empress in *La enperatrís de Roma* offers her the protection of his home.

8. VICTORY: This function represents the defeat of the villain and the proof of the heroine's innocence. In *Carlos Maynes* and *Valentin et Orson*, the villain is defeated in open combat against the heroine's first helper, or someone acting for him. The villain's defeat automatically proves the innocence of the heroine. In *La enperatrís de Roma*, the villain is defeated by the heroine herself when she forces him to acknowledge his crime.

9. PUNISHMENT: Victory of the righteous one is necessarily tied to the punishment of the villain. In *Carlos Maynes* and *Valentin et Orson*, the villain is put to death. In *La enperatrís de Roma*, however, due to the heroine's mercy, his only punishment is the humiliation of having to confess his lies.

10. UNNECESSARY PROLONGATION OF THE HEROINE'S BANISHMENT: Functions 8 and 9 usually occur at the end of the romance. However, in *Carlos Maynes* and *Valentin et Orson*, because of function 5, the heroine is away from home and cannot hear the news of the villain's defeat. Thus, her period of suffering is unnecessarily prolonged. In *La enperatrís de Roma*, since function 8 (the villain's defeat) happens at the end of the romance, after the return of the empress, there cannot be a prolongation of her banishment. Function 10 can exist only when functions 8 and 9 occur before the end of the tale.

11. PROVISION FOR A MAGICAL AGENT: The heroine's sufferings, the attack on her person, prepare the way for her receiving either a magical agent or a helper. The following can serve as magical agents: (1) animals (a horse); (2) objects possessing a magical property (magical herbs, magical paste, etc.); (3) a helper who has magical powers. The forms by which these are transmitted are either that: (1) the agent is directly transferred, or (2) the helper with the magical powers uses the agent in order to help the heroine.

In *Carlos Maynes*, a helper uses his magical powers and a magical object (a paste) to help the heroine. In *Valentin et Orson*, a helper uses a magical animal (a horse) to help the heroine. In *La enperatrís de Roma*, the agent (magical herbs) is directly transferred to the heroine.

The use of a magical agent follows its receipt by the heroine, or, if the agent received is a human being, this person acts for the well-being of the heroine. With this, the person loses significance in appearance; she herself does nothing, while her helper accomplishes everything. The significance of the heroine is nevertheless very great, since her wishes guide the actions of the helper. Thus, in the course of the action, the heroine is supplied with a magical agent (a magical helper), and makes use of it or is served by it.

12. REUNION: This function implies return. In a romance, reunion also implies that the characters reunited will remain together. This is not true in the case of *La enperatrís de Roma*. Here, although there is a reconciliation between the emperor and empress after their reunion, they are again separated because the heroine has been so deeply hurt by her husband's lack of trust that she elects to devote herself to religion. In *Carlos Maynes* and *Valentin et Orson*, there is a real reunion in the sense that the emperor and the empress resume their life together.

Propp analyzes a tale on the basis of the classification of its components. Since the tale contains exceptionally diverse components, these must be classified. "The accuracy of all further study depends on the accuracy of classification" (p. 9). As Propp notes, tales show a special characteristic which he refers to as the law of transference: "Components of one tale can, without any alteration whatsoever, be transferred to another" (p. 7). Propp's method of analysis can be considered as morphological, which he defines as: "a description of the tale according to its component parts and the relationship of these components to each other and the whole" (p. 9). Propp defines a fairy tale as:

> ...a story built upon the proper alternation of the above-cited functions in various forms, with some of them absent from each story and with others repeated.... Fairy tales may also be constructed according to the scheme cited (p. 9).

Taking into consideration the various definitions of a romance that we have examined in chapter 1, together with Propp's method of analyzing and defining a tale, I believe that, in the future, it may be possible to recognize a romance by identifying the four following specific functions exhibited in medieval prose fiction: function 1 (initial situation); function 2 (absentation); function 3 (villainy); function

6 (helper). Of the twelve functions that we have isolated as proper to the romance, these four must be present in all romances, although not necessarily in the order here presented. However, these four functions are not sufficient to describe the genre of romance, because they do not reveal the structure of the plot. At least two additional functions are needed to define a romance adequately. For the vast majority of romances, these two functions are 8 (victory) and 12 (re union). Indeed, it would even be possible to define a romance in terms of these six, were it not that some romances have a plot which precludes the possibility of these last two. In other words, Victory and Reunion are found in a romance whenever they are not specifically disallowed by the plot. For example, in a situation where there is a broken taboo, such as in the romance La historia de la linda Melosina,[1] there cannot be a final victory and reunion of the spouses because a taboo has been violated. However, these two missing functions are replaced by two of the six remaining functions: 9 (punishment), and 11 (provision for a magical agent).

The first four functions mentioned above (1, 2, 3 and 6) are the constant ones. Functions 8 and 12 (victory and reunion) can be called pivotal because of the reason stated above: if they are not present it is because they are precluded by the plot. The remaining six functions (4 [threat of undeserved death], 5 [departure from home], 7 [second helper], 9 [punishment], 10 [unnecessary prolongation of heroine's banishment], 11 [provision for a magical agent]) are supplementary. These are found separately in many romances, and as Propp remarks, some functions are often repeated in the same romance (cf. villainy in La enperatrís de Roma). In addition, some romances may also contain additional elements of their own, for example, a quest, or moral / religious episodes. Since these elements, however, do not occur in all romances, they cannot be isolated to identify the genre.

I believe that it is primarily through the identification of these six functions that we can isolate and define the genre of the romances. However, these Spanish romances also exhibit one additional characteristic which is essential to them in medieval literature. This characteristic is that the Spanish romance, unlike the epic with its historical focus, deals with fictional rather than national themes. However, since this particular characteristic is not peculiar just to romances, it must be referred to in conjunction with the mentioned functions to define romances, but not as an isolated feature of the genre.

This definitition may be applied to all medieval Spanish romances, including the cyclic type of romances such as *El baladro del sabio Merlín* and *La demanda del sancto Grial*, which are Spanish versions of the 'Vulgate cycle' of Arthurian romances. To understand the structure of the cyclic type of romances, the critic must be aware that, as Vinaver explains in *The Rise of the Romance* (Oxford, 1971, pp. 54-55), they grew from a process which forged significant links between episodes originally independent:

> In the twelfth century the story of Perceval and the Grail was never linked with that of Lancelot, and neither Lancelot nor Perceval had any place in the chronicles of Arthur's reign such as Wace's *Brut* of Geoffrey of Monmouth's *Historia* (p. 55).

Vinaver adds that the Arthurian cycle of romances grew as a result of this 'linking process' and of the narrative device of interweaving a number of separate themes (p. 55). Although in *Valentin et Orson*, the false accusation to the queen and her subsequent exile provide the backbone of the story, this romance has a cyclic nature revealed by the large number of separate episodes linked together by the original theme of calumny. Thus, after baring the structure of a cyclic romance, the different features of the definition can be clearly distinguished to identify the work as a part of the genre.

*

*   *

B. A Proppian analysis focuses on the functions of characters. As Seymour Chatman puts it in his *Story and Discourse* (Ithaca, 1980, p. 111), "The Formalists and (some) structuralists...wish to analyze only what characters do in a story, not what they are—that is, 'are' by some outside psychological or moral measure."

In the following pages, I wish to expand the analysis of the great variety of narrative resources of *Carlos Maynes* beyond the limitations of a formalist analysis. The section on Characterization will study the characters as they evolve through the themes of the romance. Other aspects of the narrative to be discussed are the story, the setting, and the narrative mode—that is, the way the events are presented in the story.[2]

Carlos Maynes offers a certain vision of society. The major themes of the romance can be extrapolated through the formulation of this vision of life: a ruler condemns his apparently guilty wife based on the evidence provided by traitors. In the resulting conflict, man is constantly in a dialectic between spiritual and worldly values, such as religion and love vs. honor and pride. Man is punished because his mundane side is generally the stronger one. Thus, the main themes of the romance can be represented this way: appearance / reality, treason / loyalty, and piety / worldliness.

CHARACTERIZATION

Appearance / reality

To believe in appearance in this romance invariably leads to error of judgment. Of all the characters in the romance, only Carlos Maynes is guilty of believing what he sees and of making a judgment without proof. When Carlos sees his wife in bed with the dwarf, he immediately assumes that she has committed adultery, without questioning her so that she can have a chance to defend herself. The only questions he asks are rhetorical ones in which he laments his own misfortune. Although the treacherous barons act as if they were convinced of Sevilla's apparent infidelity, they do so to further their political ambitions. If the traitors had accepted the dwarf's accusations as genuine, they would have hardly needed to ask him to incite the emperor to the point that he wanted to have his wife burnt (VII). Further on in the narrative, we find out that even the traitors condemn the emperor for driving his pregnant wife out of his land even though they themselves stand to benefit from it since they seek to overthrow Carlos and to hand over the kingdom to their leader, Macaire (XXIV).

Of the remaining characters, Aubery does not judge the empress. He merely accepts the mission of leading her into exile and treats her kindly—not as a guilty person. Don Aymes and Ougel soon guess the truth, but they owe allegiance primarily to their lord and they can only help her by advising the emperor to forgive her. Some time after Queen Sevilla's departure with Aubery, the emperor wonders why the latter has not returned to court yet. Macaire slanders Aubery, claiming that the knight would never return because he had seduced the queen. Carlos again proves his impulsiveness to believe appearances by unquestioningly accepting Macaire's accusations (XVI). Carlos gets a fitting punishment for his mistrustful character by suffering ridicule and humiliation at the hands of Sevilla's helpers.

Barroquer's external ugliness is another sight which might lead to wrong conclusions. The monstrous appearance of the dwarf matched his character: the dwarf was as evil as he was ugly. Queen Sevilla receives a shock upon observing the imposing ugliness of Barroquer, but despite the ambiguous words he utters when he meets her—"¡Qué buen encontrado para mi cuerpo solazar!"—she does not assume that he is evil. Her implicit faith in his good nature despite his terrifying appearance brings forth his generosity (XII).

Another aspect of Barroquer in which appearances are deceptive is the bravery he sometimes exhibits. The good peasant does display daring courage in the defense of Queen Sevilla's son, Loys: first, when he fights against twelve reputedly dangerous highwaymen with only young Loys to help him (XXX-XXI); and second, when he steals Carlos Maynes' favorite horse in front of the entire army, to give it to Loys (XXXVI). However, when he finds himself in a dangerous situation in which the only one threatened is himself, he exhibits a most comic display of terror (XLI). Thus, it follows that Barroquer's bravery is not constant but only assumed in order to defend those he cares for.

Treason / loyalty

The idea of treason in the Middle Ages takes on a particular meaning, as Adalbert Dessau has shown in his article, "L'Idée de la trahison au moyen âge" (p. 23): "le moyen âge voit dans la trahison surtout un crime contre les liens de dépendance et d'obligations mutuelles entre seigneur et vassal qui constituent l'élément central de tout le droit féodal."

The theme treason/loyalty rivals in importance with appearance/reality, since the conflict in the romance is motivated by the action of traitors, members of a renowned traiterous clan—the Ganelons. (It should be pointed out that although the dwarf himself is not a member of the Ganelon clan, he is supported by the Ganelons.) The traitors slander the queen as well as the king's loyal vassal Aubery. The normal order of feudal relationships is thus troubled. Legal order is restored at the end through divine intervention, as seen in the judicial combat between the loyal vassal's dog and Macaire, the leader of the Ganelon clan. Macaire's treason is thus of the worst kind, since he not only lusts after the empress, but also seeks to overthrow the emperor and kill the heir to the throne. When the noblemen learn of Aubery's death, the duke don Aymes, who strongly suspects Macaire and would like him to be punished, tells the barons an anecdote—an *exemplum* about Merlin the magician—to illustrate his arguments. In his book *Grammaire du Décaméron* (The Hauge: Mouton, 1969), Todorov explains the importance of a story embedded within a story:

> ...l'enchassement est une explication de la propriété la plus profonde de tout récit. Car le récit enchâssant c'est le RECIT D'UN RECIT. En racontant l'histoire d'un autre récit, le premier atteint son thème essentiel et en même temps se réfléchit dans cette image de lui-même... (p. 91).

Don Aymes' anecdote proves that the dog is man's most loyal friend. It is then inferred that Aubery's dog has a righteous complaint against Macaire. The corollary is that Macaire is likely to be guilty of treason. The *exemplum* thus provides supportive arguments for one of the most important themes of the romance: the intense loyalty of an animal, which reflects the base treason of a man. In the ensuing judicial combat, the hypotheses of the anecdote are proven and the traitor receives due punishment.

Todorov's statement concerning the embedding of a story within a story is certainly exemplified in this romance, since, in addition to the previously discussed theme, the anecdote also reveals the moral attitude towards women underlying the plot. This attitude will be discussed in the part of this analysis entitled Story.

The culprit of the original treason which triggered the conflict between the emperor and the power-seeking clan was a dwarf. Due to the queen's violent rejection of his initial advances, the dwarf's daring action of getting into her bed while she slept was motivated rather by his burning desire for vengeance against her than by his lust for her. Thus, when the traitors ask him to persist in his slanders and offer him a reward for it, the dwarf is more than ready to do so since it furthers his own plans. He does not seem to be overly concerned about the risk of his ensuing death at the hands of the emperor. Just as the little man is getting into the queen's bed, the narrator lets the reader into his character's consciousness: "pensó que ante querría prender muerte que la non escarneçiese" (IV). His obsession with revenge reveals the psychological complex the dwarf suffers from. We can infer that Queen Sevilla's outraged repudiation of him intensified his awareness of his external appearance, the source of his complex. Consequently, to punish her for her instinctive reaction became more important than life itself: the act of revenge was the only means of regaining his self-esteem.

The embodiment of loyalty in *Carlos Maynes* is the brave knight, Aubery de Mondisder, who dies defending the honor of his liege lord. Aubery is totally unconcerned with himself: his only thought is for the empress' safety and the honor of the emperor. Even when he is fatally wounded he includes Queen Sevilla in his prayers to the Virgin.

As for the rest of the characters, Barroquer's loyalty to Queen Sevilla is an obvious illustration of the theme. An interesting insight into a vassal's loyalty to his liege lord is Ougel's conversation with the Duke of Normandy, as he is trying to enlist the latter's help to reinforce Emperor Carlos' defense against his father-in-law's army. The duke condemns the emperor for having driven his wife out of his land and objects that if Carlos wants to fight against his son, he himself has no desire to lend allegiance to a cause against his natural sovereign (XLIV). Ougel's reply is that the duke's duty to his lord is to support him in every way. However, his words imply that he shares the duke's reservations:

> "Señor," dixo Ougel, "por cosa del mundo vós non dexedes de acorrer a vuestro señor e de lo ayudar en toda guisa. E desque a él llegardes, tanto le rogaremos que resçiba su muger que lo fará.

The loyal Ougel illustrates the perfect vassal who must second his lord even though he may be convinced that the cause at stake represents an injustice.

Piety / worldliness

In the feudal society exemplified in *Carlos Maynes*, man often finds himself in a dialectic between his spiritual and secular qualities. More often than not, the mundane qualities win. To illustrate different aspects of this inner struggle, this theme will be divided into two sub-themes: religion/honor and humility/pride.

Religion / honor. In the background of the action of *Carlos Maynes*, religion occupies an important place. There are references to religious rituals throughout the entire work. Emperor Carlos goes regularly to listen to the canonical hours; convinced of Queen Sevilla's adultery, Carlos advises her to go to see the Pope in repentance of her sin; this part of the action occurs around the time of Easter (Pascua de Resureçión); the noble barons and the emperor show their complete trust in God's judgment by organizing a judicial combat between a dog and a nobleman of great power: the fact that by chance a king (the King of Hungary) becomes Prince Loys' godfather points to the value attached to the ceremony of christening; during the final combat between the Greeks and the French there are regular interruptions for mass; Queen Sevilla's final humiliation was executed under instructions of the Pope.

Having established the overall presence of religion, it will be interesting to examine whether the rejection of it can ever be condoned in such a pious society. After the discovery of the knight Aubery's murder, it was decided that there should be a judicial combat between Macaire and Aubery's dog. Just before the combat, a bishop asked Macaire whether he wanted to kiss the sacred relics which had been brought to the field for that purpose. Macaire rejected the offer contemptuously, for his pride would not allow him to admit the possibility of being defeated by a mere dog. In other words, this act of piety would be detrimental to his honor as a knight, and thus he favored the mundane characteristic of haughtiness over religious concerns. This rejection of a sacred ritual is severely condemned by the crowd. The narration of the scene and the outcome of the combat leaves no doubt as to the way the audience (the reader) is expected to interpret it. Spurning an act of piety because of mundane matters such as honor and pride is to be punished; and indeed, Macaire will lose the combat and will receive the punishment of a traitor.

On their way to Constantinople, Queen Sevilla, her son Loys and the faithful Barroquer are attacked by a group of highwaymen. In the ensuing combat, eleven of the twelve criminals are killed. The last one, having been pardoned, acts as their guide. He leads them to a hermitage where lives a hermit of saintly reputation. The thief explains:

> ..."e ý mora un santo hermitaño que es muy buen clérigo. Muchas vezes fuemos a él por lo ferir o matar; mas así lo guardava Dios de mal que sienpre nos fazía tornar atrás, que nunca podíamos açercar en la hermita (XXXII).

The thief adds that this hermit is the brother of the Emperor of Constantinople (Sevilla's father). When they reach the hermitage, Queen Sevilla identifies herself and narrates her misfortunes to her uncle. The pious man is moved to action. He will first attempt to get Carlos to receive his wife back through the Pope's threat of excommunication. If this fails, however, the hermit pledges to abandon his vows to religion in his niece's defense:

"E sy Carlos non vos quisier resçebir, non puede falleçer de la guerra en guisa que yo lo cuydo echar de la tierra a su *deshonra*, e quiérome partir desta hermita que más ý non moraré, & tornaré al sieglo a traer armas, e la lazería que fasta aquí sofrí por Dios, quiérola toda olvidar, & puñar de comer bien & bever bien & de me tener viçioso" (XXXIII, emphasis mine).

Deshonra is a key word here, because it betrays the feelings of the hermit: the dishonor that Carlos inflicted upon them is to be paid by dishonor through arms—an unavoidable war between the two countries. The knight forgotten inside the hermit comes up to the surface in the defense of a woman, and especially a female relative.

Thus, in this case also, honor takes precedence over religion. It is condoned, however, because the motivation of this choice is a pious one: the defense of an unprotected woman, unjustly accused and condemned. Portrayed against the background of a pious society, the fact that the saintly hermit abandons his religious life for a worldly one is doubly significant. It serves to emphasize the magnitude of the injustice committed against the hermit's kinswoman since it triggers his action. The fact that honor is one of the elements which prompted the hermit to act is not to be condemned because his ultimate goal was not selfish—as it had been in the case of Macaire—but only to help another human being in need. The function of the hermit in the romance is solely to illustrate the meaning of the opposition religion/honor: for a worthy cause, the second one may take precedence over the first. The relationship between the two themes having been established, this character does not reappear in the romance.

It would be an incorrect assumption to believe that because honor takes precedence over religion, it is thereby imbued with an additional spiritual or religious value. Honor always remains a mundane value which is condoned under special circumstances, irrespective of the religious choices involved.

Humility / pride.

Pride is condemned in the world of the romance as it invariably leads characters into error. The arrogant Macaire is offended at the thought of having to fight against a dog, but conveniently puts pride aside when he realizes that the animal is likely to win the fight, and breaks the rules of the combat by asking for help. This action brings immediate dishonor upon him.

When faced with Queen Sevilla's supposed adultery, Carlos is first and foremost hurt in his pride. He asks his barons: "¡Judgádmela desta grant onta que me fezo, cómmo aya ende su gualardón!" (V). The love Carlos seems to profess for the queen is not sufficient for him to spare her. Here again, pride and honor are higher than love in the hierarchy of values. However, whereas his own honor demands her death, her pregnancy and his "public honor"—or fear of adverse public opinion—oblige him to preserve her life. Carlos' excessive pride causes him to lead his army into battle against his own son. When the latter humbles himself asking Carlos to take Sevilla back, Carlos' pride again takes precedence over the love he feels—betrayed by his emotions during the short meeting with his son. Although through Macaire's defeat, the question of Sevilla's innocence is no longer in doubt, the matter becomes a political issue. Carlos' pride needs the humble surrender of the enemy's army in order to assert publicly his authority as a ruler.

In contrast with Loys' generous pardoning of the last thief, after the hold-up, Barroquer adopts a negative attitude indicating a certain pride of the position of confidence he holds with the queen and her son. The faithful servant is disinclined to believe the honesty of the thief's new intentions. His pride will be humbled, however, when, as a prisoner of Carlos Maynes, his life depends on the thief's honesty. Barroquer acts as a foil to Loys, who is represented as the ideal nobleman. Through the character of Loys, humility is portrayed as an essential quality in a nobleman. In his relationship with the thief, Loys shows the ability to bring himself to the level of one who belongs to a lower station of life. Loys also humbles himself before his misguided father when, in the midst of a combat, he asks Carlos for mercy for the sake of his mother.

While they are staying at Joserant's home, Loys does not know he is of royal birth. When his host's daughter proposes to him, however, the young man reacts with subconscious pride as he abruptly rejects her and shames her behavior. This incident serves to show that even the nobleman endowed with a laudable humility has an innate pride that comes forth in given occasions. It is this mixture of humility and pride which portrays the perfect nobleman, exemplified by Loys in the feudal society of *Carlos Maynes*.

Eric Köhler (p. 237) points to Barroquer's terrifying physical ugliness which seems to highlight his noble sensibilities. He also stresses the lack of arrogance with which Barroquer accepts riches and ennoblement in payment for his work. Köhler's thesis that the

Spanish translator selected this particular French romance to bring it into a Spanish audience in order to emphasize the possibility of cooperation between the upper echelons of a feudal society and the lower classes is very likely a correct one. As he indicates, the completely open class structure existing in Spain as a result of the Reconquest allowed the possibility of social advancement (p. 236). However, it is important to note that Barroquer was only ennobled after he had received a lesson in humility at the hands of Griomoart. This further illustrates the significance of humility in the attributes of a nobleman. As we have seen, pride is another attribute, but only when purged of arrogance.

STORY

A first reading of the romance *Carlos Maynes* leaves one perplexed: it is difficult for the modern reader to understand why Queen Sevilla—after being wrongfully accused of adultery and consequently forced to leave her home in an advanced state of pregnancy—has to ask the emperor's forgiveness in a public act of extreme humility in order to be taken back as his rightful wife. Instead of being received as befitting a queen to whom an injustice has been done, Sevilla has to shame herself publicly by presenting herself naked to the waist before her husband to beg for mercy. Surrounding her are the soldiers of her father's army, all of them in their underclothes, in the same spirit of humble subjugation. Considering the fact that the emperor of Constantinople had moved his army to France in order to avenge his insulted daughter and that his military power is at least as strong as Carlos', the Greek army's submission to this begging for mercy is equally surprising.

The reason for this seemingly arbitrary action becomes clear through a study of the internal structure of the story which, in turn, leads us to an understanding of the moral framework of the text. If one reduces the story to its paraphrase, following Todorov's method in his *Grammaire...*, a certain pattern of events comes to light which provides the motivation for the acts of the characters. Todorov represents the recurrences of events of the *Decameron* stories through the use of algebraic formulae. As Chatman rightly observes (p. 91), the symbols in themselves are of little importance. However, by converting characters, narrative situations, and acts performed into symbols and by representing the plot through these symbols, a pattern emerges which is not discernable by simple reading. Once the

symbols have served their purpose of illustrating the internal structure of the plot and of pointing to the obscure motivations, they do
not have to be actually used in the written version of the story
analysis. The use of formulæ presents the inconvenience of having to
check the key to the symbols constantly, which results in a halting
reading of the analysis. Thus, the present analysis will follow Todorov's method without the actual symbolic representation: this will only
be included in note 3.

The paraphrased version of the story is as follows:

The emperor and the empress are happy together. Through an
act of treason, the emperor believes the empress committed adultery and thus wants to burn her alive as a punishment. The loyal
barons intervene to help the empress and modify the situation.
The result of the modification is that the emperor does not punish
the empress as he planned. However, the empress has been humiliated.

The empress is humiliated and needs help. The second helper,
Barroquer, modifies the situation; he brings her to her father, the
Emperor of Constantinople, who devises a plan of revenge against
Carlos. Barroquer goes to Carlos on a mission to help Sevilla, and
he tricks Carlos by stealing his best horse. The Emperor is humiliated and pursues Barroquer with his entire army following, all
unarmed. The Emperor of Constantinople, becoming the third
helper, tricks Carlos and his army into besiegement. The emperor
is humiliated for the second time.

Trying to avenge himself for the humiliations endured, Carlos
gets his own helpers to kidnap Barroquer. The thief Griomoart
becomes the fourth helper as he tricks Carlos by surreptitiously
freeing Barroquer and stealing Carlos' sword. Carlos is humiliated
for the third time.

The outcome of the situation is that through the intervention
of the religious authority—the Pope—in order to terminate the
conflict, the empress humbles herself begging for mercy. The fact
that the emperor knew that Sevilla was innocent, together with
her humiliation, results in Carlos' reinstatement of Sevilla as his
wife.[3]

Sevilla's humiliation is doubly significant because she had not been
guilty in the first place and this time the emperor was aware of it.
Thus, equated with her initial shame of expulsion, her plight is
equivalent to Carlos' three humiliations. Emperor Carlos had to be
humiliated for believing something as soon as he heard without
attempting to find out the truth first. This is the moral purpose of the
story, as stated in the first sentence of the romance:

Señores, agora ascuchat, & oyredes un cuento maravilloso que deve ser oýdo asý commo 'fallamos en la estoria, para tomar ende omne fazaña de non creer tan aýna las cosas que oyer fasta que sepa ende la verdat... (I).

John Rutherford (p. 195) explains the importance of what he calls "moral definition" in a narrative:

[Moral definition] is the establishment, either by direct statement or indirectly, through irony, humor, or simple unspoken assumption, of the standards according to which the reader is required to interpret the text.

In *Carlos Maynes*, these standards are two-fold. First of all, impetuous behavior is condemned as a trait of character. Secondly, there is a basic mistrust of woman which emanates from the vision of life represented in the romance. We will examine in turn these two sets of standards and then draw further conclusions on the motivations of the acts of characters.

The character guilty of impulsiveness is of course Emperor Carlos. We have seen in the abbreviated version of the story that through his first act of impulsiveness—the comdemnation of Queen Sevilla without proof—he destroyed his home; and through the second one—the pursuit of Barroquer with his army following unarmed—he placed the fate of his country in jeopardy. The humiliations he endured as retribution were therefore entirely justified.

The moral framework of the text, however, lies in the total absence of trust in woman, not only concerning fidelity to her spouse, but also regarding her loyalty in general.

We mentioned the *exemplum* in which the duke don Aymes uses Merlin's wisdom to prove the loyalty of the dog. The same anecdote provides the key to the moral attitude of the narrative, the standards according to which the reader must interpret the text. The following passage is worth quoting in its entirety:

"Catad, esta es mi mugier que tanto es fermosa, & de que me viene mi alegría & mi solaz, & a qui digo todas mis poridades; mas pero si me viene alguna enfermedat, ya por ella non seré confortado; e si acaeçiese así que yo oviese muertos dos omnes por que deviese ser enforcado, & ninguno non lo sopiese, fuera ella solamente, si con ella oviese alguna saña, & la feriese mal, luego me descobriría. E por esto digo que éste es mi enemigo, ca tal manera ha la mugier. Así diz la otoridat (XXII).

Woman is considered a sinner by nature. In a situation of doubt, her guilt is presumed and she has to prove her innocence. This attitude is also exemplified in the situation of one of the minor characters of the romance: María, Barroquer's wife. When Barroquer first hears the queen's plight, he abandons his wife and children without even taking the time to warn them and follows the queen into exile in order to help her. Several years later, leaving the queen under the protection of her father, Barroquer returns home disguised as a pilgrim with the intention of testing his wife's fidelity. He finds his wife crying bitterly for her husband, whom she believes to be dead. However, his wife's lamentations are not sufficient proof for him. Having observed the absolute poverty in which she lives, he provides her with a magnificent meal and afterwards attempts to buy her favors. When she refuses indignantly and threatens to call her neighbors, Barroquer, satisfied "porque la avía tan bien provada" (XXXV), removes his disguise.

The narration of this incident further illustrates the mistrust of woman underlying the vision of the world in the romance since it betrays a tacit approval of Barroquer's act: the text comments on his pity at his wife's sorrow at first, his joy at seeing his sons, his emotion at the dinner table, and finally as he removed his costume the narrative voice refers to him with a positive attribute: "fincó en saya *el muy buen vejaz*" (XXXV, emphasis mine).

Barroquer tests his wife, but the lesson to be learned is rather for him than for her, in the sense that, as Cervantes shows in El *curioso impertinente*, certain things must not be tested or they cease to be truths. Yet, all he learns is that she is faithful, not that the test was foolish. María's love and loyalty pass the foolish test invented by her distrustful husband. Sevilla's love and loyalty pass the unthinking tests of exile and humiliation imposed by her mistrustful husband. Carlos Maynes must learn to examine the evidence and his prideful nature before he can be restored fully to his family and kingdom. The experience of Barroquer and María is different from Carlos and Sevilla's, in the sense that Barroquer's pride is not humbled before they reconcile. Unlike Carlos, Barroquer has no motive for suspecting his wife of lascivious behavior. María is an unexceptional peasant woman, lacking the beauty which distinguishes Sevilla. Barroquer's unmotivated suspicions are only a subconscious, pitiful imitation of the emperor's. Therefore, his offense needs no retribution.

It is interesting to note that in the world of *Carlos Maynes*, even the donkey is attributed more loyalty than the woman. In Merlin's anecdote, don Aymes mentions the ass of a servant which remains loyal in spite of the blows it receives. The motif of the donkey's loyalty superior to woman's is found again in the episode of Barroquer and María. The donkey proves it recognizes his master's voice by braying loudly, whereas Barroquer's wife had no suspicion of his identity. Although the animal has an instinct that human beings lack to recognize its master, there is an implied criticism in Barroquer's words anticipating his donkey's greeting: "La bestia fará contra su señor lo que non fezieron sus fijos." It is evident that the sententia he utters is equally applied to his wife, who has not recognized him either. The donkey's loyalty reminds us of Sevilla's: despite her exile and public humiliation, she is happy and grateful to accept Carlos back, just as the loyalty of Merlin's donkey grows with the amount of blows it receives.

Facing his wife's supposed adultery, Carlos Maynes verbalizes the general mistrust of woman prevalent in his society as he exclaims against the foolishness of ever trusting a female:

"¡Señor Dios! ¿quién se enfiara jamás en mugier? e por el amor de la mía, jamás nunca otra creeré" (IV).

The moral framework of the romance helps us answer the original question of this section concerning the motivation of Queen Sevilla's final act of humility. Carlos Maynes has been punished for acting on impulse. However, he has lost standing as a ruler and as a husband in the process. We have seen the general attitude towards women in don Aymes' anecdote. Barroquer and María have shown that the happiness of a couple depends on the wife's passive acceptance of her husband's dominion. Consequently, it follows that Carlos has to regain the standing he lost in order to be able to reinstate a normal relationship with Sevilla. To that end, her undeserved humiliation cancels his own and thus enables them to live together again under the rules of their society.

NARRATIVE MODE

In this section, I will examine three aspects of narrative technique: 1) *narrative sequence*, or the order of events in the story; 2) *narrative duration*, which, as Chatman explains, "concerns the relation of the time it takes to read out the narrative to the time the story-events themselves lasted" (p. 68); and 3) *point of view*, or the perspective from which the characters and events are presented.

Narrative sequence

After a brief introduction of the heroine, the hero, and the traitor, the narrator follows the evil character up to the culmination of his efforts, Queen Sevilla's exile. At this point, the narrative follows a double path. It is primarily concerned with the fate of the heroine, but it also flashes back to the hero and the home scene. Leaving the queen on her way into exile with Aubery, the narrator takes the audience back to the home scene, in order to follow the second evil character, Macaire, back again to the queen. We then have the fight between Macaire and Aubery with the latter's defeat, the queen's meeting with Barroquer and her decision to travel with him. Here, the narrative flashes back to Carlos, and follows him as he deals with the confrontation of the greyhound with Macaire. At the completion of the episode of Aubery's dog, the narrator goes back to the point where he left Sevilla, on her way to Hungary, as if no time had elapsed. Sevilla has a child and becomes ill for ten years. After the child has grown up and Sevilla has recovered her health, they leave Hungary and the thread of the narrative continues to follow them up to the hermitage. The folios missing in the MS occur at this point. In the next scene of *Carlos Maynes*, the narrative follows Barroquer back to France on a mission which will take him to Carlos. Thus, Barroquer is the link the narrator uses to unite the two different lines of the narrative. As he steals the horse, he leads Carlos and his army—following him in hot pursuit—to Queen Sevilla and her company. From this scene on, they are portrayed together throughout the remaining scenes of war and pardon.

Narrative duration

To continue Chatman's idea quoted just above, there are five combinations of discourse-time (the time it takes to read) versus story-time (the time the events of the story lasted), and we see all five of them in *Carlos Maynes*:

1) Summary: discourse-time is shorter than story-time.
2) Ellipsis: the same as (1), except that discourse-time is zero.
3) Scene: discourse-time and story-time are equal.
4) Stretch: the discourse-time is longer than the story-time.
5) Pause: the same as (4), except that the story-time is zero (p. 68).

The narrator of *Carlos Maynes* prefers the immediacy of dramatization (*scenes*) to the economy of summary. The manner of reporting events of the story aims to give the audience the impression of witnessing them. There is, nevertheless, a mediation between the audience and the events themselves: the narrator punctuates the story with his own comments or prophecies about the fate of his characters, reminiscent of the oral epic tradition. The technique of summary is used at given points of the narrative to relate the passing of time in which nothing significant occurs, and to give brief descriptions of the attitude of characters.

The first scene begins *in medias res*, as the emperor and his wife are holding a reception in the monastery of St. Denis. As mentioned above, after reporting the arrival of the dwarf in the middle of the party, the narrator foretells the evil consequences of his stay, and then gives a summary statement describing the rest of the scene and the prolonged stay in Paris of the rulers. The next scene describes the emperor hunting. As Carlos and his huntsmen are following a deer, the rest of the scene is summarized, and the audience is taken to witness the events leading to the exile of the empress. Namely, the dwarf surprising Sevilla in her sleep and the violence of her ensuing response is what triggers the key scene of the conflict—the king's discovery of Sevilla's supposed infidelity. The key scene is divided into short scenes showing the different episodes of the action. This main scene of treason and unjustified judgment is intensely dramatized. There is an actual slowing of time as the narrator pauses to describe the attitude of the characters involved, as well as the reactions—to the seeming evidence of adultery—of both traitors and noble barons.

Thus, in the scene of Queen Sevilla's trial, the narrative speed is greatly reduced until it seems to come to a pause, as the narrator intervenes expressing his hopes that the Virgin may save the queen. This slowing of the narrative speed, followed by an interruption of the story-time, is a technique to create anxiety in the audience for the character's welfare. We can find this method of producing suspense at other points in the story, but especially in the episode where Barroquer is about to be hanged (XXXIX). The traitors tie a blindfold around the loyal peasant's eyes, in preparation for hanging, and then there is a pause in the story-time, introduced by the following statement of the narrator: "¡Agora le vala Dios, synon agora lo enforcan!" (XXXIX).

The scene of Sevilla's trial ends as the emperor selects one of his knights, Aubery de Mondisder, to lead Sevilla out of the surrounding forest into exile. At this point the narrator pauses again to describe the unique type of relationship Aubery shared with his dog. This main scene, as well as the events leading to it, is streched—following Chatman's use of the term (pp. 73-73)—as it is recounted to other characters in different episodes of the narrative.

We then have a series of little scenes showing Sevilla on her way with Aubery and his dog, Macaire following them, the ensuing combat between Macaire and Aubery, the latter's death, the flight of the queen and Macaire's attempt to cover the evidence of his murder. These brief scenes end with a detailed summary of the greyhound's care and protection of his master's body. Sevilla's meeting with Barroquer and their departure together is followed by another summary which is consciously indicated to the audience:

> Agora se va Barroquer & la reyna con él, que Dios guarde de mal. Mas de las jornadas que fezieron yo non vos la *sé* contar... (emphasis mine).

Sé is not used here meaning a purported ignorance on the part of the narrator because when Sevilla is recounting her story to the hermit, arriving at the point of her journey with Barroquer, she avoids details with the same phrase: "Non vos sé contar todas nuestras jornadas" (XXXIII). Thus, the narrator is not questioning his competence to relate the journey, he is merely attempting to eliminate extraneous detail.

Another interesting example of summary is presented in the next scene, which brings the audience back to the emperor. Carlos is shown having a meal with his barons: the narrator summarizes the conversation, giving one single quotation of what is said. As Macaire is reported to be slandering Aubery to the emperor, the only direct quotation is Carlos' reply to Macaire.

This scene is the introduction of the episode describing Macaire's combat with the greyhound. The audience witnesses the dog leading the emperor and the barons to the site of the murder, the discovery of Aubery's body and ensuing burial, as well as the conference of the Twelve Peers of France to pronounce judgment on this case. At this point, there is a prolonged pause in the narrative. The story-time stops when don Aymes tells an *exemplum* as evidence to support his opinion. In the scene of the actual fight, each movement of the combatants is dramatized in detail. The episode ends as the emperor punishes the traitors.

The narrative then leaves Carlos to return to Sevilla. Carlos will not come back to the scene until the moment of confrontation with the army of Sevilla's father. Carlos' actions between these scenes are unaccounted for. There is a partial ellipsis here because the line of the narrative, which followed both protagonists up to this point— through the use of flashbacks for Carlos—only accounts for the time-passage of one of the characters. This partial ellipsis suggests that nothing significant happened to Carlos during this time. The narrative then goes back to Sevilla and shows her arrival to Joserant's house in Hungary, refers to her confinement and to the ensuing illness which immobilizes her for ten years. The summary of the years of her son Loys' childhood is enlivened by dramatized interruptions, such as the scene where Joserant's daughter proposes to Loys. This summary ends at the point when Barroquer decides that Loys has reached a reasonable age and sets their departure. The narrative proceeds in the form of a series of scenes: the fight with the highwaymen, the meeting with the hermit, Barroquer's theft of Carlos' horse, followed by the scenes of siege and actual battle. After Sevilla's humiliation and the final reunion, the narrator gives a brief summary in which the audience can follow the future of the different characters.

The combination of the slowing and the acceleration of time in the narrative through the use of scenes punctuated by summarizing passages show the narrator's concern for captivating the audience's attention. The story is effectively dramatized by the different techniques of summary and the slowing of time at crucial points of the action, as well as by the conscious suppression of narrative description.

Point of view

By "point of view" I mean the perspective from which the characters and events are described in the narrative. Although there is an overt omniscient narrator, characters are presented to the audience by self-revelation more than through any other device. The narrator only gives descriptions whenever such descriptions are necessary to supplement a character's actions. In the case of the major characters, no preliminary description is given: they are merely shown in action. The minor characters are generally introduced by a brief descriptive statement which characterizes them, such as for Macaire, "el traidor de la dulçe palabra e de los fechos amargos." The narrator then proceeds to give insights into their temperament by showing them in action. The only two physical portraits are of the dwarf and Barroquer, for their very repulsiveness enlivens the narration. Even in these descriptions, the active participation of the narrator is minimal; the emphasis is given to the reaction of the other characters. Barroquer's appearance amuses the king of Hungary and Loys; Sevilla's beauty induced the dwarf and Macaire to risk everything in order to satisfy their lust for her and it causes townspeople not to believe her when she claims to be Barroquer's wife. The narrator also alludes to her beauty in a metaphor, but does not describe her features: "la más bella rosa que podía ser" (VI). Carlos' physical traits are only referred to as seen through the eyes of another character, in relation to his temperament and behavior. While watching the emperor sleep, Griomoart observes:

"¡Ay Dios, cómmo es dultadorio el rey Carlos! ... Non puede ser, si se junta le hueste de los griegos e la déste, que ý non aya muy grant daño de anbas las partes. Ca éste non se querrá dexar vençer. Nunca tan fuerte rostro vi de omne (XLI).

Whereas the narrator suppresses himself in the physical and psychological descriptions of characters, he frequently reveals his omniscience through his predictions about the future of the characters, his oaths against evil characters ("¡Dios lo maldiga!"), and the favorable attributes he ascribes to some of the other personages. The narrator's presence is also marked overtly when he relates a scene from the point of view of one of the characters involved. An example of this technique is Barroquer's reunion with María, when he returns home disguised as a pilgrim. It is clear that the scene is narrated from Barroquer's point of view, because the focus of attention remains on him. María's reactions are significant only in their implications for him.

We find a different point of view in the narration of a scene where Barroquer is seen leaving France with Sevilla (XIII). They are described during the first few days of their journey as an independent observer would see them, going through towns and villages, and being questioned as to the nature of their relationship. The narrator adopts the perspective of one of the townspeople who sees them pass through, and there is no information presented that a passer-by could not know.

The portrayal of the main characters can be examined through the different narrative devices observed in the romance. Carlos' impulsive nature is first shown in the key scene, as he accepts the dwarf's story unquestioningly. We have already seen how this trait of character determines the emperor's acts through the action. Carlos' personality is also delineated indirectly through the opinion of others. Barroquer curses him openly in his comments on the condemnation of Queen Sevilla: "mucho fizo ý mal fecho. Dios lo maldiga, ca mayor follonía non podería fazer" (XII). Don Aymes blames Carlos covertly and tries to help Queen Sevilla and her followers within the limits of his powers. Ougel takes a similar attitude, although more restrained. As loyal vassals, neither of them can criticize the actions of their lord. The duke of Normandy, on the contrary, expresses his opinion very openly and at first refuses to help a man in a battle against his own son. It is interesting to note that whereas the victim herself, Sevilla, does not blame the emperor, thus making the traitors solely responsible for her exile, her son Loys does pass judgment upon his father: "...éste es el que falló mi madre quando fue echada tan mesquinamente" (XLV). In the final scene of reconciliation, the audience can appreciate once again how easily Carlos is persuaded by others. His haughty, distant attitude upon the sight of Queen Sevilla—coming towards him with her father's army—quickly turns into an embrace as he follows don Aymes' advice. His impetuous nature, which caused the initial conflict, also permits the instantaneous reconciliation.

Queen Sevilla's character is less well delineated. Righteousness and self-effacement are the two attributes reflected in her actions and can be seen when she indignantly rejects the dwarf's advances but fails to report it to the emperor. She is a passive character, in the sense that she functions through others. She needs other characters to help her in order to attain her goal. The only instance in which she awakens from this passivity is when her chastity is in danger. Only then does she act to defend herself, as she did with the dwarf and later with Macaire. This indicates that, in the society presented in Spanish romances, a major function of the married woman is to be faithful to her spouse at any cost. We have seen that in *La enperatrís de Roma*, the lines of the original "Doit sougite estre fame à home" were rendered into Spanish with an added comment of the translator: "La mugier deve ser sogeta del omne, *& andar a su mandado*" (I; emphasis mine). In several romances, the heroine's faithfulness is proved as she is shown fighting desperately against being raped.[4] It can be observed, however, that this marital fidelity of the woman is represented rather negatively in the sense that it is not assumed, but is proved through a sexual assault that the woman has to try to prevent unaided. In the case of a thwarted attempt of seduction, the woman does not even have the possibility of protecting herself by narrating the incident to her husband. Queen Sevilla does not complain to Carlos of the dwarf's behavior, just as in *La enperatrís de Roma*, the heroine does not plan to speak to her husband about her brother-in-law's love for her. The narratorial comment following the scenes of seduction explains the reason for this enforced silence:

> Ca mucho es loca la mugier & de poco seso que tal cosa va dezir a su marido , ca la nunca después tanto ama nin se fía en ella commo de ante; ella se mata ca sienpre le después sospecha" (III).

The character María, Barroquer's wife, brings further evidence to the notion that feminine chastity must be tested. We have seen that when Barroquer returns home disguised, after showing María his apparent wealth, he makes a lascivious proposition to her which she violently rejects. Again, the wife has to prove her chastity aggressively.

Don Aymes is also a principal character, insofar as he is the antithesis of Carlos Maynes. He is seen acting with *mesura* from the first. He always rationalizes the known facts before he comes to a conclusion. The sound advice he never fails to give the emperor is the evidence of his circumspection. This feature of his personality it first shown when he convinces Carlos to banish Sevilla rather than burn her, and then in the scene in which he reasons with his peers to attempt to prove the loyalty of Aubery's greyhound. The antecedents of don Aymes' life before the story-time begins are given by the character himself, as he reminds the emperor of their past relationship. The model conduct of this character stresses the rash behavior of the emperor by contrast, and thus vividly illustrates the moral of the story: "Non creer tan aýna las cosa que oyer fasta que non sepa ende la verdat."

The combination of these two types of narrator is peculiar to the medieval Spanish romances defined in the first part of this chapter. In *Carlos Maynes*, the narrator is mostly covert in the direct portrayal of personages, but at the same time, gives constant reminders of his omniscience through overt comments which add to the sense of urgency in the narrative. This technique achieves a sophisticated level of suspense, as the audience has the information necessary to take sides for or against a character from an early stage in the story. By informing the audience before the characters actually know, the narrator heightens the suspense and expectancy, which he maintains by pauses in the story-time at crucial moments.

SETTING

As Chatman points out, "the setting 'sets the character off' in the usual figurative sense of the expression; it is the place and collection of objects 'against which' his actions and passions appropriately emerge" (pp. 138-39). The setting in *Carlos Maynes* is highly symbolic. We will see how the major themes and "moods" of the story are projected into the setting.

Scenes of violence are generally narrated immediately after the descriptions of a beautiful and peaceful setting in the tradition of the *locus amœnus*. The gruesomeness of an assault is thus reinforced by contrast with the calm background. We have an example of this technique when the empress is portrayed sleeping, supposedly in the care of her ladies-in-waiting. The latter are really in a garden where they are making wreaths with flowers, according to a custom of the country. This paradisiacal setting emphasizes the horror of what is happening in the bedroom: the dwarf's declaration of love to the queen and her ensuing physical attack. Another instance of this use of contrast occurs shortly after the queen leaves with Aubery, as they pause to rest in a green prairie with a fountain and several trees. The treacherous onslaught to which Macaire subjects Aubery takes place not far from this tranquil setting. The background of the scene in which Queen Sevilla leaves Joserant's home with Barroquer and Loys also represents the peace of nature: "Barroquer . . . vio el monte verde & las aves cantar por los ramos a grant sabor de sý" (XXX). It is in these woods that the twelve highwaymen attack the travelers to emphasize the violence of men as portrayed against the peace of nature.

A different narrative device in the representation of setting is to echo what is happening in the scene with a fitting background. The first in which Sevilla was to expiate her sins was started "de espinas, & de cardos, & de huessos." This highly symbolic fuel is suitable to burn an adulteress. The exiled queen gives birth to her son in a background differing greatly from the one to which she is accustomed. However, the young Loys grows up at the court of the King of Hungary, a proper setting for a future king. The way in which people react when Barroquer is running through towns and villages in his escape from Carlos reflects on the theme of appearance vs. reality. They curse him because in his flight he appears dishonest, although in reality he is the opposite. The site where Carlos and his men were besieged is symbolically appropriate because it has already been the scene of a siege involving the treason to Carlos' nephew Roldán (XXXVIII). Thus, it reinforces the theme of treason, since it was originally due to the treachery of Macaire and his relatives that Sevilla was exiled. The portrayal of a scene against a fitting background projects the "mood" of the episode and intensifies it.

CONCLUSION

I have chosen to study this particular romance as the representative of medieval romances built around the theme of the calumniated woman because it illustrates the basic mistrust of a woman's chastity at the highest level of society, through Queen Sevilla, as well as the lowest, through María. In addition, in the story-within-a-story—don Aymes *exemplum*—we can find all the elements of the standing of the woman presented by the romance. Although the idea of the woman being guilty and dishonest by nature is prevalent in that society, it is important to point out that when a woman is wrongly accused by her husband and accordingly punished by him, the latter must also receive retribution for condemning on impulse, without evidence. We have seen the humiliations that Carlos Maynes endured to expiate his impetuous act.

In *La enperatrís de Roma*, the emperor of Rome sent the empress not to be exiled, but killed. It was only due to chance that she was saved. The empress thereafter suffered indignities at the hands of men two more times. Thus, when the time comes for the final reunion and the recognition of her innocence, she is the instrument of her husband's punishment by refusing to go back to him and entrusting herself to the only being worthy of that trust. In the case of *Valentin et Orson*, the emperor of Constantinople, like Carlos Maynes, sends his wife Bellisant into exile, only sparing her life because of her pregnancy. It appears that the emperor does not receive any retribution for his unjust act, since the empress goes back to him as his wife after the truth is known. However, it must be stressed that when Bellisant gave birth to her twin sons in the forest, one of the boys, Orson, was stolen by a bear and thereafter lived in the woods as an animal. Since the other boy, Valentin, grew up with royal relatives who treated him with great kindness, and Bellisant was taken to the home of a giant where she also received royal treatment, it follows that Orson was the one who suffered the brunt of his father's rash sentence to his mother. Thus, it is poetic justice that the emperor should accidentally die at the hands of his son Orson, shortly after the truth is discovered about Bellisant's innocence.

In the world of the romance, a husband only deserves punishment when, in a direct confrontation, he accuses his wife unjustly and punishes her for a sin she has not committed. In *Otas de Roma*, Emperor Esmere's brother, Miles, slanders Empress Florençia, accusing her of being an adulteress, but since Florençia is not present at the scene (since Miles had left her in a forest, tied to a tree), he does not have the chance to confront her directly with the accusation. Thus, in her eyes, Miles is the only guilty one, and at the final reunion she can go back to Esmere as his wife. It can be argued that—just as Carlos Maynes, the emperor of Rome and the emperor of Constantinople—Esmere suspected his wife of unchastity. However, in the vision of the world presented by the romance, only the physical act of direct unfair accusation and punishment deserves retribution, since it is an accepted axiom that in a situation of doubtful chastity, a woman is considered guilty until proven innocent. The truth of this axiom can also be observed in *Carlos Maynes*. Barroquer is not considered worthy of blame for suspecting his wife of infidelity without the slightest evidence of guilt. We have seen in the analysis of the story that his behavior is tacitly approved by the narrative voice, similarly to Esmere, who is treated as the hero of the romance.

The romance *Carlos Maynes* epitomizes the theme of feminine chastity in a medieval society. The initially obscure motivations for the surprising end of this romance invite the inquiry of the audience and thus, lead to a felicitous illustration of the theme. This romance also develops the important themes of appearance/reality, treason/loyalty, and piety/worldliness, which achieve the complete portrayal of the motivations of a medieval society. The standing of woman in this society and her ability to be faithful to her spouse can be illustrated by the following lines of *La enperatrís de Roma*: "Non ha mugier tan sabidora, si oýr quier a menudo lo que el omne dixier en pleito de follía, que se non aya de mover a fazer mal" (II). This theory of feminine behavior could be defined as the "moral definition" of Cervantes' *El curioso impertinente*. It is the underlying assumption of all romances dealing with the theme of the calumniated wife.

Notes

1 *La historia de la linda Melosina* is a Spanish version of a French romance, *Mélusine*, by Jean d'Arras, as Deyermond points out in his article "*La historia de la linda Melosina*: Two Spanish Versions of a French Romance." The two Spanish versions of *Mélusine* were printed in Toulouse in 1489 (British Museum IB. 42463) and in Seville in 1526 (British Museum C. 62. f. 7.).

2 I am indebted to John Rutherford's clear development of this method of analysis in his study "Story, Character, Setting and Narrative Mode in Galdós' *El amigo Manso*," in *Style and Structure in Literature*, ed. Roger Fowler (Ithaca: Cornell University Press, 1975), pp. 177-212.

3 In this analysis, the story has been reduced to its bare outline. We have eliminated the subplots as well as several incidental details in order to reveal the underlying structure of the plot.

The simplified symbolic representation of this paraphrased story may be formulated as follows:

LIST OF SYMBOLS (after Todorov, p. 7)

+	succession of events
→	implication
X	empress
Y	emperor
HELPERS	
Z	Z1 loyal barons; Z2 Barroquer;
	Z3 Emperor of Constantinople; Z4 Griomoart
ATTRIBUTES	
A	happy together
B	humiliated
VERBS	
a	to modify the situation
b	to commit adultery
c	to punish
d	to trick
e	to know
—	negation
$(\ldots)_{obl}$	modal proposition. Indicates that the action must happen.
$X(\ldots)$	false vision for X
//	the two propositions on either side of this sign refer to the same action

$$XYA + Y(Xb) + (YcX)_{obl} \rightarrow Z1a \rightarrow Y-cX + XB$$

$$XB + Z2a \rightarrow Z2dY \rightarrow YB$$

$$//$$

$$YB + Z3dY \rightarrow YB$$

$$//$$

$$YB + Z4dY \rightarrow YB$$

$$YB + YeX-b + XB \rightarrow XYA$$

---

4 See Teóspita in *Plácidas* (p. 140), Graçiana in *Guillelmo* (p. 350), the empress in *La enperatrís de Roma* (V and XIII), and Florençia in *Otas* (p. 86).

Noble cuento del enperador
Carlos Maynes de Roma
& de la buena enperatrís Sevilla
su mugier

Edition

The *Noble cuento del enperador Carlos Maynes de Roma & de la buena enperatrís Sevilla su mugier*, contained in El Escorial MS h-I-13, has been published by J. Amador de los Ríos (1864) and by A. Bonilla y San Martín (1907). Both of these editions, however, often give erroneous transcriptions of the text. Although Bonilla's edition corrects many of Amador's mistranscriptions, it, too, still has several misreadings. For these reasons, a new edition of this manuscript done with the resources of modern scholarship, seems called for. In fact, Chicoy-Dabán used his own transcription of the manuscript in his quotations from *Carlos Maynes* in his study on the Spanish Queen Sevilla: "Bonilla y San Martín's edition is on the whole an improvement over that of Amador,...but Bonilla y San Martín's transcription is sometimes less exact that Amador's" (p. 361, n. 29).

Carlos Maynes forms part of a *Flos Sanctorum* of the Library of El Escorial which contains nine works (described in note 14 of Chapter 2). This *Flos Sanctorum* was described by Amador de los Ríos (pp. 53-54), by Herman Knust (p. 104), and by Zarco-Bacas y Cuevas (p. 187). It is on parchment and consists of one hundred fifty one and a half folios. *Carlos Maynes* reads from folio 124b to the end of the MS, folio 152a. The script is in two columns of thirty-three lines. Folio 152a was cut: it only had its first column. MS h-I-13 measures 395mm. by 280mm. The first letter of the different episodes or chapters is decorated. We have identified the four columns of each folio from *a* to *d*. In their editions, neither Amador nor Bonilla indicate the beginning and end of each folio. Amador writes that the manuscript carried the signature h-j-12, but the correct signature is h-I-13. Amador believes the manuscript to stem from the end of the fourteenth century or the beginning of of the fifteenth (p. 53, n. 2). Zarco-Bacas y Cuevas indicates: "Letra de privilegios del siglo XV" (p. 187).

The narration of *Carlos Maynes* is interrupted at chapter XXXIV, but this is not noticeable upon first observing the MS. Folio 142d ends with the beginning of Chapter XXXIV. The next folio, 143a, deals with a different episode, but one would have to be familiar with the story to notice it; and it is not a case of missing folios, for the foliation follows consecutively without interruption. As indicated by Chicoy-Dabán (p. 14) and Köhler (p. 230, n. 4), the missing fragment is supplied by the text of the *Hystoria de la reyna Sebilla*, which follows *Carlos Maynes* very closely. In Zarco-Bacas y Cuevas' information about the manuscript, he lists where each of the nine works it contains was published (if at all). For *Carlos Maynes*, after mentioning Amador's edition, he refers to different editions of the *Hystoria de la reyna Sebilla* (Toledo 1521, Seville 1532, Burgos 1551 and 1553). He adds: "Adolfo Mussafia reprodujo la edición de Burgos 1553, en los 'Sitzungsberichte der K. K. Akademie der Wissenschaften: *Philos. Hist. Classe*' vol. 53, pp. 508-562, Viena, 1867, con el título: *Eine altspanische Darstellung der Crescentiasage*" (p. 189). In point of fact, Mussafia edited *another* romance, the *Fermoso cuento de una santa enperatriz que ovo en Roma & de su castidat*, the second manuscript I have edited in this book, and not the *Hystoria de la reyna Sebilla*. Zarco-Bacas y Cuevas then mentions Bonilla's edition of *Carlos Maynes* (Madrid, 1907). Knust indicates that the collection of works contained in the *Flos Sanctorum* are translations from French (pp. 105-06). Zarco-Bacas y Cuevas' references to Knust are marred by a printer's error; rather than pp. 505-06, as we find in Zarco-Bacas, it is really pp. 105-06.

Transcription Norms

The transcription of the manuscript is conservative: it will try accurately to reproduce the orthography of the manuscript as is. Words such as *escarnido* have not been modernized to *escarnecido*, as Amador did. Initial double *r* as in *rrey* or *ss* as in *ssy* have been simplified, but are left intact in all other positions. The scribe always uses *n* before *b* or *p* instead of *m*; this common feature of medieval Spanish orthography has been maintained. For the Spanish conjunction *and*, the scribe mostly uses the Tironian sign (seen in the photographs of the manuscript pages); this is printed *&* in this edition. When the scribe uses *e*, it has been preserved. Abbreviations have been resolved throughout: *cõfonda* is transcribed *confonda*; *cãtadura* is transcribed *catadura*; *muẽtos* becomes *muertos*; *p̃te* is resolved *parte*, and so on. There is no consistency in abbreviation practices for many words: we see the abbreviated *cãtura* in one line followed a few lines later by the full form *catadura*. Some words are always abbreviated, however, such as *q̃* for *que* or *qui*, or a backwards *$* for *ser*; forms such as *sería* are written with the abbreviation plus *-ia*. Whereas both Amador and Bonilla maintain the consonantal *u*, as in *pauor*, I have changed it to *v*: *pavor*. Although Amador sometimes omits the cedilla on some words that show it in the manuscript (Amador's *rescibir, facienda, cerca*), I always show it: *resçibir, façienda, çerca*.

Nexuses in the manuscript, such as *q̃l* for *quel*, *antl̃* for *antel* have been left together, but *coñl* has been separated to *con el*.

Place names and personal names are treated according to the Spanish rules of accentuation, except for those keeping their French form: Aloris, Amagin (Amaguins), Auberi (Aubery), Denis, Durandans, Joseran (Joserant), Mançions, Quarren, Rolan, Terri. Fully hispanized names such as Donís, Galarón (Galalón, Galerán), Roldán, and Simón, have been accented.

The scribe is somewhat careless at times. In fol. 144a he repeats *toda la color se le mudó*. In 144b he writes *fiz* and on top of it he writes the ending *ierõ*. Further on, he forgets the word *guye* and writes is between the lines: *gẽ*.

Redundant material which appears in the manuscript is printed in the text enclosed in (parentheses). Editorial additions are enclosed within [brackets].

Accent marks have been used to differentiate homonyms, following modern rules of transcribing paleography (from *RPh* 16 (1962-63), 137, and 24 (1970-71), 328):

al	contraction of *a el*
ál	*otra cosa*
fuese	subjunctive of *ir*
fuése	*se fue*
do	donde
dó	'I give' or *dónde*
a	'to'
á	*ha*
sí	*así*
nos, vos	object or reflexive pronouns
	i.e., *Dios vos salve; non vos desmayedes; dexar-vos-hé.*
nós, vos	subject or object-of-prepositrion pronouns
	i.e., *Nós queremos; commo vós oýdes; por vós.*
ý	*allí*

Folio 124b

*Aquí comiença un noble cuento del enperador Carlos Maynes
de Roma & de la buena enperatrís Sevilla su mugier.* ||

[124c] I. Señores, agora ascuchat & oyredes un cuento maravilloso que deve ser oýdo asý commo fallamos en la estoria, para
tomar ende omne fazaña de non creer tan aýna las cosas que oyer
fasta que sepa ende la verdat,[1] & para non dexar nunca alto omne
nin alta dueña sin guarda. Un día aveno quel grant enperador Carlos
Maynes fazía su grant fiesta en el monesterio real de Santo Donis[2]
de Françia, & do seýa en su palaçio, & muchos altos omnes con él. E
la enperatrís Sevilla su mugier seýa cabo él, que mucho era buena
dueña, cortés & enseñada & de maravillosa beldat. Entonçe llegó un
enano en un mulo mucho andador, & deçió, & entró por el palaçio,
& fue antel rey. El enano era tal que de más laída ca[ta]dura[3] non
sabería omne fablar. Él era gordo, & negro, & beçudo, & avía la
catadura muy mala, & los ojos pequeños & encovados, & la cabeça
muy grande, & las narizes llanas, & las ventanas dellas muy anchas,
& las orejas pequeñas & los cabellos erizados, & los brazos & |
[124d] las manos vellosas commo osso, & canos, las piernas tuertas,
los pies galindos & resquebrados. Atal era el enano commo oýdes; &
començó a dar grandes bozes en su lenguaje & a dezir: "¡Dios salve
el rey Carlos & la reyna & todos sus privados!" "Amigo," dixo el rey,
"bien seades venido; mucho me plaze convusco & fazer-vos-hé
mucho bien sy conmigo quisierdes fincar, ca me semejades muy
estraño omne." "Señor," dixo él, "grandes merçedes, & yo servir-
vos-hé a toda vuestra voluntad." Entonçe se asentó antel rey;[4] mas
Dios lo confonda. Por él fueron después muchos cabellos mesados,
& muchas palmas batidas, & muchos escudos quebrados, & muchos
cavalleros muertos & tollidos, & la reyna fue judgada a muerte, &

---

[1] *para tomar... la verdat*: so that a man does not believe what he hears
until he learns the truth about it.
[2] The Ms. is not consistent; it has *Donis* or *Denis*. Modern French is
Denis.
[3] Ms.: *catura*, without the superscript bar indicating abbreviation.
[4] Ms. reads *antel el rey*

Françia destruída grant parte, así commo oiredes por aquel enano traidor que Dios confonda. Toda aquella noche fezieron grant fiesta & grant alegría fasta otro día a la mañana. Espediéronse los altos omnes del rey & los cavalleros, e fuéronse a sus logares, cada uno do avía de yr, & el enperador se tornó a la çiudat de París que es de allí una grant legua: luengamente estovo allí con su mugier que amava mucho. ||

[125a] II. Un día se levantó el rey de su lecho grant mañana & enbió por sus monteros, & díxoles que se guisasen de yr a caçar, ca yr quería a monte por aver sabor de sý. E ellos fezieron su mandado e desque metieron los canes en las traillas & ovieron todo guisado, el rey cavalgó, & fuése a la floresta, & levantaron un çiervo, & soltáronle los canes, e el rey cogió en pos dél, & corrió con él todo aquel día por montes & por riberas. Agora dexa el cuento de fablar del rey & de su caça & torna a la reyna.

III. Desque se el rey salió de la cámara, fincó la reyna en su lecho & adormeçióse, & dormía tan fieramente⁵ que semejava que en toda la noche cosa non dor- | [125b] miera. E las donzellas & las covigeras se salieron & dexáronla sola, & fincó la puerta abierta, & fuéronsse a una fuente muy buena que naçía en la huerta a lavar sus manos & sus rostros, e desque lavaron sus manos & sus rostros & folgaron por ese vergel, començaron de coger flores & rosas para sus guyrlandas, segunt costunbre de aquella tierra. E do la reyna dormía asý sin guarda, ahé⁶ aquel enano que entró e non vio ninguno en la casa, e cató de una parte & de otra e non vio synón la reina que yazía dormiendo en su lecho que bien paresçía la más bella cosa del mundo. E el enano se llegó a ella & començó de la parar mientes e desque la cató grant pieça,⁷ dixo que en buena hora nasçiera quien della pudiese aver su plazer; e llegóse más al lecho, & penssó que aunque cuydase ser muerto o desmenbrado que la besaría. Entonçe se fue contra⁸ ella; mas aquella ora despertó la reyna que avía dormido assaz, & començó de alinpiar sus ojos, & cató aderredor de sý por la cama e non vio omne nin mugier synón al enano que vio junto al lecho & díxole: "Enano, ¿qué demandas tú, o quién te

⁵ *fieramente*: deeply
⁶ *ahé*: [he ahí] see, behold.
⁷ *desque...pieça*: after he watched her for a long while.
⁸ *contra*: towards. This word appears throughout the text with this meaning. It is also found in Berceo, *Duelos* 152, *Milagros* 464, *Alexandre* 241, with the same meaning.

mandó aquí entrar? ¡Mucho ‖ [125c] eres osado!" "Señora," dixo el
enano, "¡por Dios, aved merçet de mí! Ca si vuestro amor non he,
muerto só & préndavos de mí piadat & yo faré quanto vos quisierdes." La reyna lo ascuchó bien, pero que toda la sangre se le bolvió
en el cuerpo, & cerró el puño, & apretólo bien, & diole tal puñada en
los dientes que le quebró ende tres, asý que gelos fizo caer en la
boca; desý púxolo & dio con él en tierra, & saltóle sobre el vientre,
asý que lo quebró todo. E el enano le començó a pedir merçet, e
quando le pudo escapar començó de yr fuyendo & fuése por la
puerta, su mano en su boca por los dientes que avía quebrados,
jurando & deziendo contra sý que en mal punto la reyna aquello
feziera sy él pudiese, ca ella lo conpraría caramente. Contra ora de
viespras se tornó el rey de caça con sus monteros, & troxieron un
grant çiervo. E desque se asentó a la mesa preguntó por su enano,
qué se feziera dél que no venýa antél, así commo solía. Entonçe lo
fueron buscar, & desque lo troxieron, sentóse delante el rey, su
mano en las quixadas & la cabeça baxa. "Dime," dixo el rey, "¿qué
oviste o quién te paró tal? Non sé quién te ferió, mas mal te jogó.
Dime quién ‖ [125d] te lo fizo, & yo te daré buen derecho." "Señor,"
dixo el enano, "sí Dios me ayude, caý en un andamio, de guisa que
ferý mal en el rostro & me quebró un diente, de que me pesa
mucho." E el rey le dixo: "Çertas, enano, & a mí faz."

IV.   Desque el rey comió & las mesas fueron alçadas, quando la
noche veno, el rey se fue a su cámara, & echóse con la reyna. Mas
agora ascuchat qué fue a pensar el traidor del enano que Dios
destruya, que nunca otra traiçión basteçió un solo omne, commo él
basteçió a la reyna. Tanto que la noche llegó, entró ascusamente en
la cámara & fuése meter tras la cortina, & ascondiéndose ý, & yogó
quedo de guisa que nunca ende ninguno sopo parte. Después que se
el rey echó con su mugier, saliéronsse aquellas que la cámara avían
de guardar, & çerraron bien las puertas, & el rey adormeçió commo
estava cansado de la caça; & quando tanieron a los matines des᷉ertó,
& pensó que yría oyr las oras a la eglesia de Santa María, e fizo
llamar diez cavalleros que fuesen con él. Agora ascuchat del enano
que Dios maldiga, lo que fizo. Después ‖ [126a] que él vio que el rey
era ydo a la eglesia, salió de tras la cortina muy paso & fuése
derechamente al lecho de la reyna, & pensó que ante querría
prender muerte que la non escarneçiese;⁹ & alçó el cobertor &

_____

⁹ *Pensó que...escarneçiese*: he thought that . e would rather die than
renounce to his intentions of offending her. *Escarneçer* has a stronger
meaning here than the modern one of 'scoffing at'. In the Middle Ages, it

metióse en el lecho. Mas aveno que la reyna yazía tornada de la otra parte, pero non la osava tañer. E començó de pensar cómmo faría della su talante; e en este pensar duró mucho & dormióse fasta que el rey tornó de la eglesia con sus cavalleros, & era ya el sol salido, e desque entró en el palaçio fuése derechamente a la cámara solo, muy paso. & desque fue antel lecho de la reyna que yva ver muy de buenamente, erguyó el cobertor de que yazía cobierta & vio el enano yazer cabo ella.[10] Quando esto vio el enperador, todo el corasçón le estremeçió & ovo tan grant pesar que non podería mayor. Dezir podería omne con verdat que mucho estava de mal talante: "¡Ay, mesquino!" dixo él, "¿Cómmo me este corasçón non quiebra? ¡Señor Dios! ¡quién se enfiara jamás en mugier! e por el amor de la mía jamás nunca otra creeré." Entonçe se salió de la cámara, | [126b] e llamó su conpaña a grant priesa; ellos venieron muy corriendo. "Vasallos," dixo el enperador, "ved qué grant onta, ¿quién cuydara que nunca mi mugier esto pensaría que amase tal figura, que nunca tan laída catadura naçió de madre? ¡Maldita sea la ora en que ella naçió!" Entonçe se fue al lecho, & çeñió su espada que y tenía, & dixo a sus omnes que se llegasen, & desque fueron llegados díxoles él: "Judgádmela desta grant onta que me fezo, cómmo aya ende su gualardón."[11] Entonçe estavan y los traidores del linage de Galalón, Aloris & Foucans, Goubaus de Piedralada & Sansón & Amaguins, & Macaire el traidor de la dulce palabra & de los fechos amargos. Éstos andavan sienpre con el rey, asechando cómmo bastirían encobiertamente su mal & su onta. E Macaire el traidor adelantóse ante los otros & erguyó el cobertor, e quando aquello vio, signóse de la maravilla que ende ovo, & començó a llorar muy fieramente, que entendiese el rey que le pesava mucho. E quando vio al rey tan bravo & con talante de fazer matar la reyna, dio muy grandes bozes al rey, & dixo que la reyna devía ser quemada, commo mugier que era provada en tal traiçión. || [126c]

V. Desque los traidores judgaron que la reyna fuese luego quemada, el rey mandó fazer luego muy grant fuego en el canpo de París. E desque fue fecho de leña & de espinas & de cardos & de huessos, Macaire & aquellos a quien fue mandado tomaron la reyna

---

often took the sense of outraging or offending someone ['ultrajar'], as found in the Cid.

[10] cabo ella: beside her.

[11] cómmo...gualardón: how can she receive a fitting recompense.

& el enano & sacáronlos de la villa, & leváronlos allá. Mas la reyna
yva con tal coita & con tal pesar qual podedes entender. Entonçe los
traidores començaron de açender el fuego, & llegaron[12] ý la enperatrís Sevilla, & desnudáronla de un brial de paño de oro, que
fuera fecho en Ultramar. Ella ovo muy grant espanto del fuego que
vio fuerte, & do vio el rey, començóle a dar muy grandes bozes:
"¡Señor, mercet! por aquel Dios que se dexó prender muerte en la
vera cruz por su pueblo salvar; yo só preñada de vós; esto non puede
ser negado. Por el amor de Dios, señor, fazetme guardar fasta que
sea libre; después mandatme echar en un grant fuego, o desnenbrar
toda. E así, commo Dios sabe que yo nunce fize este fecho que me
vós fazedes retar, así me libre ende Él del peligro en que só." |
[126d]

VI. Después que esto ovo dicho, tornóse contra Oriente & dio
muy grandes bozes & dixo: "¡Ay, rica çiudat de Constantinopla! En
vós fuy criada a muy grant viçio. ¡Ay, mi padre & mi madre! ¡Non
sabedes vós oy nada desta mi grant coita! Gloriosa Santa María, &
¿qué será desta mesquina que a tal tuerto ha de ser destroída &
quemada? E commo quier que de mí sea, ¡aved merçet desta criatura
que en mí trayo , que se non pierda!" Entonçe el rey mandó tender
un tapete antel fuego & mandó levar ý la reyna, & que la asentasen
ý & la desnudasen del todo synón de la camisa, & luego fue fecho.
Agora la guarde aquel Señor que naçió de la Virgen Santa María que
non sea destruída nin dañada. & do seýa así en el tapete la más bella
rosa que podía ser, pero que seýa amarilla por el grant miedo que
avía, ella cató la muy grant gente que vio aderredor de sý, de la otra
parte el fuego fiero & muy espantoso, & dixo: "Señores, yo veo aquí
mi muerte. Ruégovos por aquel Señor que todo el mundo tiene en
poder, sy vos erré en alguna cosa de que mi alma sea en culpa, que
me perdonedes, que nuestro Señor en el día del juiçio vos dé ende
buen galardón." Quando || [127a] los ricos omnes & el pueblo
oyeron así fablar la enperatrís, començaron a fazer por ella muy
grant duelo, & tirar cabellos & batir palmas, & dar muy grandes
bozes, & llorar muy fieramente dueñas & donzellas & toda la otra
gente. Mas tanto dubdavan al rey que solamente non le osavan
fablar, nin merçet pedir. E el rey dixo a las guardas: "Ora tomad esta
dueña, ca tal coita he en el coraçón que aun non la puedo catar." E
ellos travaron della, & erguyéronla por los braços, & liáronle las
manos tan toste, & pusiéronle un paño ante los ojos. E ella quando

---

[12] *llegaron*: this should be *llevaron*.

esto vio començó a llamar a muy grandes bozes: "Santa María,
Virgen gloriosa & Madre que en ty troxiste tu fijo & tu padre
quando veno el mundo salvar; Señora, ¡catadme de vuestros piadosos ojos & salvad mi alma, ca el cuerpo en grant peligro está!" A
aquella ora llegó el duque Almeric & Guyllemer de Escocia, &
Gaufer de Ultramar, Almerique de Narbona & el muy buen don
Aymes. & deçieron a pie,¹³ & echáron-| [127b] sse en inojos ante el
enperador & pediéronle merçet & dixieron: "Señor, derecho enperador, fazet agora así commo vos consejaremos: fazetla echar de la
tierra, ca ella es preñada de vós, & çerca de su término. Ca si la
criatura peresçiese, todo el oro del mundo non nos guardaría que
non dixiesen que nós diéramos falso juyzio." "Çertas," dixo el
enperador, "non sé qué ý faga; mas fazet venir el enano, & fablaré
con él ante vós, & saberedes la cosa, commo fue dicha & fecha."

VII. Entonçe fueron por el enano, & traxiéronlo una cuerda a la
garganta & las manos atadas. & los traidores se llegaron a él a la
oreja, allá do fueron por él, e consejáronle que todavía feziese la
reyna quemar, & que ellos lo guardarían & lo farían rico de oro & de
plata . E el enano les otorgó que faría toda su voluntad. E quando
llegó antel rey fue muy hardido & muy esforçado: "Enano," dixo el
rey, "guárdate, que me non niegues nada; dime, ¿cómmo te osaste
echar con la reyna?" "Señor," dixo el enano, "por el cuerpo de ||
[127c] Santo Denis, yo non vos mentiría por cuydar ser por ende
desnenbrado . Ella me fizo venir anoche & entrar en la cámara &
yazer ý, & tanto que vos fuestes a la eglesia, mandóme venir para
sý, & çertas pesóme ende, mas non osé ál fazer." "¡Oid qué maravilla!" dixo el enperador, & de pesar non lo pudo más oyr & mandó
dar con él en el fuego, que la carne fuese quemada, & la alma
levasen los diablos. "Amigos," dixo el rey a don Aymes & los otros
omnes buenos que por ella rogaran, "fazer quiero lo que me rogas-
tes. Yd desatar la reyna & vestidla de sus ricos paños, ca non querría
que fuese vergoñosamente." Quando esto oyeron, todos ovieron
grant plazer & gradeçiérongelo mucho.

VIII. "Dueña," dixo el rey, "para aquel Señor que en sý es
Trinidat, ¿porqué me avedes escarnido? Sy aun oviésedes muerto¹⁴
mi padre & todo mi linage, non vos faría mal; tal voluntad me veno.
Mas agora, luego vos salid de mi tierra. Ca si de mañana vos aquí

---

¹³ *deçieron a pie*: they got off their horses; they dismounted.
¹⁴ *muerto*: killed. Past participle of *matar*. *Modern matado.*

fallo, para aquella christiandat[15] que tengo, yo vos faré destruyr, que vos non guardarán, | [127d] ende, quantos en el mundo biven." "Señor," dixo la reyna, "¡por Dios merçet! & ¿dó yrá esta cativa, quando se de vós partier, que yo non sé camino nin sendero? & ¿qué será de mi cuerpo cativo & de la criatura que trayo en mí?" "Dueña," dixo el rey, "yo non sé qué será, mas a salir vos conviene de toda mi tierra, & Dios vos guiará & guardará, segunt commo vos mereçistes." El enperador cató en derredor de sý & vio un cavallero en que se fiava mucho que llamavan Auberi[16] de Mondisder, que era muy buen cavallero de armas & muy leal & de muy buenas maneras. "Aubery," dixo el rey, "llegat vos acá. A yr vos conviene con esta dueña, e guardatla fasta fuera de la grant floresta, & desque salier della, coger-se-há por el grant camino, & yr-se-há derechamente al Apostóligo & manefestar-le-há sus pecados, & fará dellos penitençia. Mucho fue ciega & astrosa, quando echó el enano consigo. "Señor," dixo Auberi, "yo faré vuestro mandado." Entonçe pusieron la reyna sobre una mula mucho andador, ensellada & enfrenada de muy rico guarnimento, & Auberi de Mondisder cavalgó en su cavallo & levó consigo un galgo grande & muy bien fecho que criara de pequeño & que amava mucho, || [128a] e nunca lo dél podían partir, & non sería tan grande la priesa quando cavalgava o andava a monte, que lo sienpre non aguardase. Entonçe fue Auberi a la dueña e díxole: "Señora, andat pues, que lo el rey manda, & guyar-vos-hé." & ella dixo, llorando mucho de los ojos & del corasçón: "A fazer me lo conviene, queriendo o non." E el rey quando la vio yr, començó a llorar de piadat, mas ella quando le paró mientes,[17] a pocas non cayó de la mula en tierra.

IX. Asý se yva la reyna & Auberi con ella, que non levava synón su espada çinta & su galgo, & andaron bien quatro leguas. Entonçe fallaron una muy fermosa fuente en un muy buen prado entre unos árvoles, & muchas yervas aderredor, así que el logar era muy sabroso, & Auberi deçió allí la dueña por folgar & por bever del agua. E él que la vio llorar mucho, díxole: "Dueña, por Dios, confortadvos ca nuestro Señor vos puede bien ayudar, | [128b] e quien en Él ha fiança, su vida será salva." "¡Ay coitada!" dixo ella, "& ¿qué será agora de mí quando vós de mí partierdes, o para dó yré.?

---

[15] Ms.: xŝtiandat.
[16] Ms. is not consistent: 'Auberi' is spelled either with *i* or *y*; *i* is used more often.
[17] *quando...mientes*: when she looked at him.

Ca yo non sé para dó vaya." & así seýan fablando ante la fuente. E
Auberi de Mondisder avía della grant duelo & grant piadat. Mas
agora vos dexaremos de fablar de la dueña & de Auberi de Mondisder & tornar-vos-hé a fablar del enperador Carlos.

X. Grant pesar ovo él de su mugier que fizo echar de la tierra, e
otrosí fezieron por ella muy grant duelo en la çiudat. Mas por se
confortar, mandó poner la mesa ençima del canpo por comer con sus
cavalleros & con su conpaña. E desque el rey se asentó a comer,
Macaire, el traidor de linage de los traidores que esto estava aguar-
dando, quando aquello vio, defurtóse & salió del palaçio, & fuese a
su posada, & armóse & mandó ensellar su cavallo, & cavalgó muy
toste, & fue su carrera en pos la enperatrís, e juró que si le Auberi
de Mondisder gela quisiese toller,[18] que le cortaría la cabeça, & que
faría ‖ [128c] della su voluntad. Assí se fue el traidor a furto commo
ladrón quanto más podía yr. & desque andó grant pieça, vio yr ante
sý la reyna & Auberi que cavalgaran ya & yvan su carrera. E tanto
que los vio, luego los conosçió, & desque los fue alcançando, dioles
bozes & dixo: "¡Estad quedos!" Et Aubery quando aquello vio, cuydó
que venía con algunt mandado del enperador, e paróse so una árbol
por oyr lo que quería dezir. & Macaire el traidor pensó que metería
espanto a Auberi, & que le avería de dexar la dueña. E díxole tanto
que a él llegó: "Aubery, para aquel Dios que priso muerte en cruz, sy
me esta dueña non dexas & te non vas tu carrera, que tú prenderás
aquí muerte a mis manos, ca toda esta lança meteré por ty. Mas
déxamela & baratarás bien, & yo faré della mi plazer." Quando esto
oyó Auberi, toda la sangre se le bolvió en el cuerpo & dixo: "Nuestro
Señor guarde ende la reyna por la su grant piadat, & la ponga en
salvo. Macaire," dixo el, "sy Dios vos vala, ¿qué es lo que dezides o
que pensades? ¿Faríades vós onta al rey de su mugier aunque
pudiésedes?" E él respondió: "Luego lo veredes, & por ende vos digo
que me dexedes | [128d] le reyna, ca más non la levaredes, & yo faré
della lo que me quisier. E si la dexar non queredes, vós lo conpra-
redes bien," "Auberi," dixo la reyna, "por Dios aved de mí piadat, &
defendetme deste traidor, e por buena fe ante lo yo querría ver
rastrar a cola de cavallo que mi señor el rey nunca por él prender
vergüeña." Quando esto oyó Macaire, a pocas non ensandeçió &
firió el cavallo de las espuelas, & blandió la lança que tenía del fierro
muy agudo, & dexóse ir a Auberi por lo ferir con ella. Quando lo
Auberi vio venir en tal guisa, sacó la espada de la bayna, & desvióse,

---

[18] *si le Auberi…toller*: if Auberi de Mondisder tried to take her away
from him…

& diole tal espadada en la lança que le fizo della dos partes. E Macaire dexó caer lo que le fincó de la lança en tierra, e sacó la espada de la bayna. Él estava bien armado,[19] mas Auberi non avía ninguna armadura, pero por esto non se dexó de defender quanto pudo. E Macaire le dio un golpe tal en la espalda seniestra, que gela derribó, & el golpe deçió al braço & cortóle los nervios & las venas. & quando se Auberi sentió tan mal ferido dixo a Dios: "¡Señor, avet merçet de mí! ¡Santa María, Señora, acorredme que non pierda mi alma, & salvat a esta dueña que || [129a] non sea escarnida, nin el rey desonrrado!"

XI. Mucho fue coitado con grant pesar Auberi quando se sentió llagado, ca la sangre se le yva tan fieramente que todo ende era sangriento & goteava en tierra. Quando aquello vio, la reyna dio un grito con pavor & dixo: "¡Santa María, Señora, acorredme!" E dio de las correas a la mula, & metióse por el monte, & començó de fuyr quanto la mula podía andar. Entre tanto acá los cavalleros conbatíansse a las espadas, ca Auberi non se quiso dexar vençer al otro fasta la muerte: ante se defendió tanto que bien avería la dueña andadas quatro millas, al andar que yva. Tanto se conbatieron anbos los cavalleros que Macaire le dio un golpe desgremir[20] por la anca que gela cortó toda con la pierna. Quando Auberi se sentió tan mal llagado, dio un baladro de muy grant dolor. Quando lo el su galgo oyó, erguyó la cabeça & fue en grant coita. Quando vio a su señor tan mal trecho, & de que se le yva sangre tan fieramente, e dexóse yr muy sañudo a Macaire & lançóse a él, & travóle en el vientre de la pierna con los dientes que avía | [129b] mucho agudos que le non valió ý la brafonera que le non pusiese bien los dientes por la pierna, que la sangre cayó ende en la yerva, e de commo era grande & nembrudo, a pocas oviera de dar con él en tierra. & Macaire cuydóle dar con la espada, mas el can con miedo [dél] abrió [la] boca[21] & començó de fuyr, & Macaire en pos él, & el galgo con coita metióse en el monte. Grant pesar ovo el traidor porque non matara el galgo; e Macaire tornó a ferir a Aubery de tal golpe de la espada por çima de la cabeça que lo llagó a muerte, & dexólo caer en tierra. Dios aya merçet de su alma. E allí do yazía dixo a Macaire, así commo pudo: "¡Ay, traidor, maldita sea tu alma, ca a grant tuerto me as muerto! ¡Dios prenda ende vengança!" E dixo más: "¡Ay, Señor Dios, Padre poderoso, pídovos por merçet que ayades piadat de mi alma!" & luego se partió el alma dél. E el traidor de Macaire fuele al cavallo &

---

[19] Él estava...armado: he was wearing good armor.
[20] desgremir (= de esgrimir): of fencing, a blow with the sword.
[21] Ms. reads: con miedo abrió del boca.

matólo, & eso mesmo feçiera al galgo sy pudiera, mas fuyóle al monte; por tanto, le escapó. Desque Macaire ovo fecho todo esto, non quiso más tardar, & fue buscar la reyna, e pensó que faría en ella toda su voluntad, & después que le cortaría la cabeça con su espada. Mas Dios non tovo por bien que la él fallase, ca mucho se alongara de allí en quanto se conbatieran. Mucho la buscó él de una parte & de otra, mas quando vio que la non podía fallar, ‖ [129c] tal pesar ende ovo que a pocas non raviara, e desque vio que non podía della saber parte, puñó de se tornar a la çiudat, e llegó ý grant noche andada, & fuese a su posada, & fízose desarmar, mas nunca descobrió a ninguno cosa de lo que feziera. Mas Auberi, que yazía muerto cabo de la fuente, oyd del su can lo que fizo. Quando vio su señor muerto, començó de ladrar & de aullar, & de fazer la mayor coita por él que nunca fizo can por señor. E començó a cavar con las uñas, & a fazer cueva en que lo metiese; & lamíale las llagas muy piadosamente; en tal manera fazía que non ha en el mundo omne que lo viese a que se ende grant duelo, & grant piadat non tomase. Así lo guardava todo el día de las aves & toda la noche de las bestias del monte, donde avía ý muchas, que gelo non comiesen, nin tañiesen. Así guardó el can su señor toda la noche, que nunca bestia se llegó a él, nin ave. E quando veno la mañana, ovo muy grant fanbre, mas por el amor de su señor non quiso yr buscar cosa que comiese. Agora vos dexaré de fablar de Auberi & de su buen galgo, & tornar-vos-hé a fablar de la reyna. | [129d]

XII. Toda la noche cavalgó la mesquina por la floresta, que nunca quedó de andar, e tan grant pavor avía de Macaire, que nunca le veno sueño al ojo. E yva dando a la mula quanto podía, ca sienpre cuydava del traidor que corría en pos ella. Aquesto era en el tienpo de Pascua de Resureçión; e quando veno la mañana, salió fuera del monte, & desque se vio en el llano començó a llorar mucho de los ojos & del coraçón & dixo con muy grant coita: "¡Ay Dios, Señor! & ¿para dó yré?" En esto que se ella estava así coitando, cató & vio venir un grant villano fiero contra sý por un camino que yva por ý, en su saya corta & mal fecha de un burel, & la cabeça por lavar, & los cabellos enrriçados, e el un ojo avía más verde que un aztor pollo & el otro más negro que la pez; las sobreçejas avía muy luengas; de los dientes non es de fablar, ca non eran sinón commo de puerco montés: los braços & las piernas avía muy luengas, e un pie levava calçado & otro descalço por yr más ligero, e sy le diesen a comer quanto él quisiese, non avería más fuerte omne en toda la tierra, nin más arreziado. E ante sí traýa un asno cargado de leña, e él levava su aguyjón en la mano || [130a] con que lo tañía; & quando cató & vio la reyna, començó de menear la cabeça e dio tan grant boz que toda la floresta ende retemió, & dixo: "¡Venid adelante! ¡Dios, qué buen encontrado fallé para mi cuerpo solazar!" Quando esto oyó la reyna, toda la color perdió, pero esforçóse & llamólo & díxole muy omil-dosamente: "Buen amigo, Dios vos salve. ¿Poder-me-ýa en vós fiar? Ora me dezit, amigo, a quál parte ydes?" "Dueña," dixo él, & vós ¿qué avedes ý de adobar?" Mas ¿quáles diablos vos fezieron levantar tan de mañana? Bien semejades mugier de dinero o meaja, quando así ydes sola sin omne del mundo pequeño nin grande, e çertas seméjame grant daño, ca de más fermosa dueña que vos non oý fablar, nin aun de la reyna Sevilla, que era tan famosa dueña, que el rey fizo quemar anoche en el llano de S[al]omón mártir; mucho fizo ý mal fecho. Dios lo maldiga, ca mayor follonía non podería fazer." Quando le esto oyó la reyna començó a llorar muy fieramente. "Dueña," dixo el villano, "par el cuerpo de Dios, mucho fue ý villano el rey Carlos que tan buena reyna quemó, & tan sabidor, que | [130b] fasta çima de Oriente non avía otra tal a mi cuydar; e sy vós troxiésedes convusco cavalleros & conpaña, & non andásedes así llorosa & mal trecha, vós la semejaríades muy bien por buena fe." "Amigo," dixo la reyna, "desto non dubdedes, ca yo só esa de que vós fablades. & verdat fue eso de que vós dezides, ca el rey mandó fazer grant fuego en que me quemasen, e levantóme tal blasmo de que yo non avía culpa, & quemada me oviera por el consejo de Macaire, que Dios destruya, & de otros. Mas Dios me guardó ende por la su santa piadat, que sabía que non avía ý culpa, e púsole en voluntad que lo non feziese, e mandó que me saliese de su tierra, por tal condiçión que si me después ý nunca fallase, que me feziese matar que ál ý non oviese. Desí fízome guardar por la floresta a un su cavallero bueno, & que me guiase, que avía nonbre Auberi de Mondisder, & que él amava mucho. E Macaire el traidor veno en pos nós armado de todas armas en su cavallo, & quisiérame escarnir; mas Auberi puñó de me defender. Mas a la çima matólo Macaire, & quando yo vi quel pleito yva assý, metýme por este monte & començé de fuyr quanto pude & non sé para dó vaya & só muy coitada ca ando preñada, e por Dios, omne bueno, consejadme oy si vos plaz, || [130c] e tomad estos mis paños & mi mula & fazet dello vuestra pro." Quando esto oyó el villano, alçó la cabeça & fería los dientes unos con otros, & començó de ferir un puño en otro & después dio de las manos en su cabeça & tiró sus cabellos & dixo:

"Dueña, non temades, ca para aquel Dios que naçió en Betlem de la Virgen Santa María, por su plazer que ya non yredes sin mí una legua de tierra, que yo non vaya convusco a toda vuestra voluntad, e de aquí vos juro que non vaya más en pos este asno, nin torne veer a mi mugier nin a mis fijos, e levar-vos-hé derechamente a la rica çiudat de Costantinopla al enperador Richarte vuestro padre, que quando sopier las nuevas de vós & de vuestro mal, sé que enbiará en Françia sus gentes & su hueste; e si Carlos non quisier fazer su voluntad de vos resçebir por mugier así commo ante érades, sé que será grant destroimiento en Françia." "¡Ay Dios," dixo la reyna, "que formaste a Adán & Eva onde todos deçendemos, Señor, acórreme & échame desta tormenta, & liévame a logar do sea en salvo!"

XIII. Assý dixo la reyna commo vós oýdes, e el villano le dixo: "Dueña, non vos desmayedes; yo he mi mugier & mis fijos en una çiu- | [130d] dat donde só natural, & guareçía por esto que vós vedes, & desto governava mi conpaña; mas por vós quiero desanparar la mugier & los fijos, por yr convusco & vos servir, e a vós converná de yr por estrañas tierras, fasta que seades libre de la criatura que en vós traedes, & dar-lo-hemos ý a criar. E quando fuer grande yr-se-há a Costantinopla, e nós yr-nos-hemos luego al enperador vuestro padre, a Greçia donde es Señor, & quando sopier vuestra fazienda, sé que averá ende muy grant pesar, e desque el niño fuer de hedat, sy fuere de buen coraçón, dar-le-há su poder, & por aventura aun será rey de Françia, sy a Dios plaz." E la reyna dixo que Dios le diese ende buen grado de lo que le prometía. "Agora me dezit, amigo," dixo ella, "¿cómmo avedes vós nonbre?" E él respondió: "A mí dizen Barroquer." "Certas," dixo la reyna, "el nonbre es muy estraño, mas vós me semejades omne bueno, & así lo seredes si Dios quisier, que me vós tengades fe & lealtad, e commo yo cuydo, en buena ora vós fuestes nado,[22] ca yo vos faré muy rico & muy bien andante."[23] "Dueña," dixo Barroquer, "grandes merçedes." "Agora me dezit, amigo," dixo ella, "¿sabedes açerca de aquí villa o castiello do pudiésemos fallar qué || [131a] comiésemos? ca yo he muy grant fanbre que ya dos días ha que non comý; e daredes este mi manto por dineros, & venderedes la mula que ayamos que despender por do fuéremos, sy lo así tovierdes por bien." 'Dueña," dixo Barroquer, "aquí ante nós ay un burguete muy bueno que llaman Leyn; vayamos allá derechamente, & ý comeredes que vos abonde." "Buena ventura vos dé Dios," dixo la reyna. Asý se fue la

---

[22] vos...nado: you were born [nado = nacido].
[23] bien andante: favored, fortunate.

reyna, & Barroquer con ella; & la bestia de Barroquer se tornó para
la posada así commo yva cargada de leña; mas quando la su mugier
vio, fue mucho espantada, ca ovo pavor que alguno matara a
Barroquer su marido en el monte, o que lo prendiera el que guardava el monte, & començó a dar grandes baladros con su fijo & a
llorar mucho. Mas la reyna & Barroquer llegaron a Leyn después del
medio día e entrando en la villa, fallaron muchos burgueses que
preguntaron a Barroquer dónde andavan, mas él abaxava la cabeça
& pasava por ellos & la dueña en pos él, e tales ý avía que le dezían:
"Villano, non lo niegues, ¿dónde fallaste tan fermosa dueña, o dó la
tomaste?" E la dueña les dezía: 'Señores, por Dios, non digades
villanía, ca él es | [131b] mi marido & vome con él." "Por buena fe,"
dezían ellos, "así fezo grant diablura quien a tal villano dio tan
fermosa mugier." Mas Barroquer non dezía nada synón baxava la
cabeça & dexava a cada uno dezir su villanía. & fuéronse a una
posada de cabo de la calçada, e Barroquer rogó mucho un burgués
que ý falló que los albergase aquella noche & faría grant cortesía. E
el burgués respondió & dixo a la dueña: "Amiga, yo non sé quien
sodes, nin de quál linage, mas he de vós grant piadat en mi corasçón,
e por ende averedes la posada a vuestra voluntad que vos non
costará una meaja." Quando Barroquer esto oyó, gradeciógelo mucho & entonçe deçendieron, e el huésped, que era sabidor & cortés,
guysóles muy bien de comer, e desque comieron quanto quisieron,
el huésped, que era omne bueno & de buena parte, llamó a Barroquer & preguntóle en poridat, & díxole: "Amigo, por la fe que deves
a Dios, ¿es esta dueña tu mugier?" "Señor," dixo Barroquer, "yo non
vos negaré la verdat para aquel Dios que el mundo fizo, porque vos
tengo por omne bueno & leal. Ella non es mi mugier, bien vos lo
juro. Ante es una dueña de luenga tierra, e yo só su omne quito.[24] &
ýmosnos a Roma, mas ymos muy pobres de despensa." Amigo," dixo
el huésped, "non vos desmayedes, ca Dios vos dará consejo." & ||
[131c] fezieron echar la dueña en una camma en un lecho muy
bueno do dormió aquella noche muy bien fasta en la mañana.
Entonçe llamó Barroquer a la puerta & despertóla.

XIV. Desque la reyna despertó & se bestió & aparejó & abrió la
puerta & a Barroquer, & díxole: "Yo he grant pavor del rey, & sy
él sopier que yo aquí só, fazer-me-há matar por su bravura."
"Dueña," dixo Barroquer, "non temades, ca si Carlos agora aquí llegase, ante yo me dexaría matar, que vos dexar maltraer aunque cuydase

---

[24] *quito*: free, without any ties.

ý ser todo desfecho; mas aved en Dios buena esperança, ca de
mañana moveremos de aquí syn más tardar." "Barroquer," dixo la
dueña, "agora me entendet. Yo só preñada para çedo, commo yo
cuydo, e por Dios fazet en manera que nos vamos, e dat esta mi
mula con su guarnimento por dineros, que despendamos por las
tierras por do fuermos. E conpradme un palafrén refez²⁵ en que yo
vaya." "Señor,"²⁶ dixo Barroquer, "commo vós mandardes." E
vendió la mula con aquella rica silla que traýa, e dieron el manto de
la reyna por un palafrén en que ella fuese, & conpróle un tabardo
& espediéronse del huésped que los comendó | [131d] a Dios, &
cavalgó con ellos una pieça. Desí espedióse dellos. Ora los guýe
Nuestro Señor.

XV. Agora se va Barroquer & la reyna con él, que Dios guarde
de mal. Mas de las jornadas que fezieron yo non vos las sé contar,
mas pasaron por Vere & desí por la abadía, & fuéronsse albergar al
castiello de Terrui. Otro día grant mañana cavalgaron & fuéronse
a la noble çiudat de Renis. Desí pasaron Canpaña, & pasaron a
Musa en una barca; después en Ardaña, & a ora de cunpletas
llegaron a Bullon, & pasaron la puente & fuéronse albergar a la
abadía de Santo Romacle. Otro día grant mañana, saliéronsse
dende, & tomaron su camino & pasaron el monte & la tierra gasca
& fueron maner a Ays de la Capilla, e de allí se fueron a la buena
çiudat de Coloña & estudieron ý tres días. Desí pasaron el río que
llaman Rin en una galea & preguntaron por el camino de Ungría &
enseñárongelo & fuéronse por él. Agora vos dexaremos de fablar
de la reyna & de Barroquer, & fablar-vos-hemos de Carlos que
fincara en París, triste & coitado él & toda su conpaña por razón de
la reyna. || [132a]

XVI El rey, que era en París, & muy grant conpaña de altos
omnes con él, cató un día por el palaçio, & non vio a Auberi de
Mondisder, & dixo: "Por Dios, ¿qué se fizo de Auberi, que non
veno? De grado lo querría veer por saber nuevas de la reyna, o
para dó fue. Ella mereçió de yr en tal proveza, mas quisiera aver
perdida esta çiudat para sienpre, que ella oviese errado tan mal
contra nós.²⁷ Mas a sofrir nos conviene, pues que así aveno; mas

²⁵ *refez*: Ms. probably meant *rafez* (modern *rahez*), but it actally has *refez*.
²⁶ *Señor*: in Old Spanish there was both a masculine and a feminine
señor, deriving from two different Latin etymons.
²⁷ *más quisiera . . . contra nós*: I would prefer to have lost this city forever
than to have her err in this way against us (read 'me').

llamad a Auberi, & saberé la verdat de la reyna qué fizo." Quando Macaire esto entendió, toda la sangre se le bolvió en el cuerpo, & después veno ante el rey, & díxole: "Señor, a mí dixieron que Aubery erró mal contra vós, ca se salió con la reyna por fazer della su voluntad. Assý la levava commo una soldadera." Quando el enperador esto oyó, ovo ende grant pesar. "Macaire," dixo el enperador, "¿dízesme tú ende verdat que Auberi me desonrró assý?" "Señor," dixo él, "jamás nunca lo veredes en toda vuestra vida par mi fe. E señor, sabed que él non ha talante de tor-| [132b] nar nunca a París."

XVII. Desto que dixo Macaire al enperador ovo él tan grant pesar que juró par Dios que lo feziera a su imagen, que sy Auberi cogiese en la mano que lo faría morir de muerte desonrrada, ca bien entendía que le feziera Auberi muy grant onta, segunt commo dezía Macaire el follón. Mas el otro yazía muerto cabo de la fuente, que este traidor matara que lo mezclava & el su galgo antél, que lo aguardava de las aves & de las bestias que lo non comiesen. Más comía[28] el cavallo que yazía ý muerto. Quatro días & quatro noches guardó el can su señor, que non comió nin bevió, & era ya tan lasso que maravilla. E levantóse a grant pena de cabo su señor, e arrencó de la yerva con sus manos & con los dientes, & cobriólo con ella; e tanto lo coitó la fanbre que se fue contra París por el camino derechamente e llegó ý a ora de medio día, & fuése al palaçio derechamente. E aveno así quel rey seýa yantando & muchos omnes buenos con él. E Macaire acostárase çerca del rey & dezíale que muy mal le avía errado Aubery, que se fuera con la reyna por estrañas tierras. "Macaire," dixo el rey, || [132c] "mucho he dello grant pesar, mas para aquel Señor que priso muerte en cruz, yo faré buscar por cada lugar do sopiere que se fueron, & si a Dios plugier que lo fallen & lo traen a mi poder, todo el oro del mundo non lo guarirá que non sea arrastrado o quemado, que lo non dexaría por cosa del mundo." A aquella ora entró el galgo en el palaçio, e las gentes lo començaron a catar. Mas el galgo tanto que vio a Macaire, dexóse correr a él & travóle por detrás en la espalda seniestra & puso bien los dientes por él, & royólo muy mal, e Macaire dio muy grant baladro quando se sintió llagado, e el enperador & los cavalleros fueron desto muy maravillados e erguyéronse algunos & dixieron: "¡Matad aquel can, matad aquel

---

[28] *comía*: Chicoy Dabán suggests that perhaps it should have been *comían*, thus making the birds and animals the subject rather than the dog.

can!" & començaron de le lançar palos & de lo ferir muy mal, e él dexó a Macaire & començó a fuyr quanto pudo por el palaçio, e al salir echó la boca en un pan de la mesa, & fuése con él contra la floresta por do veniera, a aquella parte do su señor dexara yazer muerto, con su pan en la boca, & echóse cabo él, & començó a comer su pan que se le fizo muy poco, ca mucho avía grant fanbre. Mas mal coitado fincó Macaire de la mordedura del can, ca mucho lo royó mal. E el enperador que fue ende maravi- | [132d] llado, dixo contra los cavalleros: "Amigos, ¿vistes nunca tal maravilla? Éste era el buen galgo que Auberi de aquí levó consigo. Yo non sé donde se veno, nin a qual logar se va, mas dél querría yo saber dó es." "Non vos coitedes, señor," dixo el duque don Aymes, "ca non tardará mucho que lo non sepamos por este can mesmo, que se non puede encobrir, mas curen entretanto de Macaire, ca mal lo royó aquel can."

XVIII. Agora oyd del galgo que yazía cabo su señor, lo que fizo otro día de mañana. Quando lo coitó la fanbre, erguyóse & fuése contra París. & desque pasó la puente entró por la villa, los burgueses lo començaron a catar que lo conosçían, & dixeron: "Por Dios, ¿dónde viene este can, ca éste es el galgo de Aubery?" & quisiéronlo tomar, mas non podieron, ca el galgo començó de correr, & fuése contra el palaçio, & desque entró dentro, vio ser el rey & Macaire fablar en poridat; mas quando Macaire vio el galgo, ovo dél muy grant miedo, & levantóse & començó || [133a] de fuyr. Quando quatro de sus parientes que y estavan vieron esto, dexáronse yr al can con palos & con piedras; mas don Aimes, que esto vio, dioles bozes, & díxoles: "¡Dexaldo, dexaldo! Yo vos digo de parte del rey que le non fagades mal." Quando ellos esto oyeron, fueron muy sañudos & dixeron, "Señor, dexatnos este can que veedes llagó a Macaire muy mal en la espalda," "Amigos," dixo el duque, "non lo culpedes; bien sabe el can donde viene este desamor, o de viejo o de nuevo." E el conde don Aymes de Bayvera, que era muy preçiado & mucho entendido, tomó el galgo por el cuello & diolo a Goufredo, que era padre de Ougel, que lo guardase, e el can estovo con él de buenamente. Quando Macaire esto vio, ovo muy grant pesar, e y estavan con él entonçe sus parientes que Dios maldiga: Malyngres & Corui, & Batón & Berenguer, & Focaire, & Aloris & Beari & Brecher, & Grifes de Altafolla, & Alart de Monpanter, que quisieran matar el can de grado y. Quando el buen duque don Aymes esto vio, començó a dar baladros, & metió bozes a Rechart de Normandía & a Jufre, & a Ougel & | [133b] a Terri Lardenois, a Berart de Mondisder, & al viejo Simón de Pulla, & a Galfer Despoliça. "Barones," dixo el duque, "ruégovos por Dios que nos ayudedes a guardar este galgo." & ellos respondieron que de todo en todo lo farían. Entonçe travaron del can & leváronlo antel enperador, e fincaron los inojos antél, e el duque don Aymes lo tenía por el cuello & fabló primero, & dixo: "Señor enperador, mucho me maravillo de las grandes bondades que en vós solíades aver. Vós me solíades amar & llamar a vuestros grandes consejos & a los grandes pleitos, e en las vuestras guerras yo solía ser el primero. Agora veo que me non amades nin preçiades. Yo non vos lo quiero más encobrir, mas guardatvos de traidores que muy menester es." "Don Aymes," dixo el enperador, "yo non me puedo ende guardar, si me Dios non guarda, que ha ende el poder." "Yo le pido por merçet," dixo don Aymes, "que vos guarde de todo mal. Mas señor, agora me entendet, sy vos plaze por el amor de Dios. Aquí non ha cavallero nin escudero, nin clérigo nin serviente a quien este galgo mal quiera fazer, synón a Macaire, este vuestro privado; e sé que Auberi, su señor, a qui vós mandastes guiar la reyna quando fue echada de vuestra tierra, que este can fue con él que tanto ha más de un año & sienpre andava con él, que lo non podían dél quitar; e señor, por vuestra merçet ‖ [133c] fazet agora una cosa: que cavalguedes en un buen cavallo, & saliremos convusco fasta çient cavalleros, & iremos en pos el galgo, & veremos dó nos levará; e asý me ayude Dios que todo el mundo tiene en poder, commo yo cuydo que Macaire ha muerto a Aubery de Mondisder, el vuestro leal cavallero, tan preçiado & tan bueno." Quando esto oyó Macaire, fue muy sañudo.

XIX. Mucho pesó a Macayre quando esto ovo dicho el duque don Aymes, e díxoles: "Mejor lo diríades, señor, si vós quisiésedes; & sy vós non fuésedes de tan grant linage commo sodes, yo daría luego agora mis gajas contra vós que nunca fiz esto que me vós aponedes nin sol me veno a corasçón."²⁹ Don Aymes dexó entonçe el galgo, & el can se fue luego para el rey, & asentóse antél, & començó de aullar & de se coitar, así que bien entendían que se querellava. E travó con los dientes en el manto del rey que tenía cobierto, & tirava por él & fazía senblante que lo quería levar contra la floresta, a aquella parte do su señor yazía muerto. Quando el rey esto vio, tomóse a llorar de piadat & demandó luego su cavallo, & troxiérongelo, e el enperador cavalgó ‖ [133d] que

---

²⁹ *que nunca fiz...corasçón*: that I never did that which you attribute to me and it did not even occur to me.

non tardó más, & el duque don Aymes con él, & Ougel el Senescal, & muchos omnes buenos; mas Macayre el traidor non quiso yr allá. Ante fincó en la çiudat, sañudo & con grant pesar, amenazando mucho al duque don Aymes, él & todo su linage. Mas el duque non daría por ende dos nuezes.

XX. En tal guisa se fue el enperador & sus omnes buenos con él, e cavalgaron fasta en la floresta, & el galgo yva delante, que fazía muy fiero senblante de los guyar, & de los levar a la floresta que nunca se detovo, & fuése por el camino que sabía que yva derecho a la fuente do su señor yazía muerto, e todos yvan en pos él, & desque llegó a su señor, descobriólo de la yerva que sobre él echara. Quando esto vio el enperador & los que con él andavan, fueron esmarridos & él deçió primero, & quando conosçió que aquel era Auberi de Mondisder començó a llorar, & a fazer el mayor duelo del mundo. "Amigos," dixo el enperador, "esto non puede ser negado. Vedes aquí Auberi do yaz muerto, a qui yo mandé que guardase la reyna & la guiase. Yo non sé della dó se fue, ‖ [134a] mas dixiéronme que Macaire fuera en pos ellos solo, sin conpaña, muy ascusamente; e yo cuydo que éste lo ha muerto, mas para aquel Señor que todo el mundo fizo, que esta traiçión non sea tan encobierta que la yo non faga descobrir; e si se Macayre ende non puede salvar, non escapará que por ende non sea enforcado." Entonçe començaron a fazer tan grant duelo por Aubery que maravilla, ca mucho lo preçiavan todos de seso & de lealtad, & de cortesía.

XXI. E desque fezieron por él muy grant duelo quanta pieça, fezieron fazer unas andas que echaron a dos cavallos, e pusieron ý Aubery, & leváronlo a la çiudat. & quando entraron con él en la villa, veríades tan grant duelo de dueñas & de burguesas & de otras gentes, que non ha en el mundo omne de tan duro corasçón que por él non llorase. Asý lo levaron a la eglesia de Santa María, e desque le dixieron la misa & el cuerpo fue enterrado, el rey tomó el galgo & levólo consigo & fízolo muy bien guardar, & mandóle dar muy bien de comer; mas el can sienpre aullava & fazía duelo & el rey fizo prender a Macaire entre tan- | [134b] to. & otro día mandó llamar sus omes & fue con ellos oyr misa a la eglesia de Santa María, & desque tornó a su palaçio asentóse triste con muy grant pesar, e dixo a sus privados: "Varones, por Dios vos ruego que me judguedes qué devo fazer en pleito de Auberi de Mondisder, a quien yo di la reyna que era mi mugier, que la guardase fasta que fuese en salvo, e ninguno non sabe della nuevas dó es yda. E yo mandé prender a Macaire por pleito del galgo que se non dexó yr a otro en todo el palaçio do tantos estavan, sy a él solo non. E por ende me semeja que alguna culpa ý ha, que el can non quier a otro roer si aquel non." "Señor," dixo el duque don Aymes, "yo vos consejaré lo que ý fagades." "Par Dios," dixo el enperador," mucho me plaz." Entonçe se erguyó el duque don Aymes & llamó los doze Pares so un árvol. Richarte de Normandía & Jufre & Ougel & Terrín Lardenois, & Berart de Mondisder, & Simón el viejo de Pulla & Gaufer[30] Despoliça, & Salamón de Bretaña, & muchos otros omnes buenos: & desque fueron a parte, Galalón de Belcaire fabló primero, que era pariente de Macaire, & avía grant sabor de lo ayudar. "Señores," dixo él, "mucho nos deve pesar que el rey quier fazer judgar de crimen de ‖ [134c] muerte a Macaire, ca diz que él mató a Auberi de Mondisder, mas por Dios, ¿cómmo puede él esto saber? Más bien cuydo que non ha en esta corte cavallero, nin escudero, nin otro omne que contra Macaire desto osase dar su gaje por se conbatir con él. Sy el can quier roer a Macaire, non es maravilla, ca lo ferió él muy mal, e por ende se querría el can vengar; mas sy me quisierdes creer, nós yremos al rey & dezir-le-hemos que dexe a Macaire estar en paz que fizo prender,[31] e que le non faga mal nin onta, ca él es de alto linage & de muy buenos cavalleros, & muy fiero, & mucho orgulloso; e si le tuerto feziese, grant mal ende podería venir. Mas quítelo de todo & finque en paz. Éste es el mejor consejo quel omne podería dar."

XXII. Quando los ricos omnes oyeron así fablar a Galalón, non osaron ý ál dezir porque era de muy alto linage & muy poderoso; mas el duque don Aymes se erguyó entonçe & dio bozes, & dixo: "Varones, oydme lo que vos quiero dezir. Galalón saberá muy bien un buen consejo dar. Mas pero otro consejo avemos aquí menester de aver, de guisa que non ca-| [134d] yamos en vergüeña del rey. Vós bien sabedes que quando el rey echó su mugier de su tierra, que la dio a Auberi de Mondisder que la guiase onde aquel que lo mató ha fecha grant onta al rey, & grant yerro. & quando él movió de aquí con la reyna, levó consigo este galgo, porque lo amava mucho. Mucho leal es el amor de can; esto oy provar: ninguno non puede falsar lo que ende dixo Merlín: ante es grant verdat lo que ende profetizó. Onde aveno asý que Çésar el enperador de Roma lo tenía en presión; e éste fue aquel que fizo las carreras por el

---

[30] Galfer in 133b.

[31] *que dexe ... prender*: that he should leave Macaire, whom he had made a prisoner, in peace.

monte Pavés. Un día fizo venir ante sý a Merlín por lo provar de su
seso, & díxole: 'Merlín, yo te mando asý commo amas tu cuerpo
que tú trayas ante mí a mi corte tu joglar, & tu siervo, & tu amigo,
& tu enemigo.' 'Señor,' dixo Merlín, 'yo vos los traeré delante sy
los yo puedo fallar.'" "Señores," dixo el duque don Aymes, "verdat
fue quel enperador tiró de presión a Merlín & él fuése a su casa, &
tomó su mugier & su fijo, & su asno & su can, & tróxolos a la
corte ante el enperador, & díxole: 'Señor, vedes aquí lo que me
demandaste. Catad, ésta es mi mugier que tanto es fermosa, & de
que me viene mi alegría & mi solaz, & a qui digo mis ‖ [135a]
poridades; mas pero si me viene alguna enfermedat, ya por ella
non seré confortado; e si acaeçiese así que yo oviese muertos dos
omnes por que deviese ser enforcado, & ninguno non lo sopiese,
fuera ella solamente, si con ella oviese alguna saña, & la feriese
mal, luego me descobriría. E por esto digo que éste es mi enemigo,
ca tal manera ha la mugier. Así diz la otoridat. Señor, vedes aquí
mi fijo. Éste es toda mi vida e mi alegría & mi salut. Quando el
niño es pequeño, tanto lo ama el padre, & tanto se paga de lo que diz,
que non ha cosa de que se tanto pague,[32] nin de que tal alegría aya,
e por ende la faz quanto él quier. Mas después que ya es grande,
non da por el padre nada, e ante querría que fuese muerto que
bivo en tal que le fincase todo su aver: tal costunbre ha el niño.
Señor, vedes aquí mi asno que es todo dessovado. Çertas, aqueste
es mi siervo, ca tomo el palo & la vara & dóle grandes feridas, &
quanto le más dó, tanto es más obediente. Desí echo la carga
ençima dél & liévala por ende mejor: tal costunbre ha el asno. Esta
es la verdat. Señor, vedes aquí mi can. Este es mi amigo que non
he otro que me tanto ame. Ca si lo fiero mucho, aunque lo dexe|
[135b] por muerto, tanto que lo llamo, luego se viene para mí muy
ledo, & afalágame & esle ende bien: tal manera es la del can.' 'Ora
sé verdaderamente,' dixo Çesar, 'que sabedes mucho. & por ende
quiero seades quito de la presión & que vayades a buena ventura,
ca bien lo meresçedes.' E Merlín gelo[33] gradeçió mucho, & fue su
vía para su tierra.'" "Señores," dixo el duque don Aymes, "por esto
podedes entender qué grant amor ha el can a su señor verdaderamente. E por ende, deve ser Macaire rebtado de traiçión & enforcado, si le provado fuer." Así fabló el duque don Aymes, commo
vos conté. "Varones," dixo él, "ora oyd lo que quiero dezir porque

---

[32] *tanto se paga...tanto pague*: he is so pleased with what his father says
that nothing could please him more.
[33] *gelo*: Old Spanish normal development for modern *se lo*.

de parte de Aubery non ha omne de su linage nin estraño que
contra Macaire osase entrar en canpo. Porque veo que el su galgo
así muere por se lançar en él, yo diré a que lo dexásemos con él, en
tal manera que Macaire esté a pie en un llano con él & tenga un
escudo redondo en el braço & en la mano un palo de un codo de
luengo, e conbátese con él lo mejor que pudier; & si lo vençiere,
por ende veremos que non ha ý culpa, & será quito. E si lo vençier
el can, yo digo çiertamente que él mató a Auberi. Éste es el mejor
consejo que yo ý sé dar, que non sé otro, porque se tan bien pueda
provar. E si Macaire fuer vençido, aya ende tal gualardón commo
mereçió de tal fecho, que lo faga el rey justiçiar commo deve."
Quando esto entendieron ‖ [135c] los ricos omnes, erguyéronse &
llegáronse a él, & gradeçiérongelo, & dixieron que dixiera bien &
que Dios le diese buena andança por quanto dezía, e que así fuese
commo él devisava. Entonçe se fueron todos antel rey & don
Aymes le contó todo quanto dixieran, de cómmo se avían de
conbatir el can & Macaire en canpo, e el rey le otorgó de grado.
Desque este pleito fue devisado, el rey fizo tirar de presión a
Macaire & traerlo ante sý, & devisóle el juyzio que dieran, los
omnes buenos de su corte con don Aymes. Quando esto Macaire
oyó, fue ende muy ledo & gradeçiólo mucho al rey, ca tovo que por
allí sería libre. Mas Dios, que es conplido de verdat, que nunca
mentió nin mentirá, & que da a cada uno commo meresçe, o
muerte o vida, non se le olvida cosa.

XXIII. Otro día de mañana, tanto que el sol levantó, levantóse
Macaire & fuése con pieça de cavalleros & de conpaña para el rey,
& tanto que lo el rey vio, díxole: "Macaire, vós bien sabedes que
sienpre vos amé mucho, por vós & por vuestro linage bueno onde
venides; e dixiéronme que judgara mi corte un juizio que yo non
puedo esquivar, porque Aube- | [135d] ry non ha cavallero, nin
otro omne que se convusco osase conbatir en canpo, que vos
conviene conbatir con aquel su galgo por tal condiçión que vós
tengades un escudo redondo & un bastón de[34] un cobdo, & sy vós
vençiéredes el can, fincaredes quito de aquella traiçión que vos
aponen de Auberi de Mondisder que yo tanto amava, & de que tan
grant pesar he de su muerte. Mas si vós sodes vençido, sabet
verdaderamente que yo faré de vos justiçia qual deve ser fecha de
quien tal fecho faz." "Señor," dize Macaire, "Dios lo sabe, que
Auberi nunca me erró, nin me mató hermano nin pariente, ¿por-

[34] Ms. reads *de de.*

qué desamor con él oviese? E desta batalla vos dó ende grandes
merçedes, mas de se conbatir con un can un cavallero muy valiente
non semeja guisado. E agora me dezit, por Dios, señor, ¿non
semeja grant onta & grant villanía de me conbatir con un can en
canpo?" "Non," dixo el enperador, "pues assý es judgado de los que
han de judgar la corte & el reyno; mas ydvos guisar." Quando
Macaire esto entendió, todo el coraçón le tremió & quisiera ser de
grado allén mar, si quier en el reyno de Suria, & tanto gana quien
faz follía contra Dios & contra derecho. Entonçe se partio de allí
Macaire con su conpaña, & fuése ‖ [136a] armar así commo fue
devisado, de un bastón de un cobdo & de un escudo redondo muy
fuerte & muy bien fecho; e sus parientes le dixieron que se non
espantase de cosa, nin dubdase al can quanto una paja. "Sy se
dexare correr a vós, datle tal ferida en la oreja que dedes con él
muerto en tierra. E si vós por aventura troxier mal, luego vos
acorrerán de la parte de Galarón vuestro tío." "Bien dezides," dixo
Macaire.

XXIV. Macaire fizo ý venir los de su parte, todos muy bien
guisados para lo acorrer si le menester fuese, e andava ý un traidor
de muy grant nonbrada: Gonbaut avía nonbre de Piedralada.
Aquel llamó a Macaire, e díxole en poridat "Amigo Macaire,
aquesto es bien sabida cosa, que aquel galgo non poderá durar
contra vós, & desque lo vós matardes averemos todos grant alegría,
e ayuntar-nos-hemos entonçe todos a desora, & matemos a Carlon
que tantas viltanças nos ha fechas por toda su tierra. E séale bien
arreferida la muerte de Galalón, que era nuestro pariente, que se
me nunca olvidará. E la reyna de Françia su mugier, preñada la
echó él de su tierra, que jamás el fijo nunca | [136b] ý tornará, e sy
ý entra perderá la cabeça, & vós seredes señor de toda la tierra,
que pese a quien pesar, o que le plega." "Gonbaut," dixo Macaire,
"aquí ha buena razón, & si yo bivo luengamente, en buen punto lo
cuydastes, mas ál taja Dios en el çielo." Entonçe salió el rey de su
palaçio, & mandó que la batalla fuese luego guysada, e fizo ý meter
a Macaire & el galgo. "Macaire," dixo el rey, "peños ha menester
que me dedes." "Señor," dixo él, "esto non puedo yo esquivar." E el
traidor se tornó & llamó a Beringuer & Crieebaut Dorión, &
Fotaut & Roger Sansón & Amagin Astón & Berenguer, que eran
parientes de Galarón. "Amigos," dixo Macaire,"entrat en peños
por mí; este rey vos quier, & yo vos ruego ende. Yo só vuestro
pariente, & devedes me ayudar, que me non devedes falleçer fasta
la muerte." E ellos dixieron que asý lo farían. Entonçe fueron al
rey, & dixiéronle: "Señor, bien queremos entrar por él en fiadoría

de los cuerpos & de los averes." E el rey dixo que así los resçibibría. Entonçe fizo traer el galgo a Ougel que lo tenía así por el cuello.[35] Desí mandó el rey dar plegón que non oviese ý tan ardido ‖ [[136c] que sol fablase nin palabra por cosa que oyese, so pena de perder uno de los mienbros. Más bien podería omne creer que a dur fincó en París omne nin mugier, clérigo nin lego nin religioso que al canpo non saliese ver la batalla. E el rey mandó en la plaça estender un tapete & fizo ý poner la arca de las relicas de Santo Estevan. "Macaire," dixo el obispo, "yd besar aquellas santas reliquias & así seredes más seguro de vuestro fecho acabar." "Señor," dixo Macaire, "por buena fe, non ý besaría nin ruego a Dios que contra un can me ayude." Así dixo el malandante, mas non ovo omne en el canpo que lo oyese que se non santiguase, & que non dixiese que malandante fuese & malapreso escontra el galgo asý commo lo tenía tuerto. Entonce fezieron levar las reliquias a la eglesia, pues vieron que Macaire non se les quisiera omillar[36] nin llegarse a ellas. Mas él metió bozes a las guardas, que le feziesen venir el can al canpo, & si lo non matase del primer golpe, que se non preçiaría un dinero. & Gaufre le dixo: "Vós lo averedes tan toste." Entonçe dexó yr el galgo & començóle de gritar, & dixo: "Ora te vee, & Dios que sofrió en su cuerpo la lançada & ser puesto en cruz, así commo te tú conbates por tu señor derechamente que te tanto amava, así te dexe él matar a Macaire & vengar tu señor." | [136d]

XXV. Assý fabló Gaufre, commo vós oýdes, mas mucho fue ledo el can quando lo soltaron, e sacudióse tres vezes. Desí dexóse yr al canpo a vista de toda la gente, e do vio a Macaire que lo conosçió bien fuése a él, lo más rezio que pudo yr, e ante quel traidor se oviese aparejado nin se cobriese del escudo, nin alçase el palo contro suso, le travó el galgo en el vientre con los dientes que avía mucho agudos, & mordiólo mal. Quando esto vio el traidor, a pocas non fue sandío, e alçó su bastón, que era fuerte & quadrado & dio tal ferida al galgo entre la fruente & las narizes que dio con él tendido en el prado, así que la sangre salió dél. Quando el galgo se sentió tan mal ferido, erguyóse toste & fue muy sañudo. Mucho fue catada la batalla del galgo & de Macaire de las gentes todas de la plaça, & de los muros que eran cobiertos; e todos rogavan a Dios

---

[35] Ms. reads: *por el cuerpo cuello.* I follow Amador, who omits *cuerpo* because it makes better sense. Bonilla transcibes: *por el cuerpo.*
[36] *omillar:* to bow down.

que el mundo formara, que ayudase al galgo, si derecho tenía, & que el traidor fuese enforcado por la garganta. E Macaire se dexó correr al galgo ca ferirlo cuydara del bastón; mas el galgo lo travó en la garganta, de tal guisa que dio con él en tierra, & la tarja ‖ [137a] le cayó de la mano. Quando esto vieron las gentes que aderredor estavan, loaron mucho a Dios. Asý cayó Macaire en tierra; más sy tan toste non se levantara, pudiera ser malrroso. & el galgo se asañó de que se vio ferido, & cató al traidor & arremetióse a él & travóle en el rostro, así que las narizes le levó & lo paró mal. Quando esto sentió el traidor, a pocas non fue sandío, & con desesperamiento dio bozes a sus parientes que lo acorriesen ca synón luego sería comido. Desque ellos esto oyeron, dexáronse correr con sus espadas. Mas el rey se levantó & díxoles bozes, & dixo que se non meçiesen ca para aquel señor que muerte prendiera en la vera cruz, que el primero que diese al galgo, que sería rastrado. Quando aquello oyeron los traidores, tornáronse. Mas grandes baladros daba Macaire, ca mucho era mal tresnado en el rostro, así que toda la boca tenía llena de sangre, de guisa que non podía resollar. Pero dexóse correr al galgo con coita, mas el galgo se desvió de la otra parte & travóle en el puño, & apretógelo tan tan de rezio con los dientes que le fizo caer el bastón de la mano |
[137b]

XXVI. Mucho fue el traidor coitado quando se sentió tan maltrecho de la mano onde le corría la sangre, pero después tomó el palo & dio al can grandes feridas con él. Mas mucho estava maltrecho de la sangre, que perdía mucha. Mas grant duelo fazían por él los traidores de sus parientes, e Galerans de Belcaire, un traidor malo, llamó de los otros do avía çiento o más, & díxoles: "Varones, grant pesar he de nuestro pariente Macaire que veo tan malandante & vós así devíades fazer, e si él fuer vençido por un can, todo nuestro linage ende será desonrrado, mas ¿sabedes lo que pensé? Yo me armaré toste & subiré en mi cavallo, & levaré mi lança en la mano, & yré acorrer a Macaire, ca le mataré el galgo que nos ha escarnidos. Mas si me el rey pudier prender, prometedle por mí mill marcos, & muchos paños de seda, & él tomar-los-ha de buenamente. & así será Macaire acorrido, & redimir-se-ha, & el galgo será muerto." & todos dixieron que dezía bien, & gradeçiérongelo mucho, ca mucho se dolían de Macaire en quán mal estava su pleito, & dezían que en buen punto él fuera nado sy lo librase. Entonçe se tornó Galeran & fízose bien armar, & cavalgó en su cavallo, & aguyjó sin detenençia e pasó por la priesa de la gente que ‖ [137c] falló delante. & fazíanle carrera, & dexóse correr al can, & diole una lançada que le pasó la lança por anbas las piernas, de guisa que la lança ferió en tierra & quebró en dos partes, onde le pesó mucho a él, & tiró la espada de la bayna por matar el can. Mas el galgo tomóse a fuyr & metióse por entre la gente por guareçer. Quando Carlos vio esto, fue muy sañudo & metió bozes a las guardas que si aquel dexasen yr, que los non fallase en toda su tierra, ca sy los ý podiesen fallar, que los mandaría meter en presión donde jamás non salirían, e qualquier que lo tomase & gelo metiese en la mano, que le daría çient libras. Quien viese aquella ora burgueses deçer de los muros, & la mesnada del rey cogerse a los cavallos, & salir escuderos & servientes con armas & con porras & con visarmas, & otrosí los ribaldos lançar palos & piedras, bien entendería que querían ganar los dineros quel rey prometiera a quien lo tomase. Mas el traidor puñó de aguyjar & de se salir quanto lo podía levar el cavallo. Mas tantos corrían en pos él, & asý lo enbargaron & lo ençerraron entre sý, que lo presieron. & atanto aquí viene un villano grande & fiero que traýa en la mano una grant piedra, & dexóse yr a él, & diole tal ferida con ella en los costados de travieso que dio con él del cavallo en tierra, & matáralo sy gelo non tollieran. A atanto llegó ý el rey ante que lo levantasen de tierra, & fizo luego dar el aver al villano, | [137d] de que después fue rico & bien andante. & otrosý llegaron ý luego los del linage de Macaire que dixieron al rey: "Señor, bien sabet que nós nunca sopimos parte de Galeran quando se armó para acorrer a Macaire, que vós tenedes preso; sy él fizo follía, señor, fazet vós vuestra merçet; prendet aver por él, & ríendase vós." E el enperador les defendió que nunca ý fablasen jamás; que para aquél señor que muerte priso en cruz, dixo él, que non prendería por él el mayor aver del mundo que ante non fuese rastrado, & después enforcado por la garganta commo ladrón & traidor. Entonçe mandó que lo guardasen bien; desý tornóse al canpo.

XXVII. Mucho fue el traydor coitado a desmesura por el conde Galeran que era preso, que era su tío; e todos sus parientes, los grandes & los pequeños, estavan en el canpo, e las guardas estavan otrossý armadas; el duque don Aymes tenía el galgo por el cuello & las guardas le dezían que lo soltase. Entonçe soltó el duque el galgo, & díxole: "Vete, a Dios te acomiendo, que faga que te vengues de aquel que te tu señor mató, & que muestre ý su miraglo por la su santa merçet." & el galgo se dexó correr a Macaire muy sañudo, ca mucho lo desamava. Quando Macaire vio venir el can, tomó su bastón & cuydólo || [138a] ferir; mas el galgo

se desvió & salió en travieso, & non lo pudo ferir, e dio tal ferida
del bastón en tierra, que más de un palmo lo puso por ella; & el
galgo andóle aderredor & asechó de quál parte lo podería coger. &
nuestro Señor, por mostrar ý su miraglo, lo quiso ayudar, que
prendiese vengança de Auberi de Mondisder, su señor, que le él
matara a traiçión en el monte; & tanto andó assechando, que le fue
travar en la garganta, ante que le [oviese][37] a dar con el bastón, &
tóvolo quedo, commo un puerco que se non pudo librar dél, ca non
era derecho, ca se non olvidó a nuestro Señor la traiçión que él
feziera. Mas quando vio el traidor que lo non podía más durar,
començó de llamar a las guardas & pedir merçet al rey. Atanto
aquí el rey do viene, & Guyllemer d'Escocia, & Ougel, & Larde-
nois, & Gaufre d'Ultramar, & Almerique de Narbona, & el bueno
de don Aymes, & Bernalt de Brunbant, & todos los doze Pares
fueron al galgo por gelo quitar, mas a muy grant pena lo podían
partir dél. "Señores," dixo Macaire, "por Dios, fazetme oýr. Yo
bien veo que só muerto do ál non ha; mas si me quisiese el
enperador perdonar este yerro, yo le diría toda la verdat, pues que
non | [138b] puedo guarir." "Çertas," dixo el enperador, "non lo
faría por tu peso de oro, que te non faga arrastrar." "Señor," dixo
el traidor, "bien veo que só muerto & que non puedo escapar, &
quiero vos manefestar la verdat. Quando vós distes a Aubery de
Mondisder la reyna a guardar & que la guiase, yo fuy en pos ellos
para tomar la reyna. Mas Aubery me la defendió, & llaguélo muy
mal, ca él era desarmado, con mi espada en la espalda. Quando lo
vio la reyna todo sangriento, començó de se yr fuyendo por guarir
por la floresta, asý que la nunca después pude veer, por quanto le
pude buscar. Asý me ayude aquel Señor quel mundo tiene en
poder, que nunca ý más ovo. E fallóme mal de lo que fize a Aubery,
& non es maravilla de lo conprender. Señor, agora fazet de mí lo
que vós quisierdes." "Çertas," dixo el enperador, "non sé lo que
diga, mas bien sé que de traiçión non se puede omne guardar."
Grant pesar ovo el enperador quando le esto oyó contar, & el
duque don Aymes dixo a muy grandes bozes a guisa de bueno:
"¿Oýstes deste malo cómmo se sopo encobrir? Çertas pues, que él
mató a Aubery de Mondisder, bien meresçe pena de traidor." "¡Ay
buen fidalgo!" dixo el enperador, "¡por quál vos provastes! Ora se
puede entender que de grant traiçión vos acusava este can." Entonçe mandó echar a Macaire una cuerda a la garganta, & a Galeran,
su tío otrossý, & liarlos a dos cavallos || [138c] e fízolos rastrar por

[37] _uviese_: Ms. reads _uviase_.

toda la çiudat, ca tal gualardón meresçen los traidores. Desý el enperador mandó muy bien guardar el galgo por amor de Aubery que él amava mucho. Mas el galgo se fue al monimento do lo viera enterrar, & echóse sobre él & dexóse morrer de duelo & de pesar. Allý veríades llorar mucha gente de piadat, & el rey que fuera en pos él, & muchos omnes buenos con él, & començáronlo a catar, & ovieron ende todos grant pesar. Desí mandólo el rey enbolver en un paño de seda muy bueno, e fízolo soterrar en cabo del çemiterio, de aquella parte do yazía su señor. Ora vos dexaremos de fablar del enperador & del galgo, & fablar-vos-hemos de la reyna que Dios ayude, que se yva derechamente a Costantinopla & Barroquer con ella, sin más de conpaña.

XXVIII. Desque pasaron el río de Ryn & fueron de la otra parte, entraron en Ungría, & fuéronse derechemente a Urmesa, una muy buena çiudat, e pasaron en casa de un rico burgués que avía su mugier muy buena & de buena | [138d] vida, que fezieron muy bien servir la reyna. Mas quando veno a la media noche, llególe el tienpo de parir, & ella començó de baladrar, & de llamar. "¡Señora, Santa María!" que la acorriese. Tanto baladró la reyna, que la dueña se despertó & fuése para ella & levó consigo tres mugieres que la ayudasen a su parto; & tanto trabajó la dueña fasta que Dios quiso, que ovo un niño, muy bella criatura, que fue después rey de Françia, así commo cuenta la estoria. & desque la reyna fue libre del niño, las dueñas lo enbolvieron en un paño de seda muy bien, & leváronlo luego a Barroquer, e tanto que lo él vio,[38] tomólo luego entre sus braços & començó mucho a llorar, & desenbolviólo, & fallóle una cruz en las espaldas,[39] más vermeja que rosa de prado. "¡Ay Dios!" dixo Barroquer, "por la tu bondat, tú da proeza[40] a este niño que tanto es pequeña criatura porque aun sea señor de Françia, que es su reyno." Quando el día apareçió bel & claro, el burgués, que era omne bueno, veno ver la reyna & saluóla omildosamente & díxole: "Dueña, conviene que lieven este niño a la eglesia & que sea bautizado." "Señor," dixo la reyna, "sea commo vós mandardes, & Dios vos agredesca el bien & la onrra que me vós feziestes." & Barroquer tomó el niño en los braços ‖ [139a] & levólo a la eglesia, & huéspet & su mugier con él. Mas

---

[38] *tanto...vio*: as soon as he saw it (the baby).
[39] *espaldas*: shoulders.
[40] *proeza* may come from the Old French *proece* (modern *prouesse*), meaning 'deeds, achievements, prowess'.

agora oyt la ventura que le Dios fue dar. El rey de Ungría, que avía tienpo que morava en aquella çiudat, levantárase de mañana por yr a caça con su conpaña, & cavalgó & topó en la rúa con la huéspeda quél preçiava mucho, & díxole: "¿Qué es eso que ý levades?" "Señor," dixo ella, "un niño que ha poco que naçió, que es fijo de una dueña de muy luenga tierra, & ayer a la noche lo albergamos por el amor de Dios; & demandamos padrinos que lo tornen [christiano]." E el rey dixo: "Non yredes más por esto, ca yo quiero ser su padrino, & criar-lo-hé." "Señor," dixo la huéspeda, "Dios vos dé ende buen grado." Entonçe se fueron a la eglesia, & paráronsse aderredor de la pila, & el rey tomó el niño en las manos & católo, e quando le vio la cruz en las espaldas, omillóse contra la tierra. "¡Ay Señor Dios," dixo el rey, "bien veo que de alto logar es este niño, & fijo es de algunt buen rey coronado." Entonçe llamó el rey el burgués a qui dezían Joserant, & díxole: "Guardat bien este niño, ca por ventura aun por él seredes así en-| [139b] sal-çados." "Señor," dixo el clérigo, "¿cómmo averá nonbre?" "Lo-ýs," dixo el rey, "le llamen; sé que fijo es de rey, & por ende quiero que aya nonbre como yo, por tal pleito que Dios le dé onrra & bondat."

XXIX. Después que el niño fue batizado, el rey le mandó dar çient libras, e dixo al huésped que quando el niño fuese tamaño que podiese andar,[41] que lo levase a la corte, & que lo faría tener onrradamente & dar-le-ýa quanto oviese menester: paños & dineros, & palafrenes. Desí espedióse de aquella conpaña, & el huéspede se tornó a su casa, & Barroquer contó a su señora la reyna cómmo el rey era padrino de su fijo, & que él lo tomara con sus manos en la pila. Quando esto la dueña entendió, sospiró mucho & tomóse a llorar, & dixo: "¡Ay señor Dios, a quán maño tuerto me echó mi señor, el rey de Françia, por el enano traidor que me cuydara escarnir! Mucho feziera nuestro Señor bien que es syn pecado, que feziese saber al rey & a los omnes buenos cómmo me traxo[42] aquel falso; mas después que ovier mucho mal endurado, sy a plazer de Dios fuer, él me vengará sy lo por bien ovier. En él he yo mi esperança, & dar-me-á después onrra sy le plo-guyer, ca fol es quien se desespera por coita que || [139c] aya.[43] Tal es rico a la mañana que a las viespras non ha nada, & tal es pobre

---

[41] andar = 'cavalgar': see 139d.
[42] me traxo: betrayed me.
[43] por coita que aya: whatever sorrows he may have.

que sol non ha nada nin un pan que coma, a que da Dios más que ha menester. Assý va de ventura." Mucho avía la reyna grant pesar de que era echada en estraña tierra do non veýa amigo nin pariente, & ementava a Carlos & su franqueza. "Mesquina," dixo la reyna, "cómmo só echada en grant povreza." Sy yo de buena ventura fuese en París, devía yo agora yazer en la mía muy rica cámara, bien encortinada & en el mío muy rico lecho, & ser aguardada,[44] & aconpañada de dueñas & de donzellas, & aver cavalleros & servientes que me serviesen. Maravíllome cómmo Dios non ha de mí piadat. Mas él faga de mí todo su plazer, & a él me acomiendo de todo mi corasçón & ruégole que aya de mí merçet, ca mucho só mal doliente." E de aquel parto que allý ovo, priso una tal enfermedat que le duró diez años que se nunca levantó del lecho. Mucho sofría de coita & de trabajo, & el huésped & su mugier se entremetían de le fazer quanto podían fazer, e Barroquer puñava en servir al burgués a su voluntad, en sus cavallos & en las cosas de su casa. En grant dolor & en grant coita yogó la reyna Sevilla todo aquel pleito, & el niño creçió en aquel tienpo tanto que fue muy fermoso donzel; e Ba-| [139d] rroquer le dixo: "Fijo, ¿sabedes lo que vos digo? El rey que es desta tierra es vuestro padrino, ca él vos sacó de fuente, e quando esto fue, díxonos que quando fuésedes tal que pudiésedes cavalgar, que vos levásemos a su corte." "Padre," dixo el donzel, "a mí plaze mucho, si mi madre quisier, que es doliente; mas ya me semeja, padre, que guareçe, loado a Dios," Desý fuéronlo dezir a la reyna, e quando lo ella oyó, ovo ende grant plazer e llamó a Joserant su huésped, & díxole: "Buen amigo, yo vos ruego que me presentedes mi fijo al rey & vaya convusco Barroquer que vos lo lieve." "Dueña," dixo el huésped, "yo faré vuestro mandado de buenamente." Entonçe levaron el niño a la corte, e desque fueron antel rey, omilláronsele mucho e dixieron: "Señor rey, aquel Dios que vos fizo, vos dé vida & salut." El rey los resçebió muy bien & preguntóles a qué venían, & dixo a Joserán: "¿Á vos ese niño alguna cosa?" "Sý," dixo él, "es mi afijado & vuestro otrosí, & vedes aquí Barroquer, su padre, así commo yo creo, & commo él diz." E el rey cató a Barroquer enssonrreyéndose porque lo vio feo & de fuerte catadura, & que lo non semejava el moço en alguna cosa. "Joserante," dixo el rey, "grandes graçias de mi afijado que me criastes tan luengamente & tan bien, & vós averedes ende buen galardón si yo bivo." E el rey || [140a] llamó entonçe un su omne mucho onrrado que avía

---

[44] *aguardada*: guarded.

nonbre Elynant e díxole: "Mandamos vos que ayades este donzel
en guarda, & que lo ensseñedes a buenas maneras, e a todas
aquellas cosas que a cavallero convienen saber, el axedrez, & tablas."
E él dixo que lo faría de grado, & así lo fue después, ca más sopo
ende que otro que sopiesen en su tienpo. E el niño fincó con él &
yva a menudo ver a su madre, e el burgués & su mugier guar-
davan & servían la dueña mucho onrradamente, & fazíanle quanto
ella quería. El burgués avía dos fijas niñas & fermosas, & la mayor
avía nonbre Elisant, que era más bella, e ésta amava mucho al
donzel, & dezíale a menudo en poridat: "Buen donzel, nós vos
criamos muy bien, & muy viçiosamente,45 & vós bien sabedes que
vuestro padre Barroquer traxo aquí a vuestra madre muy pobremente, & vós sodes muy pobre conpaña, & si quisierdes ser
sabidor, non yredes de aquí adelante, mas tomadme por mugier, &
seredes rico para sienpre, que vos non falleçera cosa, ca bien
sabedes que non ha cosa en el mundo que tanto ame commo a
vós." "Dueña," dixo Loýs, "vós sodes muy fermosa a maravilla, &
muy rica, e yo muy pobre, que non he ninguna cosa, nin mi madre
otrossý, que non ha ningunt consejo, synón mi padre Barroquer
que la sirve, & | [140b] vuestro padre me crió muy bien por su
mesura, que nunca por mí ovo nada.46 Mas sy me Dios llegase
ende a tienpo, yo le daría ende buen gualardón; mas guardatvos,
amiga, que tal cosa non me digades, nin vos lo entienda ninguno."
Quando esto oyó la donzella, mucho fue desmayada, & perdió la
color, & fue mucho coitada de amor del donzel; mas el donzel, que
desto non avía cura, ývase para el rey & servía antél, & dávale
Dios tal donayre contra él & contra todos que lo amavan mucho, &
salió tan bofordador & tan conpañero & tan cortés, que todos lo
preçiavan mucho. E desque Barroquer vio la dueña guarida, fue a
ella & díxole llorando: "Señora, nós avemos aquí mucho morado.
Por Dios, pues sodes guarida a la merçet de Dios, & vuestro fijo es
ya grande & fermoso, puñemos de nos yr de aquí & será bien. &
llegaremos a Costantinopla al enperador vuestro padre, & quiero
fazer saber a vuestro fijo, si lo por bien tovierdes, que es fijo de
Carlos, rey de Françia, e sé que averá grant pesar de la villanía que
el rey contra vós fizo, que vos echó de su tierra, a tan grant tuerto,
por mezcla de los traidores que Dios maldiga." E la dueña respondió: "Barroquer, yo faré lo que me vós loades." Entonçe llamó la
dueña a su fijo Loýs, & díxole: "Amigo fijo, sy vós quisiésedes, yo

---

45 *viçiosamente*: with luxuries.
46 *nunca...nada*: he never had anything [any benefits] from me.

me querría yr de aquí para Costantinopla, do mora mi padre & mi madre & mi linage que son ‖ [140c] muy ricos & muy onrrados." "Señora," dixo el donzel, "yo presto só para fazer lo que vós mandardes; ya agora querría que fuésemos fuera de aquí."

XXX. Entonçe fezieron saber al huéspet & a la huéspeda que se querían yr, & la huéspeda le dixo: "Dueña, vedes aquí vuestro fijo que es fermoso & bueno. Çertas, que yo lo amo mucho, que es mi afijado, e bien cuydo, & asý me lo diz el corasçón, que aun dende me verná bien.[47] Pues que así es que vos yr queredes, tomad de mis dineros quantos menester ayades." "Dueña," dixo Barroquer, "grandes merçedes, sy yo bivo luengamente, quanto bien vós feziestes, todo vos será bien gualardonado, sy Dios quisier." Entonçe troxieron a la dueña una muleta e el donzel se fue al rey & espedióse dél. Desý tornóse, & fuése con su madre, e Barroquer yva delante, su sonbrero en la cabeça, e su bordón grande & bien ferrado fieramente. Mucho era grande el villano a desmesura, & mucho arreziado, & de commo era grande, & fuerte, & feo, Loýs, que lo cató, tomóse a reýr. Desta guisa entraron en su camino & andaron tanto fasta que llegaron a un monte que avía siete leguas de ancho & | [140d] otro tanto de luengo, do non avía villa nin poblado, más de una hermita mucho metida en el monte. E en el monte andavan doze ladrones que fazían grant mal & grant muerte en los que pasavan por el camino; & Barroquer, que vio el monte verde & las aves cantar por los ramos a grant sabor de sý,[48] por sabor del buen tienpo, & por alegrar a su señora, començó de yr cantando a muy grant voz, así que el monte ende reteñía muy lueñe. Quando los ladrones lo oyeron, llegáronse al camino, e el mayoral dellos, que avía nonbre Pinçenart, llamó sus conpañeros, & díxoles: "Amigos, yo non sé quien es aquel que canta, mas grant follía me semeja que ha fecha, quando tan çerca de nós se tomó a cantar, ca lo non guarirá todo el oro de Françia, que non prenda agora muerte." Entonçe se guisaron todos, & sacaron las espadas de las baynas que trayan sobarcadas, & estovieron asechando. A tanto vieron venir a Barroquer & a la reyna & su fijo Loýs. Mas quando el cabdillo de los ladrones vio la dueña tan fermosa, cobdiçióla mucho ca bien le semejó la más fermosa dueña que nunca viera, & dixo passo a sus conpañeros: "Par Dios, mucho nos aveno bien, ca aquella averé yo, & después dar-la-hé a todos, e el donzel & el villano, matémoslos." Entonçe dieron todos bozes:

---

[47] *que aun...bien*: that I will get some reward for this.
[48] *a grant... de sý*: to his great pleasure.

"¡Ay don viejo! que ‖ [141a] en mal punto vos tomastes a cantar, ca perderedes por ende la cabeça, & nós faremos de la dueña nuestro plazer." Tanto que Loýs esto entendió, tiró luego la espada de la bayna, e Barroquer, que esto vio, díxole: "Fijo, non vos desmayedes. Çertas, yo non los preçio una nuez, ca non son cosa." E tomó el bordón con anbas las manos, & alçólo & dio tal ferida con él al primero que ante sý cogió en la tiesta que le fizo salir los ojos de la cabeça. Desý ferió luego otro que lo metió muerto en tierra, que nunca más fabló, e dio muy grandes bozes, & dixo: "¡Ladrones, traidores, non levaredes la dueña!" & Loýs, que catava, & tenía la espada sacada, dio tal ferida a un ladrón, que lo fendió fasta los ojos."

XXXI. Mucho fue el donzel allí aspro & ardit, & Barroquer estava cabo él & puñava de lo ayudar, & de matar los ladrones. Muchos cochillos los lançaron, & la dueña dava grandes baladros & dezía: "¡Ay Dios, Señor verdadero, ayúdanos! ¡Gloriosa Santa María, acórrenos a esta coita!" & el mayoral de los ladrones tenía un cochillo grande que era muy tajador, & dio con él tal ferida a Barroquer que le cortó la saya & la camisa & llagólo, mas Barroquer, que era mucho esforçado, alçó el bordón & | [141b] dio tal golpe a Pinçenart en la cabeça que le fizo salir los meollos, & dio con él muerto en la tierra. Desý díxole: "¡Ya ý yazeredes,⁴⁹ ladrón traidor!" "¡Ay Dios," dixo la reyna, "ayudat a Barroquer & a mi fijo Loýs, que estos ladrones non les puedan nozir." Quando los ladrones otros vieron su señor muerto, començaron de fuyr, mas don Barroquer con su bordón non les dio vagar⁵⁰ & mató ende los seys, & Loýs los çinco con su espada, & el dozeno fincó bivo, que pedió merçet a Loýs a manos juntas en inojos que lo non matasse, & díxole: "¡Ay, buen donzel, por Dios vos pido merçet que ayades de mí piadat & que me non matedes, & sy me dexardes bevir, grant pro vos ende verná⁵¹ & dezir-vos-hé cómmo non ha en el mundo thesoro tan ascondido nin tan guardado en torre nin en çillero que vos lo yo non dé todo, nin cavallo, nin palafrén, nin mula non será tan ençerrada que vos la yo dende non saque, & vos la non dé sy me convusco levardes."⁵² A tanto aquí viene Barroquer corriendo, do fuera en pos los que matara,⁵³ & dio grandes

⁴⁹ ya ý *yazeredes*: now you will lie there.
⁵⁰ *non*... *vagar*: did not give them respite.
⁵¹ *grant*... *verná*: you will get a great benefit from this.
⁵² *sy*... *levardes*: if you take me with you.
⁵³*do fuera*... *matara*: from where he went in pursuit of the ones [thieves] he had [finally] killed.

bozes, & dixo: "& ¿qué es esto, Loýs! Señor, por Dios, ¿qué estades faziendo, que non matades ese ladrón?" "Non lo faré, padre," dixo él, "si fezier lo que prometió. Padre, ¿oýdes las maravillas que promete? Diz que non averá tan grant thesoro en ninguna parte, nin tan guardado, que si él quisier, que lo non saque, & me lo non dé, & otrosí cavallos, & mulas & palafrenes." "Buen fijo," diz Barroquer, "nunca te fíes en ladrón ca aquel que lo quita de la forca, a ése furta él más toste & ese se falla ‖ [141c] dél peor." "Non," dixo Loýs, "mas veamos lo que nos dende verná."⁵⁴ Mas aún creo que nos ayudemos dél si lo bien quisier fazer."⁵⁵ Entonçe dixo Barroquer al ladrón, "¿Cómmo as tú nonbre? Non me lo niegues." "Señor," dixo él, "nin faré: yo he nonbre Griomoart." "¡Ay Dios," dixo Loýs, "que estraño nonbre!"

XXXII. "Griomoart," dixo Loýs, "sý Dios me vala, tú as nonbre de ladrón, mas si andas bien contra mí, tú farás tu pro." "Señor," dixo Griomoart, "asý me salve Dios, que me non saberedes cosa devisar, que yo por vós non faga, que non dexaría de lo fazer por cuydar ý prender muerte." "Amigo," dixo el infante, "mucho te lo gradesco; mas agora me dy, amigo, ¿somos çerca de alguna villa do podamos albergar? Ca mi madre va muy lassa, & esle muy menester de folgar, ca ya es muy tarde." "Señor," dixo el ladrón, "esta floresta dura mucho, que más avedes aún de andar ante que la pasedes de quatro leguas, que non fallardes villa nin poblado. Mas açerca de aquí ha una hermita do poderedes yr por un sendero do vos yo saveré guiar, e ý mora un santo hermitaño que es muy buen clérigo. Muchas vezes fuemos a él por lo ferir o matar; mas así lo guardava Dios de mal que sienpre nos fazía tornar atrás, | [141d] que nunca podíamos açercar en la hermita. E éste es hermano del enperador de Costantinopla, que ha nonbre Ricardo, que ha dos fijos, los más fermosos del mundo. E el uno es cavallero atán bueno que le non fallan par; el otro es una fija que es la más fermosa dueña que pueden saber, & tiénenla casada con el rey de Françia, a que dizen Carlos." Quando Barroquer oyó fablar del hermitaño & del rey Carlos, cató a la reyna, & viola llorar muy fieramente & díxole: "Por Dios, señora, non lloredes; siquier por amor de Loýs vuestro fijo, vos conviene de lo encobrir, mas pensemos de andar & llegaremos a vuestro tío & veer-lo-hedes." Entonçe non se detovieron más & fuéronse por aquel sendero quel

⁵⁴ *lo que...verná*: what will be the outcome of this.
⁵⁵ *aún creo...fazer*: I still believe that we should let him help us if he wants to do so.

ladrón sabía, e Barroquer yva sienpre delante la reyna, & andaron
tanto que llegaron a la hermita e vieron la morada del hermitaño
que avía la puerta muy pequeña, & en la entrada estava una
canpana colgada entre una feniestra. E Barroquer fue a ella &
tañióla, e el hermitaño, que yazía ante el altar en oraçión, tanto
que oyó el son, levantóse & salió fuera de la eglesia, e quando cató
& vio la dueña, & el donzel, & Barroquer, & el ladrón, maravillóse
mucho, & díxoles: "Por Dios, ¿qué gente sodes, o qué demanda-
des? ça vos non levaredes de lo mío valía de || [142a] un dinero.
Ante seredes todos muertos, commo yo cuydo, ca aquí çerca andan
ladrones que tienen las carreras que les non puede escapar grande
nin pequeño." "Señor," dixo Loýs, "non dubdedes, ca ya nós desos
fezimos justiçia acá donde venimos." E el hermitaño respondió:
"Vós feziestes ý muy grant limosna; mas de una cosa me maravillo
mucho, que bien ha treynta años pasados, segunt yo cuydo, que
non vy omne nin mugier por aquí pasar, fuera a vós solamente.
¿Mas quién es aquella dueña que tan fermoso fijo tien, que bien
devía ser señor de un reyno? & seméjame de la dueña que va
despagada." "Señor," dixo Loýs, "la dueña es mi madre, non ý
dubdedes, e éste es mi padre que ha nonbre Barroquer, muy buen
omne; este otro es nuestro serviente, & albergadnos & faredes
grant merçet & grant limosna." "Señor," dixo el hermitaño, "para
el cuerpo de Dios, que yo non he feno nin avena nin pan, nin
çebada, nin otra cosa, & pésame ende, synón un pan de ordio
solamente, muy mal fecho, nin ropa nin cámara do vos yo pueda
albergar." "Señor," dixo Loýs, "aquel que lo dio a Moisén en el
desierto⁵⁶ nos dará del su bien, sy en él oviermos nuestra esperança." E el hermitaño respondió: "Pues venit adelante, & tomad todo
quanto yo tengo." | [142b]

XXXIII. Desque entraron en la casa, el omne bueno, que era de
buen seso & de alto linage, llamó a Loýs aparte & díxole: "Buen
donzel, & ¿qué comeredes de tal bien commo yo daré a vos & a
vuestra conpaña?" "Señor," dixo Loýs, "grandes merçedes." Entonçe entró el hermitaño en su çelda & sacó dende un pan de ordio &
de avena & non lo quiso tajar con cochillo, mas partiólo con las
manos en quatro partes e dio a cada uno su quarto. & desque
comieron, Sevilla la reyna se llegó al hermitaño & començó de
fablar con el, & díxole: "Señor, por Dios consejatme, ca mucho me
faz menester." E el hermitaño le respondió muy sabrosamente:

---

⁵⁶ *aquel...desierto*: He who gave it [help] to Moses in the desert.

vn dinero .intre fiades robos mueros
como yo cuydo ... ca aq copen andan
ladrones q tienen las carrcras ... los
no puede estapar grande nyn pequeno
... dios loys non dubdedes en
... nos desos fesimos justiçia con
... dolo Laynros ... el hermitano
respondio vos ... v muy gran
lymosna / mas de vna cosa me ma
rauillo mucho q bien ha treynta .a°
... pasteos ... yo cuydo q no
vo ome nin mugier por aq pasan fue
en dos solamente mas ... en es
aqlla duena q tan fermoso fijo te
q bien deuia ser señor de vn ...
no ... semeja me de la duena q ba
desparrada ... amor dios loys la
duena es my madre non ... dubde di
... este es my padre q ha nombri
barroqui muy buen ome este otro
es nro fueme ... alberga nos
... facedes gran ... v gran limos
na ... amor dixo el hermitano pa
el cuerpo de dios q yo no he ...
nyn auena nin pan nin reuerca
nyn otra cosa ... pesa me ende ...
vn pan de ordio sola ment muy
mal fecho nyn copa nyn emnapa do
nos ... pueda albergar ... amor
dixo loys aql qlo dio a moysen
en el desierto nos dara del ...
bien ... aun ouieremos nro es
peranca ... el hermitaño res
pondio pues ... adelant ... to
mad todo qnto vos tengo

... si fueron en la casa ... el
ome bueno q era de buen
seso ... de alto linage lla
mo a loys ... ... dixole
buen donzel ... q conoscedes de ... bie
como yo dixe anos ... a vra compaña
... dixo loys grandes merçedes en
tonçe en... el hermitaño en su ...
... ... dende vn pan de ordio ... de
auena ... non lo esto ca... en ...
mas ... lo con las manos en ... ...
... dio amen vno su ... ...
... semilla la ... ...
... al hermitaño ... comienço de fablar
con... ... señor por dios conseyllr
me en mucho me face menester ... el
hermitaño le respondio muy sabrosa
mente ... duena desir me donde so
des o de q tierra auedes ... ... di
xo ella, vo non vos lo encobrire vo
... natural de costantinopla ... so fija
... ... de su muger ledina ...
el ... de francia enlos me de
mando .i my padre por migo ... mo ...
dre me le enbio muy fica ment ...
muchos omes buenos ... enbiaron co...
... comigo ... leuaron me a paris ...
alli enso comigo ... troue me vn ano
consigo ... vos negure nada ... echo
me de su tierra ... mes de pasada de...
... por los parientes de guiaron
... dixo la duena asi me salue
dios q todo esto fue ... ... me

"Dueña, dezitme dónde sodes, o de quál tierra andades." "Señor," dixo ella, "yo non vos lo encobriré. Yo só natural de Costantinopla, & só fija del enperador & de su mugier Ledima e el enperador de Françia Carlos me demandó a mi padre por mugier, & mi padre me le enbió muy ricamente, e muchos omnes buenos venieron entonçe comigo & leváronme a París; e allí casó comigo e tóvome un año consigo. Non vos negaré nada; & echóme de su tierra por mezcla falsa de traidores, por los parientes de Galarón. Señor," dixo la dueña, "así me salve Dios, que todo esto fue verdat que me ‖ [142c] oýdes contar; que me basteçieron aquellos traidores que mal apresos sean. E Carlos me dio entonçe a un su cavallero que me guiase que llamavan Aubery de Mondisder, muy leal & muy cortés. Et Macaïre el traidor veno en pos de nós por me escarnir si pudiese; mas Aubery puñó de me defender dél con su espada. Mas el otro que andava armado, lo llagó muy mal, e quando yo esto vy, metíme por el monte & començé a fuyr, e asý andé fuyendo toda la noche fasta el alva del día que fallé aquel omne bueno que allí vedes, e contéle toda mi coita, e quando lo él oyó, tomóse a llorar con duelo de mí & desanparó su mugier & sus fijos & quanto avía, & vénose comigo por me guardar & me servir. Non vos sé contar todas nuestras jornadas, mas venimos nós a Urmesa & posamos en casa de un buen omne a que Dios dé buena ventura, & allý parý en su casa a Loýs, que vós vedes, que es el fijo del enperador Carlos, que es señor de Françia & nieto del enperador de Costantinopla." Quando el hermitaño oyó asý fablar a la dueña, començó de sospirar muy de corasçón & a llorar mucho de los ojos. "Dueña," dixo el hermitaño, "vós sodes mi sobrina, non dubdedes ý, e dezir-vos-hé qué faredes. | [142d] Aquí vos conviene de folgar, e yo yré al Apostóligo fazerle desto querella, & contar-le-hé vuestra fazienda, & echará escomunión sobre Carlos, sy vos non quisier resçebir; después yr-me-hé a Costantinopla a vuestro padre, & dezir-le-hé todo esto, e fazer-le-hé ayuntar sus huestes & ý vernán grifones & pulleses & lonbardos por guerrear a Françia. E sy Carlos vos non quisier resçebir, non puede falleçer de la guerra en guisa que yo lo cuydo echar de la tierra a su desonrra, e quiérome partir desta hermita que más ý non moraré, & tornaré al sieglo a traer armas, e la lazería que fasta aquí sofrí por Dios, quiérola toda olvidar, & puñar de comer bien & bever bien & de me tener viçioso."[57] Assý dixo el hermitaño que Dios salve. E llamó a Barroquer, & díxole: "Amigo, conviene que vayades a un

---

[57] *de me tener viçioso*: to live with pleasures.

castiello que es aquí çerca, por conprar qué comamos." "Señor," dixo Barroquer, "yo yré ý muy toste." Quando la dueña oyó así fablar el hermitaño, començó a llorar de alegría que ende ovo.

XXXIV. Entonçe se guisó Barroquer de yr que ende avía grant sabor, e Griomoart se adelantó, & dixo: "Señor,...⁵⁸ || [143a] que yo vos faré ricos & bien andantes para en todos vuestros días." "Señora," dixo Barroquer, "grandes merçedes." Entonçe se guisó Barroquer a guysa de penitençial, & tomó una grant esclavina, & una esportilla & bordón en la mano, & un capirote, & sonbrero grande que todo el rostro le cobría; mas con todo esto non olvidó el aver & los paños. Desý espidióse & fue su carrera, & fue de allý maner a Proýns. Otro día de mañana se salió de allá & fue maner a Emaus a la noche. E desque entró por la villa, començó de yr fincando su bordón, & fuése derechamente a su casa, & llegó a la puerta, & vio seer a su mugier muy pobremente vestida & muy lazrada, & dezía al mayor de sus fijos: "Fijo, & ¿por qué bevimos tanto,⁵⁹ pues perdimos a Barroquer, tu padre, que nos mantenía, & pensava de nós? Ya non avemos qué comer, nin de qué bevir. ¡Ay mesquina cativa, qué grant pesar dél he, & qué grant mengua me faz!" Assý dezía la dueña muy doloridamente, su mano en su faz, & llorando mucho. Quando esto vio Barroquer, començó a llorar de piadat, & llegóse más a la puerta, & díxole: "Dueña, por Dios albergatme ya oy, & faredes grant limosna." E la mugier, que seýa triste, quisiérase ende escusar a todo su grado, & díxole: "Yd a Dios, amigo, ca | [143b] non es guisado de albergar a vós nin a otro, ca non tengo en qué, Dios lo sabe, & pésame ende. Mas yd a

---

⁵⁸ There are some folios missing at this point, the contents of which have been reconstructed from the *Historia de la reyna Sebilla* in the Burgos edition (1553). The missing contents have been summarized by R. Köhler, *Jahrbuch für romanische und englische Literatur* XII (1871), 300 ff; G. Paris, *Histoire poétique de Charlemagne* (Paris, 1905, p. 390 ff.). E. Köhler, "Ritterliche Welt und *villano*," *Romanistisches Jahrbuch* 12 (1961), 229-41.

Griomart obtains the food he was asked to bring by stealing from a rich miser. Facing the problem of how to carry the stolen goods, he steals a donkey. The hermit leads the empress, Loys and Barroquer to Rome, where they meet the Pope. Together with the Pope, they all go to Constantinople, where they find Sevilla's father. Emperor Richard marches on France at he head of his army in order to avenge his daughter. Almerique de Narbona offers Loys his support. Seeing the empress well protected, Barroquer decides to go to visit his family, disguised as a pilgrim.

⁵⁹ *por qué... tanto*: why are we living so long? (why are we still alive?)

Dios, que vos guye." Asý fabló la dueña que seýa muy desconfor-
tada por su marido que le tardava tanto. "Dueña," dixo Barroquer,
"que Dios vos salve, albergatme, ca non sé para dó vaya." E la
dueña ovo dél piadat, & ortogólo, & dixo: "¡Venit adelante!" E
començó mucho a llorar, & díxole: "Vós seredes aquí albergado,
mas ruégovos que roguedes a Dios quel mundo fizo & formó, que
él me dexe aún ver mi marido Barroquer, que me tanto sabía amar,
que ya tan grant tienpo ha que se de mí partió, & nunca lo después
más vy, e por ende cuydo que es muerto, ca él desanparó su asno
por que guareçíamos, que se veno para mi casa cargado de leña,
que oy mañana levó mi fijo por nós ganar qué comiésemos muy
cativamente, de que me pesa mucho, ca non he qué vos dar."
Quando Barroquer oyó así fablar a su mugier, ovo ende tal piadat
que se tomó a llorar so su capirote, assý que todas las barvas [&]⁶⁰
las façes ende eran mojadas, & díxole: "Dueña, por Dios, ¿cómmo
avedes nonbre?" "Señor," dixo ella, "a mí dizen María, & fincáron-
me dos fijos de mi marido. El mayor es ydo al monte por⁶¹ de la
leña que carga en el asno que su padre dexó. El otro anda pediendo
las limosnas por la villa." Entretanto entró el moço que fuera
demandar las limosnas, su pan en su saquete que ganara.| [143c]
Quando lo Barroquer vio, todo el coraçón le tremió, & metió mano
a su bolsa, & sacó dineros, & dixo al moço: "Fijo, ¿saberás tú
conprar pan & vino & carne que comamos?" "Sý," dixo él. Entonçe
le dio los dineros, & desque los el moço tomó, fuése a la villa &
conpró todo quanto su padre le mandó, & tróxolo & candelas
otrosí. Entretanto, Barroquer fendió leña & fizo fuego, e en
quanto se guisavan de comer, llegó el otro fijo, su asno ante sý
cargado de leña. Tanto que lo vio Barroquer, luego conosçió que
era su fijo, e el corasçón le saltó de alegría que ende ovo, & dixo a
muy alta boz: "La bestia fará contra su señor lo que non fezieron
sus fijos." Tanto que el asno oyó fablar a Barroquer, començó a
rebuznar de tal guisa que bien entendería quienquier que lo
conosçía, & fuése para él que lo non podían dél quitar. Quando
esto vieron los fijos, maravilláronsse ende mucho, porque el asno
fazía esto contra su huésped. Desí tomáronlo & fuéronlo prender
en su pesevre. Desý posáronse⁶² a la mesa, e Barroquer comió con
su huéspeda & los fijos anbos de consuno; & desque comieron bien
& a su vagar quanto menester ovieron, Barroquer, que metía en

---

⁶⁰ Ms. illegible.
⁶¹ *de la leña* is directly translated from the French.
⁶² *posáronse*: they sat down.

ellos mientes, era ende muy ledo en su voluntad.⁶³ "¡Ay Dios,"
dixo el fijo mayor, "cómmo somos guaridos! Buen padre avemos
fallado. Bendito sea quien lo crió, ca bien nos avondó de comer.
Señor palmero," dixo él, "por Dios, palmero, non vos vayades para
ninguna parte | [143d] & fincat connusco." E Barroquer, quando
esto oyó, tomóse a llorar, & la dueña se maravilló ende.

XXXV. Después de comer, levantáronse anbos los mançebos &
alçaron las mesas. Desí pusieron de la leña en el fuego por amor del
buen huésped, e desque anocheçió, Barroquer llamó su huéspeda &
díxole: "Dueña, ¿dó yaré yo esta noche?" "Palmero," dixo ella,
"yo vos lo diré. Vós yaredes çerca del fuego & ternedes un saco
fondón de vós, ca yo non he chumaço que vos dar." "Dueña," dixo
Barroquer, "non sea asý, mas durmamos de consuno, ca yo non he
mugier nin vós marido, & quiero vos dar por ende çient sueldos."
Quando aquesto oyó la mugier, tornó tal commo carvón,⁶⁴ & cató
a Barroquer muy sañuda & de mal talante, & díxole a muy grandes
bozes: "¡Garçón, lixoso, fideputa, salid de mi casa, ca sy aý más
estades, tantas palancadas vos faré dar en los costados, que todos
vos los quebrantarán, ca llamaré agora a todos mis vezinos que vos
apalanquen." Barroquer, quando vio su mugier tan sañuda, &
porque la avía tan bien provada, non se quiso más encobrir contra
ella. Entonçe desnudó su esclavina que traýa vestida, & fincó en
saya el muy buen vejaz, & fue abraçar a su mugier. & ella lo cató
& començó a maravillar. E desque lo cató, díxole: "¿Quién || [144a]
[sodes] vós? buen señor, non me lo neguedes." "Dueña," dixo él,
"yo só Barroquer, vuestro marido que vós tanto solíades amar.
Vós non me conoçíades ante, quando aquí llegué a la viespra; mas
conosçióme el mi asno, que tanto que me oyó, luego se tomó a
cantar." Quando la mugier lo entendió, toda la color se le mudó, &
conosçiólo luego, & fuelo abraçar & besar muy de coraçón, &
Barroquer otrosí a ella, & non se podían abondar uno de otro.
Después desto, Barroquer fue abraçar & besar a sus fijos, e
començaron todos a llorar de alegría, & los fijos dixieron a Barroquer: "Señor, bien seades venido." Barroquer se asentó con su
mugier a fablar & díxole: "Amiga, de oy más sed alegre, ca yo só
muy rico, ca yo he ganado tal aver & tal thesoro por que seremos
ricos & bien andantes para sienpre." Entonçe le contó cómmo

---

⁶³ *que metía... en su voluntad*: who was observing them, was very happy
about it (his family's satisfaction).
⁶⁴ *tornó... carvón*: [her face] turned as black as coal (in anger).

fallara la reyna de Françia desanparada, & cómmo se fuera con ella
& la guardara, & díxole: "Tomad este don que vos envía ella, &
confortadvos bien, ca a mí conviene de me partir cras de mañana[65]
& yr-me-hé derechamente a París por veer los traidores que a mi
señora la reyna fizieron mezclar donde el enperador Carlos fue mal
aconsejado." "Señor," dixo la mugier, "Dios vos guíe & vos guarde
de mal, & guardat vos de entrar en poder de aquellos." "Sý, faré,"
dixo él, "non ý dubdedes." Entonçe se | [144b] fueron echar a grant
plazer de sý. Otro día de mañana, se levantó Barroquer, que avía
muy a coraçón su carrera, & bestió su esclavina, & tomó su bordón
& su esportilla, & espedióse de su mugier, que lo amava tan mucho
que non cuydava ver la ora en que tornase a Emaus, e partióse de
su casa por yr a París.

XXXVI. Agora se va Barroquer, que Dios guarde de mal, su
esclavina vestida & su bordón en la mano. & començó a trotar &
llegó a París a ora de yantar, & entró por la villa, & vio las gentes
ayuntar por la çiudat, & vio fincar tiendas fuera de la villa por los
canpos. Quandesto vio Barroquer, començó mucho a llorar, &
dixo: "¡Ay Señor Jesu 'Christo que en la vera cruz te dexaste
prender muerte por los pecadores salvar, tú faz a Carlos que se
acuerde & que resçiba la reyna su mugier derechamente commo deve!"
& desque comió en casa de un omne do posó, salióse fuera de la çiudat
& fuése por ribera del río de Sena donde posavan muchos altos
omnes & poderosos, & ý eran los traidores. Mas tanto sabet todos
que non ovo rey en Françia del tienpo de Merlín fasta entonçe que
non oviese traidores que le feziesen muy grant daño; mas non
tanto commo a éste. Desí fuése contra la tienda del rey & violo ser
muy triste, e con él seýa don Aymes que era muy buen omne.
"Don Aymes," dixo el enperador, "aconsejadme devedes. Yo ayunté
aquí mis gentes, así commo vós vedes, por defender mi tierra;
¿Qué vos pareçe ý?" "Señor," dixo el duque don Aymes, ‖ [144c]
"yo vos daré buen consejo si me vós creer quisierdes. Yo oý dezir,
& así es verdat, que Loís vuestro fijo es entrado en Chanpanya &
con él el enperador Ricaldo su abuelo, señor de Greçia, e ya son
con vuestro fijo acordados Almerique de Narbona & sus fijos que
son tan poderosos & tan buenos cavalleros, & çertas mucho faría
contra razón quien contra él fuese & sería muy grant daño de
vuestros omnes. Mas señor, resçebit vuestra mugier, que es tan
buena dueña, & Dios & el mundo vos lo ternán a bien." "Señor,"

---

[65] *cras de mañana*: tomorrow morning.

dixo Mançions, un grant traidor, "aquel día que la vós tomardes, sea yo escarnido: mugier que así andó abaldonada a quantos la querían por la tierra, que non ovo garçón que non feziese en ella su voluntad." Quando esto oyó Barroquer, que ý parava mientes, a pocas non fue sandío, e non se pudo tener que non dixiese: "¡Çertas, gretón⁶⁶ lixoso, mentides! E sy non fuese porque estades antel enperador, tal palancada vos daría deste bordón, que las sentiríades para sienpre." Quando aquesto el enperador oyó, tomóse a reýr, & Ougel otrossý, & los otros omnes buenos que ý seýan, e dixeron entre sý que sandío era el palmero. "Palmero," dixo el rey, "¿dónde venides?"⁶⁷ "Señor," dixo el, "yo vos lo diré. Yo vengo de Jerusalén do Dios fue muerto & bivo, & pasé por Bregoña, & ý fue robado⁶⁸ de una gente mala que ý fallé. E era tan grant cavallería, que después quel mundo fue fecho, non fue ayuntada tan grande, | [144d] & son ya en tierra. E esto faz el enperador Ricardo, que trae ý su fija & su nieto, que es ya bueno & arreziado, e todos dizen del niño que es vuestro fijo, & que por fuerça será rey de Françia, & que pornà vos fuera de la tierra. E por el mi consejo vós non los atenderíades, ca el infante muy fuerte es & muy dultadorio, & diz que ha derecho de heredar a Françia, & que se quier entregar de la tierra, a quienquier que pese o plega, e que será rey coronado & yo le oý jurar por todos los santos de Dios que sy pudiese coger en la mano los traidores que convusco son, que su madre trayeron⁶⁹ & la fezieron echar tan viltadamente de la tierra, que los non guarirá todo el oro del mundo que los non feziese quemar. & vós mesmo podedes ý prender grant vergueña, así commo él dezía. Por lo qual vos yo loaría que vos fuésedes de aquí ante que fuésedes preso nin maltrecho." Quando esto oyó el enperador, fue muy sañudo & ovo ende grant pesar; mas Barroquer non semejava omne que pavor oviese. Ante dixo al rey muchas cosas del infante Loýs de menazas e el enperador lo llamó & díxole: "Palmero, ¿qué dizen aquellas gentes? ¿Vernán más adelante o qué cuydan de fazer?" "Señor," dixo Barroquer, "asý aya Dios parte en la mi alma, que ellos amenazan fieramente los traidores de Françia, que sy los cogen en

⁶⁶ *gretón*: probably from the French *gredin* 'vile person, criminal'.
⁶⁷ *dónde venides* = *de dónde venides*.
⁶⁸ *fue robado*: modern Spanish would have *fui* since Barroquer is talking about himself; Old Spanish showed alternation between *fui* and *fue* for that form.
⁶⁹ *trayeron*: betrayed.

poder, que los ‖ [145a] non guarirá cosa que non sean destruídos o traiçionados." "Señor," dixo Mançión, "yo vos digo bien que este palmero es esculca. Mandatle sacar los ojos; desý enfórquenlo." "Non lo faré," dixo el rey. "Ante quiero fablar con él & oýr de sus nuevas. Palmero," dixo el rey, "¿sabes algunt menester?"[70] "Sý, señor," dixo él, "só tal mariscal de conosçer buen cavallo o buen palafrén, que en el mundo non ha mejor, nin que lo sepa guareçer de su enfermedat, nin mejor afeitar." "Çertas, palmero," dixo el rey, "tú deves ser muy onrado sy verdat es lo que dizes. E quiero que finques comigo & fazer de algo, ca yo he un cavallo ruçio muy preçiado, tan fuerte & tan fiero que ninguno non se osa llegar a él synón yo & los omnes que lo guardan." E Barroquer dixo: "Veámoslo; quiça yo vos daré ý recabdo." "De grado," dixo el rey. Entonçe enbió por el cavallo; mas quatro mançebos que lo avían de guardar fueron a él & enfrenáronlo & tiráronle las cadenas & las presiones otrosý, e leváronlo todos quatro al rey & descobriéronlo de una púrpura de que estaba cobierto. E el cavallo alçó la cabeça & tomóse a reninchar muy fieramente & a soplar mucho. Era el cavallo bel de guisa que le non sabían par,[71] nin avía omne que se enfadase de lo ver, e dezían todos & juravan que nunca tan fermoso ca- | [145b] vallo vieran. E Barroquer, que lo catava, començó a pensar, & dixo en su coraçón. "¡Ay Dios, Señor! Dame, Señor, si te plaz, que yo pueda levar este cavallo a mi señor; mas sy en él cavalgase sin siella, cuydo que caería muy toste, ca non só acostunbrado de cavalgar en cavallo en hueso." E do el rey estava asý en riba de Sena & catando su cavallo, de que se pagava mucho, dixo contra don Aymes. "Duque, ¿vistes desque naçistes tal cavallo commo éste?" & él dixo que non. E Barroquer se adelantó & dixo: "Señor, sy el cavallo fuese ensellado, por la virtud de Dios, yo cuydara provar su bondat." Quando esto oyó el rey, mandólo ensillar toste. E desque lo troxieron, Barroquer quitó de sý su esclavina, & puso el pie en la estrivera & cavalgó muy aýna. E el cavallo començó a tomar con él muy esquivos saltos & de esgremirsse en manera que a pocas non dio con él en tierra. E Barroquer echó mano a las crines & los cavalleros que lo vieron dixieron: "Agora veredes el gritar fiero & el roído quando el palmero cayer." E Barroquer, que lo oyó, non dava por ende nada,[72] más dezía entre sus dientes que non sería, si a Dios

---

[70] ¿sabes ... menester?: do you have any skill (profession)?
[71] que le non ... par: that they knew no [horse] as beautiful as that one.
[72] que non dava ... nada: who could not care less about it.

plogyese. Ante se ternía bien en la siella e él metió el bordón so el braço derecho, & con los grandes çapatos que tenía, aguyjó el cavallo & soltóle la rienda. E el cavallo començó de correr tan fieramente que semajava que bolava. Assý lo arremetió por el prado. Desý vénosse contra el enperador & díxole a muy alta boz: "Rey, yo só Barroquer de la barva cana. Sy yo vine a vós por esculca, ‖ [145c] agora me tornaré a Loýs vuestro fijo el muy preçiado & a vuestra mugier la reyna Sevilla que yo por mi cuerpo guardé de mal & guyé & servía a mal grado de los traidores que la fezieron desterrar a tuerto. E sy vuestra mugier non resçibierdes, sabet que Françia será por ý destruída, mas commo quier que avenga, este buen cavallo levaré yo, & fínquevos la mi esclavina, ca bien la avedes conprada." Entonçe ferió el cavallo de las espuelas, & fue en su carrera, e el enperador metió grandes bozes: "¡Varones, ydme en pos él, por el amor de Dios, ca si así pierdo mi cavallo, jamás non averé alegría. E quien me pudier prender el palmero, çient marcos de plata le daré en alvistras."Entonçe cavalgaron cavalleros & escuderos & servientes & privados & unos & otros; ý fue el duque don Aymes, & Ougel, & Galter de Coravina, & los parientes de Galarón que Dios maldiga. ¿Qué vos diré? Quienquier que buen cavallo tienía cavalgó en él syn detenençia, & el enperador mesmo ý fue. Assý fueron todos en pos él; mas Barroquer, que yva delante en el buen cavallo, rogava yendo mucho a Dios que lo guardase de caer, & así corrió fasta Ormel que se nunca detovo. Entonçe cató en pos sý,[73] & vio muy grant gente venir en pos él, por lo prender. Entonçe aguijó más el muy buen cavallo, & fuése a Gornay, & pasó por ý que se non detovo cosa, e llegó a Leni; mas non quiso ý fincar, & yva tan rezio por medio de la plaça, que semejava tenpestad, de guisa que non avía ý tan ardido que se le osase pa- | [145d] rar delante nin preguntar.

XXXVII. Assí se pasó Barroquer por Leni en el buen cavallo; e desque fue fuera de la villa, cogióse por el camino de Proíns, & fuése quanto el cavallo lo podía levar, así que poco dava por los del rey Carlos que en pos él corrían. Entre tanto llegó el duque don Aymes & Aleni, & Ougel, & con ellos bien quatro mill françeses, & fueron preguntando sy vieran por ý pasar un villano en un buen cavallo muy corredor. "Sý," dixieron los burgueses, "que mal apreso vaya él allá do va. Por aquí pasó, tal commo el viento." A tanto llegó el rey, que venía metiendo bozes: "¡Varones, agora por Dios, yd en pos él, ca sy me asý escapa, jamás otro tal non averé a

---

[73] cató ...sý: he looked behind him.

mi cuydar!"⁷⁴ Entonçe cavalgaron todos los de la villa, burgueses &
cavalleros & servientes & fueron en pos él; mas Barroquer, que
yva adelante alongado dellos, llegó a un monte a ora de viespras,
que era çerca de Emaus, & falló a su fijo en la carrera, que levava
su asno cargado de leña, & conosçiólo luego, & díxole: "Fijo,
salúdame a tu madre, ca yo non he vagar de fablar más contigo, ca
bien⁷⁵ en pos de mí el rey Carlos con muy grant conpaña. Agora te
vea Dios, ca non he poder de más contigo estar." Tanto estovo allý
fablando con su fijo fasta que vio el rey Carlos, e de tan lueñe que
lo vio, metióle bozes: "¡Ay fideputa, non escaparedes, que non
seades enforcado!" | [146a] E Barroquer que lo oyó, le respondió:
"Non será assý si a Dios plaz." & començóle de gritar. Entonçe
aguyjó el cavallo que se non detovo más, e más toste se alongó
dellos que maravilla, & fuése por Columersablía. La luna era muy
clara, e llegó a ora de matines a Proíns, & pasó por ý syn enbargo
ninguno, e el rey Carlos llegó ý al alva del día, & Ougel & el duque
don Aymes, & con ellos bien trezientos a cavallo, e fueron preguntando a los de la villa. "¡Vistes por aquí pasar un villano ençima de
un buen cavallo?" & ellos dixieron que non sabían dél parte. E
Barroquer, que yva en el buen cavallo ruçio, tanto andó de día &
de noche que llegó a tierra do fue muy bien reçebido. Mas tanto
cuytó el cavallo, que era todo trassuado, & así fue ante el infante
Loýs, & presentógelo & díxole: "Tomad este cavallo, señor infante,
que es el más maravilloso que nunca omne vio, que fue del rey
Carlos vuestro padre." Entonçe le contó cómmo Carlos feziera
ayuntar su hueste en París, muy grande, e que yazía en rivera del
río. "E quando el rey me vio levar su cavallo, mandó venir su
hueste en pos de mí, e él venía delante, más bravo que un león; e
poder-los-hedes fallar a siete leguas de aquí muy pequeñas." "Por
Dios," dixo el infante, "¿assý corrió en pos de vós mi padre por su
cavallo?" "Çertas sý," dixo Barroquer. "Barroquer," dixo el infante,
"¿qué gente andó con él? Non me lo niegues." "Señor," dixo él,
"bien son treynta mill.⁷⁶ Los unos vienen delante & los otros

⁷⁴ *jamás...cuydar*: I will never own such a horse again.
⁷⁵ *bien*: apocopated variant of *viene*.
⁷⁶ The size of Carlos Maynes' army varies. According to the authorial
voice in 145d there were four thousand men. In 146d the narrator
indicates that there were at least three hundred men riding with the
emperor, although there could have been some more following. At this
point, however, Barroquer estimates the army to be about thirty thousand men. Since this part of the romance is not included in any of the
extant fragmnents of the French version, we cannot compare with the
original.

detrás, así commo les aturan | [146b] los cavallos. Mas bien los podedes todos prender si quisierdes." Quando esto Loýs oyó, començó a dezir: "¡Armas, armas, cavalleros, ca yo prendería de grado a mi padre, en tal que lo feziese otorgar con mi madre." Entonçe veríades griegos, así los altos commo los baxos, correr a armarse que non fue ý tal que se dende escusar quisiese. E el enperador Ricardo fue armado en los primeros muy ricamente, & subió en su cavallo, & don Almerique de Narbona, & Guyllemer el guerreador, & todos los otros de su conpaña. & asý se ayuntaron en un punto bien treynta mill. E Barroquer dezía: "Todos los poderedes prender si quisierdes." Quando esto vio Loýs, començó a dar bozes que moviesen. Entonçe fueron su carrera, aguyjando quanto podían contra los françeses. E yendo asý dixo el infante: "¡Ay Dios! ¡Señor quel mundo formaste por tu grant poder & quisiste que fuese poblado de gente, da al rey mi padre coraçón que resçiba a mi madre por mugier, así commo deve!" Assý se fue a la hueste de los griegos muy esforçadamente, así que de los pies de los cavallos salía tan grant polvo que muy de lueñe paresçía. Quando esto vio el enperador Carlos, fue mucho esmayado, e el duque don Aymes le dixo: "Señor, en barata somos; mucho corrimos, me semeja, en pos el penitençial. Ahé aquí los griegos vienen de randón con Loýs vuestro fijo, que es muy sañudo de su madre que echastes de vuestra tierra; & con él viene. Almerique de Narbona & sus fijos, & mucha otra cavallería, & el enperador Ricardo de Costantinopla que vos desama || [146c] mortalmente por su fija que avedes dexada, onde entonçe creyestes los traidores que Dios maldiga. Ora es por eso vuestra tierra metida en duelo & en tormenta, & nós por ende seremos todos presos ante del sol puesto; & será muy grant derecho para le fe que devo a Dios, desý que todos somos desarmados, sinón de nuestras espadas, si nós non uvíamos acoger a algunt castiello. Nunca tal pérdida perdimos desque perdimos Oliver & Roldán, commo ésta será. ¡Nunca desde entonçe acá ove tan grant pavor commo agora he! ¡Dios nos acorra!"

XXXVIII. "Don Aymes," dixo el enperador, "por buena fe, non sé lo que ý podamos fazer. Bien sé quel enperador de Costantinopla me desama mortalmente, & ha razón por qué; ca eché su fija de mi tierra muy malamente, e nós non avemos castillo a qué nos acojamos." "Señor," dixo Salamón, "aquí non avemos de tardar, ca

el provervio diz que mejor es bien foír que mal tornar." Entonçe se
asenbraron los françeses antel rey Carlos, mas non avía ý tan
bueno que pavor no[n] oviese; ca muchos dubdavan los griegos
que venían de rendón. "Señor," dixo el duque don Aymes, "entendet lo que vos quiero dezir. A siete leguas de aquí ha un castiello
en una montaña que dizen Altafoja. Ya los vós toviestes çercado
quando yazía dentro Grifonet, que fizo la traiçión quando vendió
Rolan al rey Marssil, & non vos pudo esca- | [146d] par. Ante ovo
su gualardón de la traiçión que feziera, ca fue quemado. Pues
vayamos a Altafoja, e sy nos ý çercaren, muy bien nos defender[emos] si Dios quisier, e mal aya el que non se defendiere fasta
su muerte." E Carlos dixo: "Agora, ¡vía de parte de Dios!" Estonçe
movieron de rendón contra Altafoja, e el enperador cató la grant
gente de los griegos que en pos ellos yvan quanto más podían.
Assý que ante que fuesen ençima de la montaña, los alcançaron los
griegos. Allí podríades ver mucho golpe de espada, & de lança, &
de porra, mas los françeses puñaron de se acoger a la rocha,[77] ca
bien veýan que los non podían durar. E desque fueron en el
castiello, çerraron muy bien las puertas. Asý fueron los françeses
ençerrados onde se desmayaron mucho, & los griegos los çercaron
aderrador, & mandaron tender tiendas & tendejones en que posa-
sen, & fezieron choças de ramas. Mas pero ante que los françeses
se acogiesen, prendieron dellos los griegos veynte & çinco, e destos
eran dos de los traidores que Dios maldiga. El uno dellos era
Mançión & el otro Justort de Claurent, e por estos dos fuera la
reyna traída & echada a dolor & desonra dessý. E leváronlos al
infante Loýs, a qui plogo con ellos, & díxoles: "¿Quién sodes? Non
me lo neguedes." E ellos respondieron: "Señor, nós somos de
França, e esto sabredes por verdat, & somos vuestros presos.
Agora fazet de nós lo que vos ploguier." E entretanto legó Barro-
quer, sañudo & de mal talante, & cató los traidores muy sañuda- ||
[147a] mente, e dixo a muy alta boz: "Yo non sería tan ledo sy me
diesen dozientos marcos de plata, commo só con estos dos falsos
que aquí veo presos, que non sé peores en toda la tierra. Señor,"
dixo él al infante, "estos malos son de contar por culpantes. Este
uno ha nonbre Mançión, & el otro Justort de Monteclaro. Estos
dezían al rey que me mandase sacar los ojos. Mas agora los mandat

---

[77] *puñaron...rocha*: they tried to take refuge on the cliff (where Carlos
Maynes' castle was).

vós por eso rastrar o enforcar por las gargantas." "Yo lo otorgo," dixo el infante. Entonçe fezieron traer dos roçines & atáronlos a ellos, & rastráronlos a vista del rey que estava ençima del muro d' Altafoja. "¡Ay Dios!" dixo el rey, "¿Cómmo non ensandezco de pesar porque así veo arrastrar mis omnes, & los non puedo acorrer? El coraçón me devía por ende quebrar." Grant pesar avía por ellos el rey Carlos. E después que fueron arrastrados, mandaron erguyr forcas, & pusiéronlos ý, & asý ovieron los traidores lo que mereçían de la buena dueña que trayeron, & fezieron desterrar a tuerto. E el infante Loýs, que era de prestar, fizo traer ante sý todos los otros presos, & díxoles su razón tal: "Señores," dixo él, "¿sabedes lo que vos demando? Quiero que vos vayades quitos para el rey Carlos, & saludatme primeramente a mi padre, & desí a don Aymes & a Ougel. Estos dos nunca yo vy, mas oýlos preçiar. E dezitles que si yo pudiese, que de grado me aconpañaría a ellos. E por Dios, dezitles de mi parte que rueguen al rey que resçiba a mi madre por mugier, & que fará muy grant limosna." E los presos respondieron que su mandado farían de buenamente. E diéronle las graçias & merçedes de que los quitava, & comendáronlo a Dios, & espediéronsse | [147b] & partiéronse dél, & fuéronse a Altofoja; e desque fueron antel rey, saluaron a él & a toda su conpaña, & otrosí saluaron a don Aymes & Ougel de parte del infante, & dixiéronles su mandado. "Señor," dixieron ellos al rey, "el buen Loýs, vuestro fijo, nos quitó & enbíavos dezir por nós[78] que resçíbades a su madre, & que faredes ý muy grant bien & muy grant limosna. E el Apostóligo, que es señor de la ley, verná a vós a pie por este pleito & esta avenençia traer, si vós quisierdes, & don Almerique de Narbona con todos sus amigos. & sabet que Mançión es enforcado & Justort su cormano, ca el palmero que vós sabedes los fizo enforcar, & dize que otro tal fará de los otros traidores que buscaron mal a la reyna, bien ante vós, que los non poderedes ende guardar." "¡Ay Dios!" dixo el rey, "¡Quántas ontas me ha fechas aquel maldito de palmero! Non folgaré si dél non fuese vengado."[79] Grant pesar ovo el rey, quando oyó menazar sus omnes. Entonçe llamó a don Aymes, & Lardenoys, & Ougel: "Amigos," dixo el rey, "consejatme qué faré sobre esto." "Señor," dixo don Aymes, "yo vos lo diré. Quando anocheçier nós saliremos fuera & yremos contra la hueste. E ellos non se guardarán de nós, & feriremos en ellos sin sospecha, & mataremos & prenderemos

---

[78] enbíavos ... nos: he sends us to tell you.
[79] Non folgaré ... vengado: I will not rest if I do not have my revenge.

dellos muchos." "Yo lo otorgo," dixo el rey. "Siquier que non prendiésedes otro synón el palmero que levó el mi cavallo. E pues esto dexistes, ponetlo por obra." Entonçe se partieron de allí, & fuéronse guysar, e armáronse de las armas de los burgueses de la villa lo mejor que podían; e desque fueron armados & la noche veno, salieron fuera del castiello, & fuéronsse deçiendo por la montaña, así que llegaron al llano do yazía la hueste de los griegos. Así fueron ascusamente, que los griegos nunca dellos fueron aperçibidos, fasta que ferieron en ellos sin sospecha, ‖ [147c] e començaron a ementar a altas bozes: "¡Monjoya, monjoya! La seña⁸⁰ del rey Carlos." E los griegos que seýan comiendo muy seguramente salieron toste, que non cataron por pan nin por vino nin por carne. Mas los françeses los cometieron muy fieramente. El roído fue muy grande por la hueste, & fueron armados más de veynte mill, e dexáronsse correr a los françeses, mas los françeses, quando esto entendieron, començáronse de allegar contra el castiello, ca bien vieron que su fuerça non valdría nada. E do se yvan acogiendo, fallaron a Barroquer, que andava en un buen cavallo de Alemaña que le diera el infante, e saliera con él & con el enperador. Mas aveno assý que se espidiera dellos & cogióse por otra carrera. Pero tanto que Barroquer a Ougel vio, alçó su bordón por lo ferir, mas Ougel le desvió el golpe, ca ovo dél miedo, & echóle mano, & travóle en la barva, que tenýa grande commo griego, & cogióla so el braço & començólo de apretar, asý que lo desapoderó. E Barroquer començó a dezir: "¡Ay Santa María, valme, ca si me lievan al castillo, yo muerto só." E el infante Loýs que ende la boz oyó, començó de correr contra aquella parte, mas non lo pudieron acorrer, ca Ougel, que non avía sabor de lo dexar, lo tenía todavía & lo levava suso contra el castiello. E el infante, desque vio que lo non podía aver, tornóse a la hueste, mas mucho fazía grant duelo por Barroquer. ca muy grant miedo avía que lo matasen.

XXXIX. El enperador, (que) seýa en Altafoja atendiendo. Llegó Ougel a la puerta & llamó & abriéronle e desque entró, llevó a Barroquer antél & diógelo e los françeses se ayuntaron ý & dixieron: "¡Buen vejaz es éste!" En ‖ [147d] tonçe se levantó en pie un traidor, Aloris, cormano de Galarón, & dixo al rey: "Señor enperador, por el apóstol Santo Pedro, vos juro que éste es el palmero que vos fuyó con el vuestro buen cavallo del canpo de

---

⁸⁰ *seña*: war cry.

París. ¡Fazetle agora por ende tirar los ojos de la cabeça! Desí enfórquenlo." Quando esto oyó Barroquer, començó de catar tan fieramente que maravilla. E enrrugó la tiesta, & apretó los dientes, & alçó el puño & fuése a él & diole tal puñada en los dientes, que le quebró los beços & le fizo saltar los dientes, & dio con él en tierra a pies del rey Carlos. "¡Tírate de aquí!" dixo él, "¡Lixoso, malo, traidor, que por ty & por tu linage fue echada la reyna Sevilla mi señora, mugier del rey Carlos, en destarramiento. Mas sy vos coge en la mano su fijo, non vos puede guarir cosa que vos a todos non enforque o non queme." Quando esto vio el enperador, (a) commo seýa de mal talante, metió bozes: "¡Prendetlo, prendetlo, & ydlo luego enforcar!" Entonçe fue preso Barroquer, & atáronle las manos, & pusiéronle el paño ante los ojos. Agora le vala Dios, synón agora lo enforcan.

XL. Entonçe presieron a Barroquer aquellos a quien los el rey mandó, & fezieron erguyr la forca ençima de la rocha, al pie del castiello, asý que a bien lo poderían de allí ver los griegos. "Agora," dixo el rey, "guardatlo que se non vaya, ca para aquel Dios que penó en la vera cruz, non ha cosa que me lo quitase de manos que lo non enforcase. El mal punto para sý me levó el mi buen cavallo." Desque las forcas fueron alçadas, los traidores fezieron allá levar a Barroquer. Desque se él vio en tal peligro, començó mucho a plañer, e dixo: "¡A Dios, Señor, que muerte prendieste en la vera ‖ [148a] cruz por los pecadores salvar, ave merçet de mi alma, ca el cuerpo llegado es a su fin! ¡Ay infante Loís, Dios te guarde de mal, ca yo jamás nunca te veré! Dios ponga paz entre ty & tu padre, & que vos acordedes de consuno." En todo esto, los traidores fezieron erguyr una escalera por que lo sobiesen suso. Entonçe le echaron una soga a la garganta. "¡Ay vejancón," dixo Aloris, "venida es vuestra fin! Assý que Dios, nin omne, nin mugier, non vos pueden guardar que non seades colgado." Quando esto Barroquer oyó, tomóse mucho a llorar. Desí començó a rogar aquel Señor que ende ha el poder que la guardase el alma que non fuese perdida. E desque le ataron la cuerda a la garganta aquellos que Dios confonda, le echaron el paño ante los ojos. A atanto llegó el duque don Aymes, & Ougel con él & toda su conpaña, e desque ý fueron, el duque dixo: "Palmero, mucho feziestes grant follía quando vos levastes el muy buen cavallo del rey. Ora seredes por ende enforcado a vista de todos los de la hueste." "Señor," dixo

Barroquer, "por Dios fi de Santa María, avet merçet de mí, que me non enforquen, & yo vos diré verdat. Yo he nonbre Barroquer, & só natural de Emaus, e por guardar la reyna quando fue echada a tuerto, dexé mi mugier & mis fijos, tanto ove della grant duelo quando la fallé sola en el monte, muy triste & muy esmayada, aquel tienpo que Macaire fizo la grant traiçión, quando mató a Auberi de Mondisder, que la andava buscando por la escarneçer; mas a Dios non plogo que la él fallase. Mas yo la fallé en aquella ora muy grant mañana, en saliendo de un monte. Desý guyéla & fuyme con ella. E andamos tanto que llegamos | [148b] a una villa que dizen Urmesa, e ý encaeçió de un fijo que es muy buen infante a quien [puso] nonbre el rey de Ungría Loýs, quando lo tiró de fuentes, & yo lo crié sienpre, e agora he por ende tal gualardón de su padre, que prenderé por ende muerte. ¡Ay enperador de Françia, Dios te lo demande! ca tú echaste de tierra la buena reyna tu mugier, e Dios non aya parte en la tu alma sy la non resçibieres, & estás por ende en [ora] de perder la vida." Quando esto oyó don Aymes, fue ende muy ledo, & llamó a Ougel, & díxole: "Agora non ha cosa en el mundo por qué dexase de ser vengado de los traidores que a tan grant tuerto fezieron echar la reyna." Desí dixo al palmero: "Amigo, dime la verdat & non me niegues cosa. El infante que tú dizes, ¿es acá yuso en aquella hueste & su madre la reyna Sevilla, mugier del rey Carlos? Sy fue verdat, así commo tú dizes que la guareçíste, çertas que tú deves por ende aver muy grant onrra, & por buena fe que la yría ver de buenamente & que todo quanto oviese pusiese en su serviçio & en su ayuda." "Señor," dixo Barroquer, "bien vos lo juro par la fe que devo a Dios, que yo la guardé sienpre & que ý es." Quando esto oyó el duque don Aymes, sacó su espada de la bayna, & dixo a aquellos que lo tenían que lo dexasen, synón que les tajaría las cabeças. Entonçe lo fizo desliar & quitarle el paño delante los ojos, e los traidores se fueron quexar al enperador del duque don Aymes & del bueno de don Ougel, & de Lardenois, que les quitaron el palmero, & el enperador enbió por ellos & ellos venieron. "Don Aymes," dixo el enperador, "por Dios, ¿por qué non dexastes enforcar aquel ladrón?" "Señor," dixo don Aymes, "yo vos lo diré." "Non vos lo quiero oýr más," dixo el enperador. "Oy esté ya asý. Mas de mañana non me puede escapar." Entonçe llamó a Focart & Gonbaut, & Guynemer. Estos eran de los traidores, & fízogelo dar, & díxoles que lo guardassen, que se le non fuese, synón, que los

enforcaría ‖ [148c] por ende, que por ál non pasarían. E ellos
dixieron que bien lo sabrían guardar. & los de la hueste se
asentaron a comer, mas el infante Loýs non comía. Ante començó
a fazer el mayor duelo del mundo por Barroquer, & a llorar. E el
enperador su avuelo, que lo sopo, & el Apostóligo, lo fueron
confortar, & dixiéronle: "Amigo infante, agora dexat vuestro duelo, ca Dios lo puede muy bien guardar."

XLI. "Señores," dixo él, "si lo mi padre mata, yo jamás non
averé alegría en quanto viva." A atanto aquí viene Griomoart
antél, & quando lo cató commo llorava, ovo ende muy grant pesar,
& díxole a muy altas bozes: "¿E qué avedes, muy buen señor? Non
me lo neguedes, ca so el çielo non ha cosa que vós querades que
vos lo yo non vaya demandar, & vos lo non traya." "Amigo," dixo
el infante, "yo vos amo mucho, & por ende vos lo diré. Barroquer,
que vós sabedes, leváronlo preso al castiello, de que me pesa tanto
que vos lo non sé dezir. E bien cuydo que non ha cosa que lo
guarezca, que mi padre non lo faga enforcar." "Señor," dize
Griomoart, "non vos desmayedes, ca yo vos lo cuydo dar ante del
medio día sano & salvo ca yo sé un tal encantamento por que lo
quitaré dende[81] & vos lo traeré sin ningunt da(p)ño." "Amigo,"
dixo el infante, "sy vós esto fazedes, non ha cosa que me deman-
dedes que vos lo yo non dé." Entonçe fazía un poco escuro e
Griomoart se aparejó & començó a dezir sus conjuraçiones & a
fazer sus carántulas que sabía muy bien fazer. Entonçe se començó
a canbiar en colores de muchas guisas, indio & jalne & varnizado,
& los omnes buenos que lo catavan, se maravillaron ende mucho:
"Señores," dixo Griomoart, "non vos desmayedes, ca ante| [148d] que
yo torne, averé muerto dellos bien catorze." "Amigo," dixo el Apostóligo, "non fagas, que tal omne ý podería morrer que tú non conosçerías
de que sería grant daño, & naçería ende grant guerra. Mas piensa de
nos traer a Barroquer aýna. E sy fezieres alguna cosa de que ayas
pecado, perdonado te sea de Dios & de mí." Entonçe se salió Griomoart de la tienda & fue su carrera contra la montaña, & tanto andó
que llegó a la puerta del grant alcaçar, e ençima del muro estava un
velador que tañía su cuerno. E quando vio a Griomoart, dio muy
grandes bozes, & dixo: "¿Quién anda ý? ¿quién anda ý? ¡evar piedra,
vay!"[82] Quando esto oyó Griomoart, ovo pavor, & començó luego a

---

[82] *evar...vay*: the watchman is asking his men to throw stones at
whomever is approaching.
[81] *por...dende*: through which I will set him free.

fazer su encantamento, & a dezir sus conjuraçiones en tal guisa que el velador adormeçió & Griomoart se fue a la puerta & metió mano a su bolsa & tyró[83] un poco de engrudo que avía tan grant fuerça que tanto que tañió con ello las çerraduras, luego cayeron en tierra. E desque entró fuése al palaçió, e sol que puso la mano en la puerta, començó a dezir sus conjuraçiones, e el portal, que era alto & lunbroso, fue luego escuro. E Griomoart entró muy seguramente, e a la puerta del palaçio falló diez omnes armados que tenían sus espadas muy buenas, e Griomoart que lo entendió, fizo su encantamento & adormeçiéronse luego de tal guisa que se dexaron caer estendidos unos cabo otros, atales commo muertos. Quando esto vio Griomoart, entró luego en el palaçio & fallólos todos dormiendo, e pasó por ellos, todavía echando su encantamento. E tanto que fue fecho así adormeçieron todos [los] cavalleros & unos & otros, que les tajarían las ‖ [149a] cabeças & non acordarían. E Barroquer mesmo, que allá dentro yazía preso en la cámara, adormeçiera tan fieramente que maravilla. & bien otrosí el enperador Carlos & don Aymes & Ougel, & los otros altos omnes yazían así dormiendo que nunca pudieron acordar. E en el palaçio ardían quatro çirios que davan muy grant lunbre. E Griomoart, que dentro estava, en su mano un bastón, catava a cada parte sy vería a Barroquer, e dixo: "¡Ay Dios, Señor! ¿& a quál parte yaz Barroquer? Yo juro a Dios que sy lo fallar non puedo, que yo porné fuego al palaçio & a todo el alcaçar." E començó de andar, buscando de cámara a cámara, assý que lo falló preso a una estaca, e unos fierros en los pies, dormiendo muy fieramente. E Griomoart lo despertó & soltóle los fierros & las liaduras por su encantamento. E Barroquer fue muy espantado quando vio a Griomoart. "¡Vía suso!"[84] dixo Griomoart, "muy toste, ca tú eres libre si a Dios plaz." "Señor," dixo él, "fablat más paso que se non espierten estos que me guardan, ca nos matarían toste, que cosa non nos guarirá." "Barroquer," dixo el ladrón, "en mal punto te espantaras, ca se non despertarán fasta la luz." Entonçe se començaron de salir, & Barroquer yva adelante, & dixo al ladrón: "Amigo, vayámonos toste, ca el corasçón me trieme de guisa que a pocas non muero de miedo." "Barroquer," dixo él, "¿porqué te espantas tú? Yo señero entré aquí. Mas vayamos ver a Carlos, cómmo le va." "Cállate," dixo Barroquer, "grant follía dizes. Par Santo Donis," dixo él, "yo non yré a él por lo ver, ca mucho es fuerte omne. Mas vayamos nuestra carrera. A

---

[83] tyró: he took (out of his bag). From the French tirer 'to take out'.
[84] vía suso: get up.

diablos lo encomiendo." E Griomoart non demoró más, e dexó a
Baroquer estar cabo de un pilar, & fuése contra el lecho de Carlos, &
descobrióle el rostro por lo ver mejor | [149b] & desque lo cató dixo:
"¡Ay Dios, cómmo es dultadorio el rey Carlos! Mal venga a quien le
fizo que echase su mugier. Esto fezieron los traidores que Dios
confonda. Non puede ser, si se junta la hueste de los griegos & la
deste, que ý non aya muy grant daño de anbas las partes. Ca este
non se querrá dexar vençer. Nunca tan fuerte rostro vi de omne."
Entonçe llamó a Barroquer por le mostrar el rey Carlos; mas el otro
non fuera allá por cosa del mundo. Después desto, Griomoart començó de catar de una parte & de otra, & vio estar a la cabesçera del
enperador la su buena espada que llamavan Joliosa, a que non sabían
par, sy non era Duradans,[85] & tomóla luego & dixo que la levaría al
infante Loys. A tanto se tornó et falló a Barroquer estar tras el pilar
muy callado, que rogava mucho a Dios que se non despertasen los de
dentro, nin lo fallasen suso. "Conpañero," dixo él, "ora pensar de
andar. Bien me semeja que si me alguno quisiese mal fazer, que me
non accorreríades. Non me semejades mucho ardid. Nunca peor
conpañero vy para escodruñar castiello." "Por Dios," dixo Barroquer,
"dexat estar & vayamos toste & pensémonos de acoger." Entonçe se
fueron a la puerta del castiello & salieron fuera, & fuéronse quanto
más podían yr contra [la] hueste. E aveno que aquella noche rondava
el buen enperador de Greçia e el infante Loys su nieto con él, e
quando los vio venir, aguyjó el cavallo contra ellos; mas quando
conosçió a Barroquer, abraçólo más de çient vezes, & besóle los ojos
& las faces, & fizo con ellos anbos la mayor alegría del mundo. E el
ladrón presentó la buena espada al infante, & díxole: "Tomad, señor,
la espada de vuestro padre, que llaman Joliosa, que es preçiada tan
mucho." & el la tomó & fue el más ledo del mundo con ella, & díxole:
"Amigo, non ha en el mundo dos cosas ‖ [149c] de que tan ledo
pudiese ser commo de Barroquer & de esta buena espada. E de la una
& de la otra averedes ende buen gualardón si Dios quisier."

XLII. Entonçe los levó el infante a la hueste & fezieron por ende
todos muy grant alegría; mas la alegría de la reyna, ésta non avía par
quando vio a Barroquer. Mas del enperador Carlos vos fablaré & de
su conpaña. El velador adormeçió que nunca despertó fasta la mañana. E quando acordó, dixo que le dolía mal la cabeça & cató
aderredor de sý, & vio la puerta abierta del castiello & fuéle mal, et
metió bozes: "¡Ora suso varones, traídos somos!" A estas vozes

---

[85] *a que non... Duradans:* to which there was no equal, except for Duren-
dal (Roland's famous sword).

acordó el enperador & todos sus altos omnes que albergavan en el palaçio con él, que cuydavan aver perdido quanto avían; mas quando el enperador cuydó tomar su espada que cuydava que tenía cabo sý & la non falló, a pocas non perdió el seso. E do vio a don Aymes & don Ougel cabo sý, llamólos & díxoles: "Varones, ¿qué se fizo de mi espada Joliosa? Non me lo neguedes si sabedes dó es." "Señor," diz el duque don Aymes, "non sabemos ende más que vós." "Par Dios," dixo el enperador, "asaz la busqué do la tenía a la cabeçera, & nunca la pude fallar. Más bien que es furtada, & que yo só encantado, & sy esto fizo el palmero, sea luego enforcado." Entonçe fueron buscar a Barroquer aquellos que lo avían de guardar, e quando lo non fallaron, començaron a llorar porque les fuyera. Entonçe se tornaron al rey & dixiéronle: "Señor, Barroquer nos escapó & fuése a la hueste. Así nos encantó a todos que non dio por nós cosa. Mas si lo otra vez pudiermos coger en la mano, luego sea enforcado. Non aya ý ál." "Traidores," | [149d] dixo el rey, "& ¿qué es lo que dizides? Después que el cavallo es perdido, çerrades bien la establía. Mas en mal punto vos fuyó, ca vós lo conpraredes bien."

XLIII. Grant pesar ovo el enperador quando le mostraron los fierros & las cadenas que tenía Barroquer que allí fincaron. "Por Dios," diz el enperador, "¿así vos escapó aquel que tanto mal me ha fecho? ¡Ay, cómmo me ha traído aquel viejo malo, que la mi buena espada me tomó por la levar al infante Loís! Nunca desque naçí fuy así dormiente commo esta noche. Mas par la fe que devo a Dios, lixosos malos, en mal punto dexastes yr a Barroquer, aquel ladrón malo." Entonçe llamó a don Aymes & a Ougel de las Marchas & díxoles: "Prendetme aquellos dos falsos malos, que avían de guardar al palmero." "Señor," dixieron ellos, "fecho sea." Por estos dos fueron presos aquellos traidores & enforcados, que los non detovieron más. E al enperador dixo entonçe: "¡Ay Dios! ¿& quál cavallero será agora que me levará my mandado a París que me acorran, ca muy grant menester me faz?" Entonçe se levantó luego Ougel & fuése luego armar. E desque cavalgó en su buen cavallo Broyefort, veno antel enperador & díxole: "Señor, ¿cómmo mandades?" "Ydvos," dixo él, "quanto pudierdes, & dezit que me acorran." Entonçe se fue él deçiendo por la montaña, & desque llegó al llano començó de aguyjar; mas grifones que lo vieron, cogieron en pos él a poder de cavallos baladrando & gritando: "¡Preso sodes, non vos yredes!" Mas el bueno de don Ougel non respondió a cosa que ellos dixieron, mas quando vio logar & tienpo, enbraçó el escudo & tornó la cabeça del cavallo, & metió la lança so el braço & fue ferir a aquel que lo más alcançava de tal lançada que lo metió muerto en tierra del cavallo.

Desý || [150a] bolvióse & començó de yr quanto pudo ca muy çerca venían dél bien quatro çientos griegos que lo alcançavan fieramante. Mas él que vio esto, cogióse a un monte & fuése por él quanto pudo & allí lo perdieron. E desque lo non pudieron fallar, tornáronse. Mas Ougel se fue quanto se pudo yr, & de las jornadas que fizo nin por dó fue non vos sé contar, mas llegó a París un día martes, e desque entró por la villa fue metiendo por la plaça muy grandes bozes: "¡Agora vía todos, varones, pequeños & grandes al rey Carlos, que es çercado en Altafoja, do lo çercaron griegos & moros & persianos, e si lo non acorredes toste, puede ser perdido."

XLIV. Assý llegó don Ougel a París a una alva de día. E fizo a grant priesa ayuntar las gentes por la villa, assí que en otro día avían de mover por acorrer a su señor. Mas don Ougel les dixo: "Amigos, non vos cuytedes & dexat yr a mý a Normandía por traer ende el duque con todo su poder. E ellos respondieron que bien lo farían. Después desto fuése él sin detenençia a Quarren & falló ý a Rechart el buen duque que los resçebió muy bien & preguntóle a qué veniera. E él le contó de cómmo el enperador de Greçia tenía çercado al rey Carlos en Altafoja con muy grant gente a maravilla,[86] "& conviene que vos aguysedes de lo acorrer." Quando el duque esto oyó, començó mucho a llorar & después díxole: "Don Ougel, mucho es en este fecho culpado el rey Carlos, porque así echó la reyna de su tierra e dixiéronme que avía della un muy buen fijo, a qui dizen Loýs. Mas ¿quién cuydades que se quiera yr matar con su fijo? Por Dios, dezitme lo que vedes ý, ca yo non ayuntaré mi gente contra él. Ante le quiero yr pedir merçet, & non me mandará ya cosa que yo por él non faga, ca | [150b] es mi señor natural." "Señor," dixo Ougel, "por cosa del mundo vós non dexedes de acorrer a vuestro señor, & de lo ayudar en toda guisa. E desque a él llegardes, tanto le rogaremos que resçiba su mugier, que lo fará." "Don Ougel," dixo el duque, "al infante non lo falleçeré todavía en quanto bivier." Entonçe enbió por toda Normadía, & fizo ayuntar sus cavalleros que fueron bien catorze mill de muy buenos. Entonçe partieron de Ruen e andaron tanto por sus jornadas que llegaron a París. Entonçe se yuntaron todos los de París & los de Normandía & movieron de ý por yr a Altafoja & desque ý llegaron, posaron dende una legua, & feziéronlo saber a su señor el rey Carlos. Quando él ende oyó las nuevas, fue muy ledo a maravilla, & salió del castiello & fuélos ver, mas quando ellos vieron al rey sano & ledo, ovieron ende grant

---

[86] *maravilla*: after *maravilla*, there is an abrupt change to direct address.

plazer. Entonçe llegó mandado a la hueste de los griegos cómmo venía el poder muy grande del rey Carlos. Quando esto entendió el infante Loys, començó a meter bozes: "¡Armas, armas, agora vayamos contra el rey Carlos!" El roído fue muy grande por la hueste & fueron todos armados muy aýna, & movieron contra el rey Carlos, & así fezieron los otros contra estos. E al juntar, fueron los baladros muy grandes & el son de las armas & de los golpes que se ferían, e ovo mucha gente muerta de una & otra parte, e si mucho en esto demoraran oviera ý muy grant dapño fiero. Mas llególes la noche que los fizo partir. E el Apostóligo veno ý que les sermoneó que dexasen la batalla fasta otro día; e fueron dadas treguas de la una parte & de la otra fasta la mañana a tienpo de misas dichas.

XLV. Entonçe se partieron, e el enperador Carlos se fue posar a sus ‖ [150c] tiendas; mas Barroquer, que lo vio yr & lo conosçió, mostrólo al infante Loys, e díxole. "Señor, ¿vedes allá do va el bueno de vuestro padre, que tanto es de preçiar, que fizo a vuestra madre echar de la tierra?" Quando esto oyó el infante, aguyjó toste contra allá, & deçió & fue fincar los inojos antél pediéndole merçet: "Señor enperador," dixo él, "por amor de aquel Señor que fizo el çielo & la tierra, resçebit a mi madre por mugier, así commo devedes, sy quier non ha tan buena dueña, nin tan bella en ninguna tierra." Quando el rey vio ante sý su fijo estar en inojos & pedirle merçet, de piadat tomóse a llorar, de guysa que le non pudo fablar nin vervo. Desý fuése a su tienda para su mesnada, e el infante Loís fuése a su hueste. Aquella noche yoguyeron anbas las huestes muy quedas & en paz. Otro día muy grant mañana, se levantó el Apostóligo & desque cantó la misa en su tienda con su clerezía, & fizo llamar al enperador & a la reyna Sevilla & el infante Loys, e desque fueron ayuntados, el Apostóligo les començó a dezir: "Amigos, el enperador Carlos es muy buen omne & que ha grant señorío. Por el amor de Dios & de Santa María su madre, que fagamos agora una cosa que nos non será villanía, mas omildat & seso & cortesía. Vamos todos a él por ante todos sus omnes, que non finque ninguno de nuestra conpaña, nin dueña nin donzella, & los omnes vayan todos desnudos en paños menores, & las mugieres desnudas fasta las çintas. Así yredes contra el rey, e quando viere que le así pedides merçet, mucho averá[87] el coraçón duro sy se le non amollantar." Quando los altos omnes esto oyeron, toviéronlo por bien, & otorgáronlo. Eston-

---

[87] averá: Ms. avorá.

çe dixo el Apostóligo al infante Loys | [150d] que feziese dar pregón
por la hueste que non fincase omne nin mugier que todos non
fuesen pedir merçet al rey Carlos en tal guysa commo era devisado;
mas quien viera a Barroquer mesar la barva & sus cabellos canos de
la cabeça quando vio desnudar a su señora la reyna fasta la cinta,
piedat ende avería, & dezían: "¡Ay Dios, qué buen vejaz, & qué leal!"
Los ricos omnes & los cavalleros todos fueron en pañicos desnudos,
commo bestias. Así yvan unos ante otros por pedir merçet, mas
quando los así vio venir el rey, maravillóse & dixo. "¡Ay Dios! ¿&
qué piensa aquella [gente]88 que veo venir en tal manera?" "Señor,"
dixo el duque don Aymes, "derecho avedes de los amar, ca me
semeja que viene ý el infante Loýs vuestro fijo, por vos pedir merçet,
e el enperador de Greçia, & el Apostóligo, que son tan altas dos
personas." E desque fueron antél, dixieron todos a una boz: "Señor,
derecho enperador, pedimos vos merçet por Dios, que resçibades la
reyna Sevilla, vuestra mugier, que es le más fermosa dueña del
mundo, & la mejor." Quando esto entendió el rey Carlos, començó a
pensar. Desý tomó el rico manto que cobría de paño de seda, &
cobrióla dél, & erguyóla de inojos en que estava antél, e començóla a
besar los ojos & las faces. Quando esto los omnes buenos vieron,
dieron ende graçias a nuestro Señor, & después quel rey Carlos besó
su mugier & la resçibió a grant plazer, llamó a Loýs su fijo &
abraçólo & besólo. Después cató & vio a Barroquer ante sý estar, &
llamó a su fijo Loýs, & díxole sonrreyéndose: "Fijo, amigo, por Dios
que me digades, ¿quién es aquel viejo malo cano que me tanto pesar
ha fecho?" "Señor," dixo el infante, "así me vala Dios, que éste es el
que falló mi madre en el || [151a] monte, quando fue echada tan
mesquinamente, e servióla sienpre muy bien, & crió a mí desde
pequeño. Nunca en su dolençia ovo otro maestre. Éste nos buscava
qué comiésemos & qué beviésemos, así que sy por él non fuera, a mi
cuydar, muertos fuéramos de fanbre & lazería." Quando esto entendió el rey Carlos, erguyóse corriendo & fue a Barroquer, &
abraçólo & besólo, & perdonóle todo su mal talante. "Señor," dixo
Barroquer, "çient mill graçias." Entonçe llamó el rey a Ougel & a
don Aymes de Bayvera & Galter de Tolosa. "Ora yd todos corriendo," dixo él, "& prendet los traidores parientes de Galarón que toda
esta onta buscaron, & fazetlos treynar a colas de cavallos." E ellos
dixieron que todo su mandado farían. Entonçe se fueron, mas non

---

88 Although *gente* is not in the Ms., I supply it to make the sentence
clearer.

fallaron ende más de çinco que prendieron, ca todos los otros fuyeran ya. E fue luego dellos fecha justiçia qual el rey mandó. Después desto fue el pleito bien allanado & fezieron muy grant alegría. Assý ovo resçebida su mugier Carlos commo oýdes. Entonçe cavalgaron todos los griegos, & el Apostóligo, & el rey Carlos, & los françeses & todos los altos omnes faziendo grant fiesta & grant alegría, e fuéronse contra París, e llegaron ý un martes a ora de viespras. E quando los de la villa sopieron que venían, encortinaron todas las rúas de muy ricos paños de seda, & echaron juncos por las calles, e saliéronlos a resçibir grandes & pequeños con muy grant fiesta, & resçebieron la reyna con muy grant alegría a ella & a su fijo, & el buen enperador, señor de Greçia, ca assý lo avía mandado el rey Carlos. E non fincó obispo nin abat bendito nin clérigo a que allá non saliesen con muy grant proçesión, & con las arcas [de las][89] relicas & con todas las cruzes de la çiudat. Muchos | [151b] ricos dones presentaron aquel día al infante Lois & a la reyna su madre otrosí.

XLXI. Mucho fue grande la corte quel rey Carlos fizo en París [en aquel tienpo].[90] Allí fueron ayuntados todos los ricos omnes que dél tenían tierras; ý fue Salamón de Bretaña, & el duque de Longes, & don Almerique de Narbona & el duque don Aymes, e Crancrer, & el muy bueno Buemont, & el conde don Mourant & Guyllem d'Ourenga, & los buenos dos marqueses, e el uno avía nonbre Bernalt, & el otro don Ougel de Buenamarcha. & allí fue fecho el casamiento del infante Loýs & de la fija de don Almerique de Narbona, a que dezían Blanchaflor, donde enbiaron luego por ella; e allí en aquella çiudat fueron fechas las bodas ricas & buenas. Aquel día tomó Loýs a Barroquer por la mano & fuélo enpresentar ante el enperador su padre: "Señor, yo vos dó este omne por tal pleito que vós le dedes en vuestra casa tal cosa que vos gradeçamos, ca mucho nos servió bien en estrañas tierras, que asý bien meresçía por ende ducado o condado por tierra." "Buen fijo," dixo el rey, "yo faré lo que vós quisierdes: dóle el mayordomadgo de mi corte, & el castiello de Menlent por heredat, & entrégogello luego." E Barroquer fue besar las manos al rey, & díxole. "Señor, grandes merçedes. Agora me avedes fecho de pobre, rico para sienpre jamás, a mí & a mis fijos. Ya

---

[89] *de las* is not in the Ms.
[90] *en aquel tiempo*: heavy blot over these words.

nunca tornaré a andar en pos el asno." Entre tanto llegó el buen
enperador Ricardo, & díxole por buen talante: "Rey Carlos enperador, sy vos quisierdes, yo faré cavallero a Barroquer." "Bien," dixo el
rey Carlos, "commo tovierdes por bien." Entonçe mandó llamar [el][91]
enperador su mayordomo, & mandóle que guysase muy ricamente a
Barroquer de paños & de cavallo, & || [151c] de armas & de todo
quanto menester oviese, e así fue todo fecho. Otro día fizo el
enperador cavallero a Barroquer, & púsole çincuenta mill marcos de
renta, e luego que le dio ende graçias, desý fízolo enbiar por su
mugier & por sus fijos, que veniesen con ella a París. & desque ý
fueron, resçebiólos muy bien, & fízoles mucha onrra; & desde allí
adelante non ovieron mengua de aver, nin paños nin de donas. Assý
faze nuestro Señor a quienquier: de pobre faze rico & avondado &
el que se a él tiene, jamás non será pobre. Después desto llamó el
infante Loýs a Griomoart, & díxole: "Amigo, tú me serviste muy
bien, & quiérote por ende que seas mi copero mayor." & casólo muy
bien en la çiudat de París, & por esto es verdat lo que dizen: "Quien
a buen señor sirve, non pierde su tienpo," que así fue a Barroquer &
Griomoart, que ovieron buen gualardón de sus serviçios, & de la
reyna ovieron assý grant bien. Assý faze Dios a quien se paga,
donde fue por ende fecha muy grant alegría. E le reyna, a quien se
non olvidara el mucho bien que le feziera el su huéspet & la su
huéspeda de Urmesa, enbióles luego un mandadero con su carta, &
el mandadero se fue quanto se pudo yr, & de las jornadas que fizo
non vos sé contar, mas tanto andó que llego a Urmesa & preguntó
por la casa del omne bueno Joçerán, & mostrárongela, & desque
entró saluó el huésped & la huéspeda de parte de la dueña & de su
fijo que fueran tan luengo tienpo en su casa. El huésped fue
maravillado de quien fablava, e el mandadero, que era enseñado, les
dixo: "Vuestro afijado vos enbía mucho saludar, aquel a que pusiste
nonbre Loys, que era fijo del enperador Carlos, & agora es ya
resçebido por rey de Françia e la dueña que vistes, su madre, era
reyna de Françia, que aquí tovistes en vuestra casa tan luengo |
[151d] tienpo & que andava tan pobremente. E Barroquer andava
con ella que la servía & la guardava, vos saluda mucho & enbía vos
estas letras la reyna." E el huésped reçibiólas con muy grant alegría
& abriólas e falló ý que la reyna le enbiava dezir que él & su mugier
con toda su conpaña se fuesen a Françia, derechamente a la çiudat
de París, & que verían ý a aquel que criaran por amor de Dios, Loýs

el infante, que era ya resçebido por rey de Françia, e que averían grandes riquezas & grandes averes a sus voluntades. Quando esto oyeron el burgués & su mugier, començaron de llorar de alegría que ende ovieron; & fezieron mucha onrra al mandadero, & pusiéronle la mesa, & diéronle muy bien de comer, & mandaron pensar muy bien.⁹² Entonçe el burgués fue ver el rey que era en la villa & díxole las saludes de su afijado Loys, que era ya resçebido por rey de Françia, aquel que él sacara de fuentes & que mandara que lo criase. Quando el rey esto entendió, tomóse a llorar de plazer que ende ovo. Después desto, el burgués dixo al rey: "Señor, vuestro afijado me enbió dezir que fuese a él, a Françia, e yo yría allá de grado sy a vos ploguyese." "Joçarán," dixo el rey, "a mí plaz ende mucho, & yd a la graçia de Dios, & saludatme mucho a mi afijado & a todo su linage, & dezit al infante que Dios le dé la mi bendiçión. Otrossí me saludat mucho a mi comadre & a Barroquer el vejancón." "Señor," dixo Joçarán, "todo faré quanto vós mandardes." Entonçe le besó el pie & espidióse dél & tornóse a su posada & aguysó su fazienda, assý que otro día de mañana se metieron al camino sin más tardar, & levó consigo su mugier & sus dos fijas, & sus omnes que lo serviesen en la carrera. & tanto andaron que llegaron a la çiudat de París e fueron posar çerca del palaçio, e desque deçieron el burgués se vestió & se guysó muy bien & fuése con su mensagero al ‖ [152a] palaçio. E quando lo sopo el infante, [sallió]⁹³ a él, & resçebiólo muy bien & a grant alegría. E desque lo abraçó mucho por muy grant amistad, díxole: "Padrino, por Dios dezitme, ¿cómmo vos va?" "Çertas, afijado," dixo él, "muy bien pues que vos veo a la merçet de Dios." Entonçe lo tomó por la mano & fuése con él, & levólo antel rey, e contóle cómmo lo criara & cómmo toviera a él & a su madre en su casa grant tienpo. Otrossý lo mostró a la reyna que fue muy leda con él a maravilla. Después Loys mostrólo a los altos omnes, & díxoles cómmo lo criara & cómmo montoviera a él & a su madre en su proveza, & cómmo yoguyera la reyna doliente en su casa bien diez años. E quando los ricos omnes oýan cómmo lo él contava, lloravan [fieramente]⁹⁴ de piadat que ende avían: "Fijo," dixo el enperador, "él averá ende buen gualardón & fágolo por ende mi repostero, & póngole çient marcos de renta en esta çiudat, para él & para quantos dél venieren." E Joçarán gelo gradeçió mucho, e fue luego entregado del

---

⁹⁴ fieramente: heavy blot over this word.

⁹² muy bien: Amador supplies su cavallo, which does clarify the meaning.

⁹³ sallió: word missing in Ms., supplied by Amador.

reposte & del heredamiento. E la reyna casó muy bien las fijas, & muy altamente. Después que todo esto fue fecho & acabado, partióse la [corte],[95] & los ricos omnes se espedieron & fuéronse a sus tierras, e el enperador Ricardo se espedió del enperador Carlos & besó a su fija e su nieto muy amorosamente, & comendólos todos a Dios. Otrossý el Apostóligo de Roma se espedió de Carlos & encomendó a él & su enperio a Dios & Santa María, e él partió.[96]

[95] *corte*: heavy blot over this word.
[96] Last syllable missing. I follow Amador's solution.

Fermoso cuento
de una santa enperatrís
que ovo en Roma
& de su castidat

The *Fermoso cuento de una santa enperatrís que ovo en Roma & de su castidat* was edited by Mussafia in 1866. This romance is found, like *Carlos Maynes*, in MS h-I-13 in the library of El Escorial (being the eighth of the nine works included in the *Flos Sanctorum*), so nothing will have to be added to what was said about the transcription norms for *Carlos Maynes*.

Because Mussafia's transcriptions were often incorrect, and because his edition is not easily accessible, this modern edition is offered.

Folio 98c

Aquí comiença
un muy fermoso cuento de una santa enperatrís
que ovo en Roma & de su castidat. |

[99d] I. El sabidor nos diz & nos muestra quel libro de la
sabençia comiença: "Initiun sapientie timor domini," que quier dezir: "el comienço de la sabençia es el temor de Dios," pues aquel es
sabidor que Dios cree & teme. Quien bien cre en Dios, aquel es
acabado & guárdase en todos sus fechos del errar. El omne que
sienpre teme a Dios, aquel es bien aventurado; mas quien en Dios
non cree nin teme, non dubda de fazer ningunt mal. E quien a Dios
ama & teme, de todo mal fazer se guarda; e por ende vos contaré de
una enperatrís que amó & temió de todo su coraçón a nuestro Señor
Jesu Xristo¹ & a Santa María su madre. E por su amor² amó mucho
castidat, así en la niñez commo en la mançebía commo en la vejez. E
desto vos quiero retraer fermosos miraglos, asý commo de latín fue
trasladado en françés & de françés en gallego. Mas aquella enperatrís del grant enperio, que todo tienpo creçe & non mengua, aquella
que es levantamiento de castidat & fuente de linpiedunbre, ella me
faga así fablar que castidat ende pueda creçer a los altos señores & a
las grandes dueñas, ca muchos & muchas ý á que por los cuerpos
pierden las almas & dan con ellas en infierno ca por las riendas del
freno que sueltan a la cobdiçia cativa de la || [100a] carne dexan las
almas en pos de sí & non catan por ellas.³ La Escriptura diz asý que
el grant prínçipe de gloria que bive & regna sobre todos prínçipes,
que⁴ escogió el grant enperio de Roma para sý e quiso que la su fe
fuese en Roma ensalçada & mantenida. A poco tienpo después
desto, un enperador ovo en Roma muy creyente & muy bueno & de
todas buenas maneras sabidor, & de grant nobleza. Él avía mugier

---

¹ Ms.: *ihu xpo*
² *por su amor:* for His love.
³ *ca por las riendas… por ellas:* since [many men and women] slacken the
reins curbing the greed of the flesh, they leave their souls behind them
and do not keep them under watch.
⁴ *que:* the sentence is clearer is one ignores *que*, so as to make *escogió* the
main verb, as it really is, and not the verb of another subordinate clause.

de muy grant guysa:⁵ niña & muy fermosa, assí que de su bondat
corría grant nonbrada por la tierra. Desí avía todas buenas maneras
que dueña devía aver. Mas si fermosa era de fuera, muy más
fermosa era de dentro, ca ella amava a Dios & temía de todo su
corasçón & de toda su alma, e quien teme su criador non puede ser
que tal non sea; ca en el buen coraçón que a Dios bien teme todo
bien s'asenbra en él & dulda todos los santos.⁶ Fermosa fue de
dentro, fermosa fue de fuera, fermoso ovo el corasçón, fermoso ovo
el cuerpo; ca tanto amó a Dios & lo temió que de todos peligros la
guardó & tovo su cuerpo linpio & casto. Ella amó tanto su castidat
que por guardar commo linpia & sabidor lealtad de su casamiento,
tantas sofrió de coitas & de tormentas que duro avería el coraçón
quien las oye- | [100b] se si se le ende grant piadat non tomase. La
enperatrís era muy fermosa & mucho enseñada, & mucho era niña
quando el enperador casó con ella; & tengo que fueron rosados de la
graçia del Santo Spíritu, que tanto que la el enperador tomó por
mugier, tan mucho se amaron anbos que fueron una cosa mesma.
Ninguno non ovo entre ellos.⁷ Mas así commo dize Sant Pablo, ella
amó tanto a su marido que por él dexó padre & madre & fueron dos
en una carne. Mas quien tiene casamiento en escarnio & quien lo
quebranta & parte escarneçe a Dios & a la santa eglesia, ca omne
non lo deve quebrar nin partir, synón así commo la ley manda.
Onde Sant Pablo diz: "Cada uno deve amar mucho su mugier así
commo Dios la santa eglesia." E otrosí diz la Escriptura que la deve
amar commo Jesu Xristo la santa eglesia, por que sofrió muerte en
cruz, & commo a Dios meesmamente; ésta es la çima. & la mugier
deve ser sogeta del omne, & andar a su mandado, e el omne la deve
tanto amar commo a su cuerpo & su alma; e si la mucho non ama &
onrra, escarnio faz de Dios & desonrra a sí mesmo. Mucho bivieron
el enperador & la enperatrís buena vida & muy lealmente se amaron
anbos. Tanto los amó Dios & los guardó que el enperador non
enpeoró nin menguó en su tienpo, ante emendó & creçió. Mucho
fueron de grant poder & mucho onrraron & ensalçaron la Xhris-
tiandat en su ‖ [100c] tienpo, mas non bivieron mucho de consuno,
ca aveno así commo plugo a Dios que entró el enperador en

⁵ *de muy grant guysa*: of a high lineage.
⁶ *& dulda todos los santos*: as Mussafia points out (p. 509, n. 2) the
translator misunderstood the orignal text: "tot sens doute," (Coincy, l. 60)
which means 'without a doubt'.
⁷ *Ninguno...ellos*: the rendering of the original is incorrect at this point.
Cf. *Diversitez n'ot nule entre'ous* (l. 81). In other words, there was no
misunderstanding (spitefulness, unkindness) between them

voluntad de yr en romería a Jerusalén & de visitar los santos & las santas porque fuese su alma heredera en el regno de los cielos. E quiso trabajar su cuerpo andando por muchas tierras estrañas que el alma oviese gualardón. E el enperador se guysó muy bien por yr demandar su criador, e levó consigo grant conpaña & muy buena & mucho oro & mucha plata. Desí espidióse de su mugier & de un su hermano que avía. Mas mucho pesava ende a la enperatrís & muy de grado lo partiera de aquel viaje sy ella osara. Llorando se partió della el enperador & encomendó su enperio & su hermano a Dios & su mugier. Mucho fincó la dueña triste deste departimiento. Asaz sospirava & llorava & se coitava mucho, pero después que su señor dende fue partido, ella tovo el enperio en grant onrra. Conplida era de caridat; mucho amava a Dios & a la santa eglesia, & amava & servía muy de corasçón a la su muy santa madre, e a menudo fincava los inojos ante la su imagen sospirando & llorando mucho, faziendo sus oraçiones. Mucho amava & onrrava el hermano | [100d] de su señor. Ella le amava & onrrava & le fazía tanta onrra que non osaría ende fazer tanta a otro, ca tanto era cortés & enseñada que era loada por todo el enperio sobre quantas dueñas sabían. E esta onrra la fazía ella por amor de su señor que la ende tanto rogara. Tan mucho lo amava & onrrava que le llamava amigo & sabroso hermano. E el donzel era de tan grant beldat que en ninguna tierra non podería fallar más fermoso nin de mejor donaire si el diablo non lo engañara. Mas el diablo, que es sotil & apercebido de mal & fazedor de todas maldades lo fizo ser necio & triste & desmayado, ca bien cuydara engañar más aýna por él la santa enperatrís ca[8] por otro omne, ca él bien sabe quál sabor ha el omne mançebo de la mugier, & cómmo la plaz con ella. Desí començó a tentar la buena dueña, así noche commo día. A poco que la non derribó, ca pues omne & mugier son de consuno & se pueden venir fablar cada que quieren, ¿cómmo se pueden defender que non cayan sy los Dios ende non guarda por su grant poder? Por aquel donzel, que tanto era fermoso, venía el diablo con sus tentaçiones & con sus antojamientos tentar la buena dueña. Mucho era fermoso el donzel & bien || [101a] fecho, & de muy alto linage. Mas tanto lo fizo el diablo follón, & así lo abrasó & ençendió que le fizo amar de mal amor la mugier de su hermano & de su señor, asý que cosa del mundo non amava tan mucho. Tanto la veýa fermosa & apuesta que todo su pensar & su cuydar era en ella. E de guisa fue coitado que perdió la color & tornó feo. Así lo fazía laído & negro aquella quél

---

[8] *ca*: should be *que*. The original has: *assez plus tost que par nului.*

veýa blanca commo leche. En tal guisa lo atizó el diablo al donzel, que tal fuego le metió en el coraçón, que él bien entendió quál coita & quál ardura an aquellos que son presos de fol amor. Mas la santa enperatrís non sabía cosa de aquella llama que él tenía en el corasçón. Muchas vezes lo veýa trassuar, así que toda era ende maravillada & avía ende grant pesar. Mas él non le osava descobrir su coita, ca bien creýa que luego sería muerto, tanto que lo ella sopiese, e bien le dezía su corasçón que nunca por ella tomaría conforto de la grant coita que avía; ca bien sabía della que era tan | [101b] santa dueña que ante se dexaría quemar en un fuego, que fazer tuerto al enperador por cosa que en el mundo fuese. De la otra parte era en grant cuydado que sabía que era mugier de su hermano el enperador, e que si lo él tan solamente ventase,⁹ que faría dél tal justiçia fazer qual devía ser de traidor. Desí más sabía bien que si le ella un verbo tan solamente dixiese que se fallaría ende mal. E por todas estas cosas que veýa de su fazienda, pensava de se partir¹⁰ deste amor & de se callar ende & vencer la mala cobdiçia de su carne, ca bien entendía que era vil cosa & mala. Todas estas cosas le mostraban razón & gelo defendían, mas quando le venía la follía, echávanlo de todo esto, e teníalo todo por nada quantas razones le mostrava su seso; ca la follía lo coitava así que non preçiava nada su seso contra su cobdiçia. El día & la noche era en este pensar; ca si pensar non fuera, ligeramente se poderá ende partir.¹¹ E por esto non ama el fol, porque non sabe pensar. Mas el cuydar del omne es de tan sotil natura que luego se lança¹² allí do omne quier, ca non puede ser que aquella que mucho desea & en que mucho piensa que la non ymagine bien dentro en el corasçón. E por ende, por esta sotileza,¹³ se ‖ [101c] parte omne mucho a dur ende, sy non por la merçet de Dios; mas pero el bien creyente muy toste lo parte de sí & malos pensares, & fols¹⁴ deleites. Mas éste de que nós fablamos non era

---

⁹ *si lo él . . . ventase:* if he only revealed it.

¹⁰ *de se partir:* to separate himself. In the Middle Ages, this meaning of *partir* always comes with the reflexive pronoun *se* (Corominas, *DCELC,* III, p. 676).

¹¹ *ca si pensar . . . partir:* because if he were not to think about it, he could quickly end it (separate himself from this love).

¹² Ms. repeats *que luego se lança.*

¹³ *sotileza:* this word refers to the proverb just stated, saying that the ability to think about the beloved is the basis of human love. The text explains that it is impossible for a man in love not to think of his beloved. Thus, because of this "sotileza" (i.e., the constant thought of the beloved), it is extremely hard for a man to end his love.

¹⁴ Mussafia writes *fol[e]s* but I believe the French plural was meant.

Folio 101 verso

tan sabidor nin de tal entendimiento, ca bien puede saber quien
quier que si buen seso oviese, non demandaría mugier en que tanta
bondat viese, nin con quien tanto debdo oviese de bien. E por ende
fazía follía de pensar & porfiar en ello. Mas amor que se non puede
encobrir más que [. . .]15 en el vino, ca tan toste lo tira a sý & lo faz
amargar bien, así faz aquel que amor pone; mas mucho pensó ante
que le osase cosa dezir; mas a la çima óvose a descobrir.

II. La enperatrís seýa un día en su cámara e vio ante sý su
cuñado tan magro & descolorado que se maravilló ende, e preguntóle qué avía que tal era tornado. E él, que la cató un poco,
respondióle en sospirando: "Señora, non es maravilla sy yo só
negro & amarillo, ca tan grant coita me da el vuestro amor & el
vuestro fermoso paresçer a que yo nunca vi par, que la non puedo
sofrir nin endurar, ca más vos sé amar que Piramus a Tibes16 nin
que nunca omne amó | [101d] mugier. La vuestra grant beldat me
faz perder el comer & el bever & el sueño en guisa que lo non
poderíades creer. Tan mucho vos sé amar que non ha cosa en el
mundo que yo por vós non feziese." "Amigo," diz la enperatrís,
"calladvos. Mucho avedes mal seso quando vós amades de tal amor
vuestra cuñada. Ya, si a Dios plaz, de tal amor non averé cura,17 ca

---

15 The Ms. has a blank space at this point. Thus, the meaning of the
Spanish version is unclear. The original uses a different image:

> Mès amors ne se puet celer
> Ne plus que fet aslesne en sac,
> Tost ront la corde de sen sac
> Et tost rompues à ses resnes,
> Cui amors point de ses aleines. (274-78)

In other words, love cannot be hidden any more than a dart in a bag,
because a dart soon tears the rope that closes the bag. The poet is
comparing the physical dart that comes out of the bag with the dart of
love which is quickly revealed in a human being.

16 Tisbes = Thisbe. One possible interpretation as to why the brother-in-law claims to love the empress better than Pyramus loves Thisbe,
that is, why he chose that particular example, is that, as Joan Ferrante
suggests (Woman as Image in Medieval Literature, New York: Columbia UP,
1975, p. 77), in the relationship of the legendary lovers, love operates through
the woman, not the man. Thisbe is responsible for most initiatives in her
love relationship with Pyramus. In La enperatrís de Roma, however, since the
young man is the only one who is in love, he is perforce the one who
takes all the initiatives, and consequently, can estimate his ability to love
to be greater than that of Pyramus.

17 de tal . . . cura: I will not pay attention to such a love.

tal amor sería duro & amargo commo vós dezides que me avedes,[18] ca bien sabed, hermano, que aquel amor es malo que a la alma faze arder en el infierno, que durará tanto commo Dios ha de durar, e Dios non sufra que entre mí & vós nunca tal amor aya." Todo esto lo dixo ella muy mansamente. Así lo castigava la enperatrís commo sabidora dueña & enseñada. E desque la enperatrís castigó el fol, díxole: "Hermano, vedes ora si el enperador sopiese que me vós desto demandárades, si me ayude Dios, yo creo que vós averíades su desamor para sienpre. Mas bien vos digo que nunca lo por mí saberá. Ya desto non vos temades, mas dígovos que desoymás non vos terné commo fasta agora fize syn falla. Ante por amor de mío señor, vos guardaría yo en mi seno, ca yo lo amo tan lealmente que nunca conosçí omne en tal guisa fueras él, nin conosçeré sy a ‖ [102a] Dios plaz. Mas vós yd demandad vuestro plazer & vuestro solaz allá por do quisierdes e asaz fallaredes acerca & alueñe dueñas & donzellas con qué conpliredes vuestras follías." Así lo castigó la dueña; más él era así preso de su amor que quanto lo más ella castigava, tanto se él más ençendía en su amor, de guisa que todo era abrasado. ¿Qué vos diré? Non lo podía la dueña partir de sý, ante la atentava ende cada día & cada tarde le pedía merçed, assý commo aquel que podía fablar con ella cada que quería.[19] Non sabía la dueña qué conseio feziese con él. Mas guardóla el Santo Spíritu que le fizo esquivar aquel pleito, ca si lo non esquivara, pudiera caer en mala ventura, ca non ha mugier tan sabidora, si oýr quier a menudo lo que le omne dixier en pleito de follía, que se non aya de mover a fazer mal. E por ende toda mugier que se guardar quier de fazer follía, guárdase de oýr ende las palabras, ca el que cabo sí dexa la culuebra alguna vez lo fallará ende en tal punto que lo morderá o poçoñará.[20] Así aviene a la que de grado ascucha lo que dezir quieren. Mas non digan por | [102b] ésta, ca

---

[18] *ca tal amor...me avedes*: because such a love as the one you profess to feel for me would be hard and bitter.

[19] *assý commo...quería*: since he was able to speak to her whenever he wanted to.

[20] *Mas guardóla el santo Spíritu...poçoñará*: these lines attempt to show that a woman should be removed from the temptation of being often in the company of a man who wants her; unless such a woman receives God's help, she will give in to the man's desires. Cervantes' novella *El curioso impertinente* is based upon a similar thought:

> Ejemplo claro que nos muestra que sólo se vence la pasión amorosa con huilla y que nadie se ha de poner a brazos con tan poderoso enemigo, porque es menester fuerzas divinas para vencer las suyas humanas. (*Don Quijote de la Mancha*, ed. M. de Riquer, Barcelona, 1971, p. 346).

bien se guardó ende, ca por cosa quel donzel dezir sopiese non semejó a la velorta que está en el monte, que el viento la aballa a todas partes & la faz abaxar. E por esto me semeja & es verdat que non van todas una carrera nin son todas de un acuerdo. Assý commo esta enperatrís de que vos cuento, e la mugier de Putifar, que al tienpo de Faraón abaldonava su cuerpo a Josep por la grant fermosura que en él avía & rogávalo ende mucho. Así fue que aquélla rogava & ésta era rogada. Aquélla demandava & ésta era demandada; e por ende mereçió esta santa enperatrís aver el amor de Dios & asý lo ovo que tan mucho fue fermosa & enseñada & se guardó tan bien en la niñez & en la mançebía & en toda su hedat que viento nin tormenta nin mala andança non la pudo mover. En ésta ovo seso & razón, mas en aquélla non ovo nin punto. Mas el donzel a menudo acometía la enperatrís por palabra & por senblante, todo tremiendo, commo aquel que la amava & temía & duldava, & dezíale que morrería sy dél non oviese merçet. E aquella, que lo amava por amor del hermano, non sabía lo que feziese, & avía dél piadat e bien paresçía en su senblante. Mas non sabía ý aver consejo, ca sy lo partiese de sý & lo echase, los quel pleito non sopiesen ‖ [102c] non creerían que lo por aquello fazía; pero a esto se acordó de se librar dél. Entonce le defendió que jamás nunca le en ello fablase; sy non, que le faría fazer escarnio en el cuerpo. Quando esto entendió el donzel, sy ante avía alegría, tornó tan triste & tan coitado que non sopo qué feziese nin qué dixiese, así que dormiendo velava, & velando soñava, la mentira tenía por verdat & la verdat por mentira. Non avía cosa en el mundo de que sabor oviese, nin podía yr nin venir, nin se levantava del lecho. Desí perdió el comer & el bever & tornó magro & feo & amarillo, ca mucho avía grant mal, e bien le paresçía en la cara. Quando esto dixieron a la enperatrís, non sopo qué feziese & fuelo veer. E quando lo vio así coitado & amortecido pesóle mucho por amor del enperador que gelo acomendara, e díxole así commo buena & ensseñada mas non le descobrió lo que tenía en el corasçón: "Hermano, ora non temades, mas confortadvos toste, ca yo bien veo que grant bien me queredes & yo a vós otrosý. Pues puñad de oy más de guarir & de vos confortar, & yo vos porné | [102d] consejo tanto que sanarades." Quando él esto oyó, esten-

---

Cervantes' heroine Camila, unlike the empress, falls into temptation by listening constantly to Lotario's passionate discourses. The fact the Camila gives in demonstrates the principle found in both romances, that unless a woman is strengthened by a divine force—which, indeed, the empress is—she cannot fight the enticement of a seducer.

dióse en el lecho en que yazía & dixo: "Señora, guarido só, magro só yo & amarillo, mas mi salute en vuestra mano es."

III. Aquella que era leal & entendida, bien sopo que por ella avía él toda aquella coita, e pensó qué podería fazer por que se librase dél sesudamente, e acordóse que desque fuese guarido, que lo metiese en tal logar do la después non podiese ver fasta que su marido veniese;[21] e si aquél lo pudiese saber, que lo mataría por ende. Mas pensó que lo nunca por ella sabería. Ca mucho es loca la mugier & de poco seso que tal cosa va dezir a su marido, ca la nunca después tanto ama nin se fía en ella commo de ante; ella se mata ca sienpre la después sospecha. Mas tales ý ha que quieren chufar & dezir commo se quieren meter por buenas mugieres, así commo suelen fazer algunas que se fazen santas & diñas; mas || [103a] tales ý ha que sy lo refusan a ora de nona, non las fallaredes tales a la viespra. Mas non era tal la santa dueña de que vos fablamos, ca non querría por cosa del mundo que lo sopiese el enperador nin que ninguno oviese mal por ella, ca su corasçón & su alma eran tan enteramente en su marido que le non falsaría su amor por cuydar ser desmenbrada. Ante se dexaría biva desollar, & sy fuera mugier de un labrador bien atanto le feziera. Mas el donzel, que amor lo coitava, demandávala ende quanto más podía, & pedíale ende merçet así noche commo día, commo aquél que podía entrar & salir cada que quería. Mas el diablo [que][22] es sabidor de ordir muchos males, nunca le tanto pudo fazer que sol le feziese pensar ningunt mal.[23] Ca el donzel non sopo tanto conloyar que la pudiese meter a follía, nin solamente que lo quisiese oýr en tal guisa. E ella fizo aguisar una torre fuerte & alta, & en ella avía dos cámaras apartadas la una de la otra con fuertes puertas de fierro & con | [103b] buenas çerraduras. E en la una metió tal gente que bien entendió que farían su mandado; desí castigólos cómmo feziesen. E la dueña dixo en grant poridat al donzel: "Hermano, guardatvos de dezir a ninguno nuestra fazienda ca yo fiz aguisar una torre do vamos solazar a menudo & mandé estar ý tales de mi conpaña que nos ternán poridat." Quando él esto oyó, tóvose por

[21] The empress is not only trying to put an end to the young man's importunate requests. Following the previously stated idea that an amorous passion can only be fought by being away from the beloved, she thinks that if her brother-in-law were to stop seeing her, his feelings for her would diminish.

[22] *que* is not in Ms.

[23] *nunca le tanto...nungunt mal:* [the devil] was not able to instill any evil thoughts in the empress.

guarido ca bien semejó el mejor mandado que nunca oyera. E
desque la lavor fue acabada, aquella que era sabidor & mesurada,
vestióse un día lo más ricamente que pudo & guysó su fazienda &
fuése contra²⁴ la torre, & el donzel cabo ella, tal commo un espejo
saltando & trebejando, ca bien cuydava aver bolsa trobada & que
su plazer sería conplido. Mas ¡ay Dios! si él sopiese su voluntad,
más se guardaría della que del rayo. La dueña, desque llegó a la
torre, començó a sobir por los andamios, e dixo al donzel que se
fuese meter en aquella cámara que ella mandara aguisar, "en tal,"
dixo ella, "que nos non vea ninguno ý entrar ayuntados." E él dio
luego muy grandes saltos & dio consigo dentro. E ella, tanto que
llegó a las puertas, tirólas a sí & dio de mano || [103c] al berrojo &
çerró la puerta. Así se libró la dueña dél a guisa de buena. Mas
quando se él vio así ençerrado, tóvose por engañado & por muerto.
A pocas que se non mató con sus manos por que la non podía ver.
¿Qué vos diré más? Así lo tovo la dueña preso luengo tienpo, e ella
fizo después así su fazienda que non ovo omne nin mugier en todo
el enperio que la mucho non amase, e su buena nonbrada & su
buen prez creçió & fue adelante, nin la santa eglesia non menguó
en su tienpo, ante fue de bien en mejor, ca ella, quanto avía, todo
lo dava a pobres & a coitados, visitava los enfermos, de fazer bien
non se enfadava. Mas el diablo, que es enbidioso & sotil en todo
mal, que ovo grant enbidia del bien que ella fazía, le ordió tal mal
por aquel mal donzel, que por poco non fuera destroída, si Santa
María non la acorriese. Mas ante sofrió tantas coitas & tantas
tormentas, que grant enojo es de lo dezir & grant piadat me toma.

IV. La enperatrís tovo así el enperio grant tienpo ante que su
señor veniese | [103d] d'ultramar, e mucho a menudo fincava los
inojos ante la imagen de Santa María e echávase en oración &
llorando le pedía merçet que le traxiese çedo su señor en que
metiera su corasçón & su amor. El enperador andó tanto en sus
romerías por muchas tierras estrañas fasta que fue de tornada &
llegó a tierra de Roma. Quando lo sopo la enperatrís, su spíritu
tornó en su corasçón commo si resuçitase. Mas commo dizen, & es
verdat, que lo que omne desea que le viene; mas seméjame que
luego se le llega su grant dapno. ¡Ay Dios, que duelo me toma! El
enperador andó tanto que veno a tres jornadas de Roma. Quando
lo en la çiudat sopieron, fezieron encortinar todas las rúas de
muchos ricos paños de seda & muchas joyas & juncar las calles, &

---

²⁴ *contra*: towards.

aguisar lo mejor que pudieron, ca mucho avían todos grant alegría de su venida, así clérigos commo legos. E la enperatrís syn ningunt delongamiento vestióse & aguysóse lo más ricamente que ser podía, e tan grant plazer avía de la venida de su buen amigo & de su señor, que la nunca tan grande oviera desque naçiera, e bien paresçía en la su leda cara la grant alegría del su corasçón. E por la ‖ [104a] alegría que ende ovo mandó sacar de la torre el mal donzel por amor del hermano, ca non pensava ý cosa del grant mal que le por ende veno. Mas aquel que la dueña non amava de cosa, non ovo talante de la atender por la traer²⁵ & por la confonder. E buscóle tal mal commo agora oyredes, donde salieron por ende muchas lágrimas dolorosas. E cavalgó lo más toste que pudo & fue su vía quanto se pudo yr, e tanto se coytó de andar que llegó al enperador do venía por su camino. Mas mucho se maravilló el enperador de quél vio parado a su hermano que tanto solía ser bel & bien fecho, e agora era tan magro & tan descolorado & tan desfecho que a dur lo podía conoçer. "Hermano," dixo él, "& ¿qué mal avedes? Dezítmelo." "Señor," dixo él, "bien vos digo que non he mal synón de pesar & de saña tan grande que non es synón tenpestad." E el enperador apartóse con él & abraçólo & besólo & díxole: "Hermano, mucho me fazedes triste de qual vos veo parado, mas si me algunt bien queredes, dezitme luego ónde vos veno este pesar tan | [104b] grande." "Señor," dixo aquel en que yazía Satanás, "pues que lo vós saber queredes, yo vos lo diré. Por vós he yo este pesar, que non puedo comer nin bever. Vós non poderíades creer cómmo he negro & quebrantado el corasçón. Hermano señor, ¡merçet! Vuestra mugier escarnó a mý e a vós. Non avía dueña de tan buena nonbrada en todo vuestro enperio quando vós de aquí fuestes a Jerusalén. Agora, sabed que non ha ý de peor. Todo vuestro thesoro ha dado, vuestro oro & vuestra plata, a alcahuetes & a baratadores, que non venía ý tal que desechase. E por esto, señor hermano, me tomó tan grant pesar que por poco me non quebró el corasçón. Non fablan todos de ál sinón della. Fol en pleito,²⁶ fol en palabra, a todos se abaldona, a quantos la quieren, así a clérigos commo a legos. ¿Qué vos diré más? Tanta ha fecha de desonrra a vós & al coronado enperio que nunca vós devedes con ella volver en lecho, tanto commo faríades con una rapaza. Non venía fermoso clérigo nin otro qualquier que le escapar pudiese nin vedava su cuerpo de ninguno. Mas de esto

---

²⁵ *traer*: to use harshly.

²⁶ *Fol en pleito*: she is crazy in her deeds. French original: "Fole est en fez, fole en parole" (l. 730).

me pesó más que commo quier que los otros oviese, quier por fuerça, quier por aver, que travó comigo, que me daría quanto yo quisiese. Mas hermano, ante me yo dexaría desfazer en pieças ‖ [104c] que vos yo tuerto feziese demás tan grant pecado. Quando ella vio que yo esto non quería & demás que sabía su maldat, ençerróme en una torre que fiza fazer la enemiga de Dios, en tal que non viese nin sopiese más de su mala vida. Assý me tovo ençerrado dos años & más, e par la presión en que me tovo & por el pesar que ende avía en mi corasçón, enflaqueçióme ende el cuerpo así commo vós vedes. Mas bien sé yo agora quel su buen paresçer & el su buen fablar es tan fermoso & de tal donaire & tanto falaguer[o]²⁷ que luego vos fará ser ledo. & hermano, bien sé yo que los sus falagos muy toste vos vençerán en guisa que ella vos fará luego creer que non ha tan buena dueña en el mundo e que la agua que para suso corre que non para fondo;²⁸ ca desque la mugier vee su mejoría, tan dulce & tan sabrosa é su palabra, & tanto sabe mentir & jurar & porfiar que ninguno non se le podería ygualar por seso que oviese. Tanto diz & tanto faz & tanto miente & jura que vençe a omne e fazle creyente a mal su grado que la capa blanca es negra, & desque esto le faz creer, fázele más creer que ayer fue negra & oy es blanca. E tanto jura ella & assý conpone su mentira, que faz creyente que más verdadera es | [104d] & más derecha que una monja santa & digna. Mas por Dios vos ruego, enperador, commo señor & hermano, que non querades oýr sus palabras; mas mandátmela meter en manos, o la mandat matar & vengatvos della. E señor hermano, todos los altos omnes de vuestro enperio ende son avergoñados & se tienen por ontados. Mas non se fincó a ninguno tanto en el corasçón commo a mí, & tanto vos erró, señor, que deve por ende ser quemada. E ya tanto commo ella biva fuer, nunca vós onrra averedes un día solamente. Ante averedes desonrra para sienpre si ella escapa. E los ojos me mandat sacar de la cabeça si ella sabe que vós esto sabedes, sy ante de un año vos non da a bever tales yervas por que vos faga morir muerte sopitaña; ca desque la mugier mete su saber en pensar mal, non ha mal fecho que non piense & que non faga, çient mill tanto quel omne;²⁹ mas de todas ésta sabe más de enemiga & más ende faz. Por ende vos loaría yo que la mandásedes luego matar, & seméjame que faredes ý grant limosna." ‖

²⁷ Ms.: *falaguera*.
²⁸ *que la agua...fondo*: [she will make you believe] that water runs upstream, not downstream. The French original reads: "Et que l'iaue cort contremont" (l. 780).
²⁹ *çient...omne*: one hundred thousand times worse than man.

[105a] V. Quando el enperador oyó así fablar aquel que era par de Galarón, & tal mal le dezía de su mugier que amava commo su alma & gelo testimoniava assý commo su hermano, bien gelo creyó & non dubdó ý nada, ca bien sabía él que la mugier toste se mueve. E tal pesar ende ovo en su corasçón & tal coyta & tal ravia que fue tollido e dexóse caer del palafrén en tierra & yogó así una grant pieça esmoreçido. E quando acordó, travó en su corasçón cabesçón & ronpióse todo.[30] Desí dio palmas grandes & feridas en la su faz e non sabía qué feziese nin qué dixiese. Por poco le non quebrava el corasçón. E el mal donzel fue a él & erguyólo de tierra, & los omes buenos que ý eran otrossí, & confortáronlo lo mejor que sopieron. Desý pusiéronlo en el palafrén. Mucho fizo grant pecado & grant traiçión el que tal cosa bastió. Entonçe llegó la enperatrís; mas Dios la guarde, que mucho le | [105b] faz menester. Mucho avía grant sabor de llegar a su marido & de lo abrazar & besar, mas ál tenía ya en el corasçón. Non sabía nada la mesquina de la mala andança que le estava aparejada. Mas aquella, que era sabidor & que era asaz enseñada en todo bien, troxo consigo grant conpaña de cavalleros & de clerezía, & venía tan bien vestida & guisada commo dueña podería ser mejor. E quando fue çerca su marido, do lo falló en el camino & lo cató, nunca ovo tamaño plazer commo aquél, assý que bien le semejava que veýa a Dios & a su madre & a todos sus santos. Mas si esta gloriosa Virgen, madre de Dios, a que ella avía grant amor, non oviera della merçet, presta estava la espada para le cortar la cabeça. Mas tan toste que ella llegó a él, de la grant alegría que ovo non pudo tener que a él non llegasen & non pudo fablar nin vervo. Ante le echó los braços en derredor del cuello tan sabrosamente que non ha omne de tan duro corasçón sy la viese a que le ende non tomase piadat. Mas quando la mesquina lo quiso besar, el enperador que venía todo tollido de saña & de mal talante, ferióla tan toste en medio del rostro de tan || [105c] grant ferida que dio con ella del palafrén en tierra muy desonrradamente, & non la quiso catar; mas[31] llamó dos de sus siervos a grandes bozes & díxoles: "Tomad esta alevosa & echatle una soga a la garganta e levadla rastrando aquel monte, al más esquivo logar que ý vierdes. E ý la desmenbrat toda & cortadle los braços con que me abraçó por medio; desí dexat

---

[30] *E quando...todo*: And when he came to, he caught the upper part of his clothing at the level of his heart, and tore it. French original: "Au relever ses draz depiece" (l. 848).

[31] *mas* is repeated in the Ms.

la carne a los lobos & el alma a los diablos, ca non devía mugier
bevir un día solamente que rey escarneçe nin enperador, e yo faré
ý tanto que todas las otras ende tomen fazaña." Desí fízola tomar
a dos de sus monteros, e así rastrando commo vos digo, la levaron
a la floresta. Desí commo estava sañudo & endiablado juroó que
non avía tan bueno, que solamente se quisiese trabajar de gela
toller que lo non matase. Assý levavan los villanos a la mesquina
de la enperatrís, rastrándola por los sus fermosos cabellos &
faziéndole quanto mal podían. Mas el pesar que ende avían quantos ý estavan, así pequeños commo grandes, & el duelo que por
ende fazían, ¿quién vos lo podería contar? Mas los condes | [105d]
& los altos omnes tanto duldavan el enperador que sol non se
osaron trabajar de la acorrer, & lloravan todos por ella & fazían
grant duelo. Mas los traidores de los villanos dieron con ella en el
monte, tirándola por sus cabellos que eran tales commo oro, e
tanto la menaron mal que quando ý fue, sol non podía resollar nin
fablar vervo. E desque la tovieron assý en la floresta, guysáronse
de fazer lo que les era mandado. ¡Ay, Dios, señor, acórrela! E uno
dellos sacó la espada de la bayna, que era bien cardena & mucho
aguda, & oviérale de cortar la cabeça sy non fuera por el otro que
le dio bozes & dixo: "¡Está, está, non la mates! ¡Sandío eres! Ésta es
la mas fermosa dueña que omne sabe por todas estas tierras, &
más te digo nin en todo el mundo. Sy tú quisieres, dezir-te-he yo
qué fagamos. Ante que la matemos, ayamos della nuestro plazer."
"¡Ay, bien deziste!" dixo el otro, "tú fablaste a mi voluntad."
Entonçe la tomó uno dellos & revolvióla en tierra; más la mesquina
|| [106a] encogióse toda con coita & con pesar, & dixo en boz baxa:
"¡Ay, señor Dios, seméjame que te olvidé yo!"[32] Desý, con coita,
dio un grito muy grande & dixo: "¡Ay, señor Dios, acórreme sy
ende as poder, & non sufras que la mi carne que nunca sopo qué
era omne en tal guisa synón el enperador que me assý desterró a
tuerto, que sea aviltada por estos villanos! E señor Dios, sy te
pluguyer, ¡dame la muerte ante que estos villanos desonrren mi
cuerpo!" Mas aquellos, que non avían en sý ninguna piadat nin
bien nin mesura, la començaron a tirar por los cabellos & dar
grandes coçes en el pescueço & en la garganta. E tanto la ferían
mal, porque non quería fazer su voluntad, que con coyta de las
feridas ovo de dar bozes tan alto que toda la floresta ende reteñía

---

[32] *que te olvidé yo*: this is a mistranslation. The original has: "que tu dou
tout m'as obliée (l. 977). It seems to the empress that God has completely
forgotten her.

con tan grant pesar que por poco le quebrava el corasçón; & quanto más ella podía se defendía; mas su defensa poco le valerá, ca los villanos falsos tal la aparejaron a coçes & a puños & | [106b] a varas, que le fezieron salir la sangre por muchos logares, en guisa que todas las uñas le arrencaron de las manos a la mesquina. "Çertas," dixo ella, "ante me podedes matar o desfazer pieça a pieça que yo esto faga. Ante querría ser desmenbrada que me esto conteçiese convusco. ¡Ay, señor Dios!" dixo le coitada, "deféndeme destos villanos que tanto me han ferida & mesada & maltrecha, que nunca así fue çierva de canes. Mas señor Dios, que la tu espada tienes sienpre para defender tus amigos, defiéndeme destos enemigos, & por la tu misericordia, guarda tu[33] castidat, que non sea quebrada." Entonçe dio grandes bozes & dixo: "¡Ay, Santa María Virgen, Señora, quel fijo de Dios troxiste en tu cuerpo, socórreme aýna, ca mucho lo he menester, e ruega al tu glorioso fijo que me acorra, ca me semeja que mucho me tarda!"

VI. Mas el piadoso Dios, que la su bendita madre enbió el angel Graviel & que libró a Santa Susana del testimonio falso por el profecta Daniel, acorrió a la enperatrís, ca non quiso que la su || [106c] amiga fuese dañada por aquellos villanos malos. E aveno, assí commo Dios quiso, que un muy alto prínçipe cavalgava por aquel monte, que venía de aquella romería do fuera el enperador, ývase a su condado, e traýa consigo buena conpaña & quando oyó las bozes & el carpir de la enperatrís & los gritos tan grandes que toda la floresta ende reteñía, aguyjaron & començaron de correr contra allá. Mas si los Dios en aquella ora non troxiera, creo que muerta fuera la mesquina, ca así la arrastravan los villanos por los cabellos & sacodían, que por poco la non mataron. Mas el conde & los cavalleros aguyjavan quanto podían contra do oýan las bozes, & vieron los villanos que la tan mal menavan, & dexáronsse correr a ellos, & matáronlos. Assý la acorrió Dios a aquella que lo tanto servía, que tan mucho amava, & que tanto llamara. Mas tal era ya aparejada que se non podía rebolver nin meçer pie nin mano. E los cavalleros, quando la tal vieron, ovieron della grant piadat, & lloravan con duelo della, de que la veýan tan niña & tan pagadora. Assý fue la dueña libre de tan grant peligro commo oýdes. |

[106d] VII. Entonçe le preguntó el prínçipe de quál tierra era, o dó yva quando la fallaron aquellos villanos, & cómmo era su fazienda, que gelo dixiese todo. Mas la muy santa cristiana, que de

---

[33] *tu*: mistranslation. The original has: "ma chastée."

todo en todo se quería quitar de la gloria terenal, encobrióse
commo enseñada, & dixo: "Señor, yo só una mugier pobre que
pasava por este monte, ca non cuydava que me ninguno feziese
mal. E salieron a mí estos dos omnes & travaron comigo, & muerta
me ovieran sy vos Dios non troxiera." "Çertas," dixo él, "esto era
muy grant mal, ca bien me semeja en vuestro fermoso paresçer
que de algunt alto linage sodes." "Buen señor," dixo la dueña,
"muchas vezes aviene que en cuerpo de una mugier pobre pone
Dios muy grant beldad; mas por Dios & por vuestra alma vos pido
que me ayades merçet, & que me pongades fuera de este monte."
E aquél, que era piadoso & de buen talante, & que della avía duelo
dixo: "Hermana, yo vos levaré para mi mugier, que otrosí es ||
[107a] fermosa, e criar-me-hedes en mi casa un mi fijo que he, muy
fermosa criatura." E la enperatrís se tomó a llorar & díxole que
Dios le diese ende buen grado: "Mas ruégovos, señor, por Dios &
por vuestra grant cortesía, que non sus[teng]ades³⁴ a ninguno que
me faga villanía." "Par Sant Pedro," diz el conde, "non ha tan alto
omne nin tan preçiado en mi casa, aunque fuese mi hermano, que
vos onta fazer quisiese, que lo yo non echase de mí para sienpre."
"Señor," dixo la enperatrís en sospirando, "Dios & Santa María
vos lo gradescan." Entonçe la mandó poner en un palafrén, &
cogiéronse por su camino, e andaron tanto que llegaron a su tierra.
Quando el conde llegó a su condado, dio la dueña a su mugier que
la serviese & biviese con ella, & la enperatrís lo gradeçió a Nuestro
Señor. Desý començó a ser tan mansa & tan omildosa & de tan
buenas maneras & de tan buen recabdo³⁵ que todos & todas la
amavan & onrravan, e dezían que nunca vieran dueña tan enseñada nin de tan buen recabdo. Desý era de tan buena palabra que a
todas se dexava amar. | [107b] Ca dize el sabidor en su escripto:
"Quien bien fabla es sabidor & fazse amar a las gentes." E Salamón
diz en sus proverbios que la boca mentiral, a sý & a otro faz mal;
mas aquella en que non á cosa de amargura se faz amar & onrrar.
De otra guisa era la enperatrís, ca tan ensseñada era & tan buena
& tan omildosa que dezían que el que la enojo feziese que poco
conosçería qué cosa era buena dueña. Ella non avía la lengua muy
polida commo fol, lo que an muchas, mas ella non avía menester
más nin menos. La señora le fazía grant fiesta & mucho la onrrava
& se pagava della más que de quantas dueñas & donzellas avía en
su casa. Pero ý muchas avía & fermosas, mas el paresçer de la

---

³⁴ *sust[eng]ades*: Ms.: *sustades*.
³⁵ *buen recabdo*: good sense, wisdom.

enperatrís a todas las otras quitava[36] el semejar, pero que assý
andava desterrada a tuerto que non sería maravilla si fea tornase
la cara de la mugier que tanto mal resçibe. Desý la dueña tanto la
preçiava & amava, que sobre todas la aconpañava & llamávale
hermana & amiga. Desý diole su fijo a criar & a nodrir. Mas bien
poderían dezir por verdat que nunca fi de tal padre[37] tal ama oviera
que se así abaxase a tal cosa. Mas ella tan bien lo criava commo si
fuera su fijo,[38] e confortávase ya quanto en su corasçón, & partíase
un poco de su pesar, porque bien veía que Nuestro Señor quería su
|| [107c] alma esaminar & fazer morrer en proveza por la fazer
después florecer, ca ella bien sabía verdaderamente que Nuestro
Señor Jesu Xristo veno en tierra commo pobre de su grado sofrir
muerte por los pecadores. Esto era su conforte. El señor de quanto
en ella veýa, mucho la preçiava, ca sy los otros reýan & trebejavan,
& fazían danças & cantavan & avían sabor del mundo, por cosa
non se movería ella a tales pleitos.[39] Mas lo más del día encerrá-
vase en una eglesia en una capiella & fazía a Dios de corasçón sus
plegarias & sus oraçiones. Desto se maravillava el señor a que
venían las otras aconpañar. Seýan de dos en dos & peynávanse &
afeytávanse & ponían alfaytes[40] & fazían de sý grandes maravillas.
Desý reýan & jogavan & escarneçían de los cavalleros en el palaçio;

---

[36] *quitava*: Mussafia reads *guastava*, which he corrects to *gu[a]stava*. This
misreading leaves the phrase obscure, and thus he concludes that after
semejar, there are probably some words missing. However, with the
correct reading, *quitava*, the sentence becomes quite clear, and a comparison with the original shows that the Spanish rendering is complete. The
meaning of the sentence is that although there were several women who
were beautiful [at the prince's court], the beauty of the empress paled
that of all others. However, since she was unjustly exiled, it would not be
a wonder if the face of a woman who suffered such unhappiness were to
become ugly.

[37] *fi de tal padre*: son of such a father. Mussafia reads *fide* rather than *fi
de*, the apocopation of *fijo de*, commonly found in Old Spanish texts. For
the frequency of this kind of apocopation one only has to look to the
romance *Enrique fi de Oliva*. Mussafia mistook here the all too common *fi de*
for a strong preterit: "'Fide' sieht aus wie die 3. Sing. eines starken
Perfectes (und zwar mit *e* im Auslaute, wie 'pude'...), aber von welchem
Verbum? Nur als Vermuthung schlage ich vor: 'nunca vide' (ich sach')   tal
padre [que] tal ama oviera...'"

[38] *commo...fijo*: compare with the equivalent line in the model: "Com
s'en ses flanz l'avoit porté" (l. 1183).

[39] *pleitos*: deeds.

[40] *alfaytes*: afeites.

mas non se afeytavan ellas tan de grado en la cámara que la santa
enperatrís non se metiese más de grado en la eglesia. E lavava
todas sus fazes de sus lágrimas ante la imagen de Santa María.
Todas vanidades & todas vanas palabras esquivava a todo su poder
& non avía ojos con que catar a | [107d] derecho de los que
fablasen en fecho de amor, & fazía guisado, ca por catar puede
omne conosçer lo que tiene la mugier en el coraçón. Assý aviene
de la sabidor & de la fol. Quando los ojos de la mugier mucho
bullen & catan a menudo contra aquel que la de vil pleito demanda,
aquella ha menester que sea bien guardada.⁴¹ Mas la enperatrís en
su catar non paresçía que avía menester guarda, ca tan sinple-
mente catava los que la catavan, que bien entendían que su alma
guardava & su cuerpo.⁴² Ella avía los ojos tan sinples & tan
vergoñosos que non podría omne dezirles mal por razón que se
mantenía muy santamente, e quien la bien conosçiese ante todas la
loaría en amar a Dios & en todo bien fazer. Mas el antigo enemigo
que mucho mal sabe, el que ama el mal⁴³ & desama el bien guisóse
de la tentar. Mas si la Dios ende non guardase pudiera ser muerta
o quemada en poca ora, o destroída de la más cruel muerte que
podría seer. E el diablo ¡cómmo es enbidioso & cómmo ha grant
enbidia a todos aquellos que bevir quieren castamente & servir
Dios! ‖ [108a] ¡Tan suzias son tus⁴⁴ maldades que los cuerpos
castos atizas el día & la noche a luxuria, e mucho eres ledo quando
puedes mover el omne casto o la casta mugier a luxuria! Mas
aquellos & aquellas que aman de corasçón la Virgen Santa María &
quieren mantener casto corasçón, non los puedes assý engañar.
Mas aquella que sin su grado es casta, ¡qué toste se vençe sy la tú
tientas ya quanto! Ca a amidos es casta la carne sy linpiamente
non ha devoción. Mas la santa enperatrís era casta de cuerpo & de
corasçón & de alma. Por esto la non pudo desviar el atizador de
luxuria, ya tanto la non pudo tentar; ca assý firmó corasçón en
castidat, ca así fue esmerada commo oro en fornaz.

---

⁴¹ *Quando los ojos... bien guardada*: When the eyes of a woman wander
around a lot and often glance towards the one who requests evil deeds
from her, that woman needs to be well guarded. Gautier's version:
> Quant oilz de fame sovent vole
> Vers lou fol home que l'esgarde,
> Elle a mestier de bone garde. (1226-28)
⁴² *que su alma... cuerpo*: the she guarded her soul and her body.
⁴³ Ms.: *el que el ama mal*.
⁴⁴ A switch to direct address. The narrator is addressing the devil.

VIII. Assý vivía la enperatrís desterrada & mesquina, criando aquel niño, & veno sobre ella otra mala andança que vos contaré. Un caballero avía en casa de aquel príncipe que era su hermano, muy loçano & muy onrrado & de grant barata,[45] & muy buen cavallero de armas.| [108b] Éste començó mucho de catar la dueña, e bien le semejó que nunca viera tan fermosa mugier, nin que tan bien paresçiese en todo. E començó de le fablar amorosamente & de la plazentear encobiertamente. E aquélla, que non era neçia, por amor de su hermano onrrávalo mucho más que a los otros, & dezíale—commo aquella que era ensseñada—que lo amava & preçiava. Mas aquel fol cuydó por tanto que toste le otorgaría su amor & que faría su voluntad. Asý que tovo que muy çerca era de acabar todo su fecho. Mas muy lueñe dende estava. Aun los beços tenía amarillos, quando él cuydava aver amor de aquella que por su mesura & por amor del hermano le dezía fermoso & enseñado & andava por ende el bavieca mucho alegre; ca bien es torpe & neçio aquel a que alguna buena dueña da buena respuesta, que luego la cuyda aver vençida & que tanto que la tome en logar apartado, que luego se le dexará caer. E por ende echó del fol follía & del cuero correa. Mas muchos ý ha, bien vos digo, que de aquellos que cuydan bien estar, que ál tienen en el corasçón ca non lo que ellos piensan.[46] Ende tal ý ha que muestra al mundo leda cara & alegre contenente, que mucho ha el corasçón linpio & casto & que más a emidos erraría que faría una monja virgen. De tal guisa era la enperatrís, || [108c] ca ella avía una palabra tan buena & tan sabrosa que se fazía al mundo amar, tanto era bien enseñada. Mas aquel que avía metido en ella su corasçón & se entremetía de tan

---

[45] *muy loçano & muy onrrado & de grant barata*: very good looking and very worthy, and of great influence. Gautier:

> Qui moult iert biax et envoisiez,
> Renomez d'armes et proisez (ll. 1281-82)

The attributes which Gautier uses to describe the prince's brother have somewhat different nuances from the ones found in the Spanish version. Examining the relationship between the French and Spanish adjectives, we can see that whereas *biax* corresponds to *loçano*, *envoisiez*, which means 'happy, lively' does not relate to *onrrado*. In fact, the term *onrrado* could hardly be ascribed to the young man considering the way he is going to act. *Renomez d'armes* is equivalent to *muy buen cavallero de armas*. *Proisiez*, meaning 'esteemed', corresponds to *de grant barata*, which in this case takes the meaning of someone who has great influence.

[46] *Mas muchos ý ha... piensan*: But there are many [men], I tell you, who think they are well regarded [by women] and of whom women have a different idea in their hearts than the one these men think they have.

grant follía, ca tanto la podería vençer commo sobir a los çielos; ca
vos non era ella nesçia así commo tales ha que vienen al brete. Mas
él non podería tanto bretar que ésta ý tomase; a otra parte sí
poderá bretar & doñear.[47] E por ende dixo Ouvidio: "Aquélla es
casta que ninguno non demanda," & dixo verdat. Ca tal ha preçio
de buena dueña que muy toste se vençería sy ya quanto fuese
demandada. Mas esta buena dueña non la poderían tanto demandar que la ninguno podiese mover. Mas aquella es de buena fama
por fuerça que a ninguno non ruega nin demanda, & así es de
buena fama sin su grado. E por ende ayan mal grado & malas
graçias aquellas que an las façes majadas & los pescueços arru-
gados con vejez sy an buen prez.[48] Mas esta dueña deve ser loada,
que tanto era fermosa & de tan buena hedat[49] & tan mucho era

---

[47] *ca vos non era... bretar & doñear*: because she was not like other
women, who come to [the sound of] the bird-call. But he could not play
the tune of the bird-call long enough to make her fall [into his clutches];
he could play and court elsewhere [other women].

The translator is using the verb *brete* as an equivalent of the French
oiseler, which has a double meaning of catching birds and taking one's
pleasure. Corominas only lists the first meaning for the word *brete*:
"Trampa de coger pájaros" (I, p. 516), and by extension, 'to find oneself in
a difficult situation'. The word can be found in the *Libro de Buen Amor* at
stanza 406:

> a bretador semejas   quando tañe su brete:
> canta dulz, con engaño, al ave pone abeite
> fasta que le echa el lazo   quando el pie dentro mete:
> assegurando matas; ¡quítate de mí, vete!

It is interesting to note, however, that in this stanza, Don Amor is
being compared to a *bretador*, who plays his *brete* to catch birds with, just as
Don Amor himself catches women.

The French metaphor is more explicit than its Spanish counterpart,
because the poet likens the empress to an old warbler who knows
someone is trying to ensnare her:

> N'estoit pas nice ne folete
> Ausi com à vielle fauvete
> Mauvès joer fesoit à li
> A cest oisel a-il failli:
> En autre leu voist oiseler,
> Donoier et damoiseler. (1333-38)

[48] *E por ende... buen prez*: And for this [reason] those [women] whose
faces are wrinkled and whose necks are lined with old age do not deserve
to be praised for behaving honorably. The author is trying to say that a
woman only deserves to be admired for behaving honorably if she
receives propositions from men and fights the temptations when she is
still young.

[49] *de tan buena hedat*: so young.

demandada; e pues que se guardó ende tan solamente aya ende buen grado & guárdela el Santo Spíritu que ninguno le pueda enpeçer; ca ante ella querría ser muerta | [108d] que su castidat ser quebrada. Mas el cavallero mucho la demandava & rogávala & prometíale que faría todo su mandado; e quando vio que por aquello non podía cosa acabar con ella, demandóla de casamiento & que en toda guisa quería que fuese su mugier, e prometióle que la faría señora & condesa de grant tierra & de grant aver. Mas la enperatrís, quando vio tan conosçida su locura, & que a fuerça se quería casar con ella, puño de lo partir de su pleito,[50] e díxole llanamente, ca bien vio que le non avía ý menester ál, que su mugier nin su amiga non sería por cosa que le sopiese prometer nin dezir, & que mucho era lleno de follía & de villanía por que la non dexava estar en paz, ca non se pagava dél, & que perdía ý su afán & conosçer, & que bien sopiese que su corasçón & su amor nunca avería en tal guisa; ante querría ser ancorada en la mar, & que perdía ý su tienpo. Esto le dixo de llano, e que jamás prendería marido aunque fuese duque nin conde.

IX. Mas aquel que era de grant barata & que se preçiava más que un rey, ove ende muy grant des- || [109a] pecho & tóvose por desdeñado porque se le ponía en tal carezas que sol nunca lo después quiso catar más que sy fuese fijo de un villano. "Dueña," dixo él, "tuerto he de vós porque me así estrañades, e non ha agora tan alta dueña en esta tierra toda, que sy yo con ella quisiese casar, a que ende mucho non ploguyese. Mas por vuestro amor, dó por ellas tan poco que las non preçio cosa." "Esto es," dixo ella, "poco seso que me vós demandades, ca yo ante me dexaría matar que eso fazer." El cavallero fue muy sañudo quando esto oyó, & dixo: "¡Par Dios, non es maravilla de ser las dueñas de grant guisa & de buen linaje bravas & desdeñosas & escarnidoras pues que una villana covigera se nos pone en tal careza!" "Señor," diz la santa dueña, "sy só pobre, non devo por eso mi alma despreçiar más que faría una señora de un enperio; ca los pobres tanto deven amar sus almas & tanto se deven trabajar de las salvar bien commo los reyes & las reynas; ca non desama Dios a las pobres gentes nin los huérfanos nin las huérfanas. Ante han tan grant derecho en el regno de los çielos, bien commo | [109b] los reyes & las reynas. Mas tanto se paga Dios dellos que por pobreza non desama ninguno e seméjame que non es pobre nin mendigo synón aquel

---

[50] *pleito*: request.

que mal busca & que mal faz, & aquel es pobre el que Dios
desama, ca non val cosa nin sabe nada." Quando el cavallero se vio
asý vençido, non sopo qué respondiese, mas por la confonder
començó a escarneçer della & despreçiarla & díxole: "Señora, bien
paresçe en vós que fuestes barragana de preste,⁵¹ o mugier de
regatero o de pescador o de capellán, que tan bien sabedes plegar.
Cuydo que muchos canes an roído vuestro bastón & muchas
tierras avedes andadas & despertando & aballando andastes muchos perlados.⁵² Cuydo que en muchas comarcas tomaste tienda.
Non cuydo que en toda la tierra tanto sabe mugier de fecho de
engaño commo vós sabedes. Bien semejades ypócrita. Sy fuésedes
condesa del condado de Grivas, grant mal ende podería venir aýna
al enperador, ca meterlo querríades vós so vuestro poder, que yo
non sé tanto rogar de que vos prenda ningunt amor, nin sol que
me querrades catar nin me preçiades nada. E yo non podería creer
que mucho mal non yaze en mugier que non quier catar a omne &
fázesse ‖ [109c] sinple & callada. Mas çertas tal vos vee so las tocas
que sabe poco de vuestra voluntad."⁵³ "Señor," dixo ella, "Dios vee
el corasçón & los omnes la faz, e Dios, que sabe la mi intençión,
me faga mejor que vós dezides, & guárdeme el santo Spíritu, ca a
mí poco me incal⁵⁴ de vuestras palabras, ca nin me calientan nin
me enfrían, & que poco me dan vuestros escarnios. Dios sabe bien
de cada uno qual es; mas para la fe que devo a la mi dueña Santa
María, vuestra mugier nin vuestra amiga non seré en quanto⁵⁵ yo
sea biva. De valde vos trabajades. Vós sodes el que maja en fierro
frío."

      X. Assí se defendió la dueña contra aquel que de todo en todo
la quería aver, & que era tollido por ella. Mas desque aquél vio que
lo asý desdeñava que sol non quería catar por él nin yr a logar que
supiese que él estava, nin se quería erguyr a él, nin se parar en
logar do a él viese, tornó muy follón e diole el diablo arte &
engeño⁵⁶ del buscar algunt mal por que la feziese quemar o
destroír en qualquier guisa. E dezía contra sý commo aquel que
tenía el diablo en el coraçón: "Çertas, grant derecho fago de aver |

---

⁵¹ barragana de preste: high class prostitute.
⁵² perlado: prelado. (You have been around a lot.)
⁵³ tal vos vee... voluntad: anybody who looks at you under your head-
dress knows very little of what you really are.
⁵⁴ incal: from caler 'to care about' (Span. importar).
⁵⁵ quanto: while.
⁵⁶ engeño: ingenio.

[109d] despecho de una villana truhana & vil que aquí llegó mendiga, ca me assý despreçia que sol non me quier catar. Mas sy yo ý cuydase perder mi alma, aunque fuese la enperatrís de Roma, yo la faré arder en una llama ante que sea cras en la noche. En mal punto por sý[57] me esquivó. Mas yo non me preçiaría un figo sy yo non fago aquella lixosa quemar en el arenal. E mugier que a omne non quier catar, bien devía ser quemada."

XI. Agora oýd lo que fizo aquel traidor por consejo del diablo que lo avía abrasado & açendido. Levantóse de noche & tomó un cochillo mucho agudo, & veno a furto al lecho de la enperatrís que tenía su criado[58] entre sus braços dormiendo, e tajó toda la garganta al niño. Desý metió el cochillo en la mano muy mansamente—asý commo el diablo gelo mostrava—a la enperatrís, e después que esto fizo, fuése echar muy paso a su lecho. ¡Ay, Dios, Señor! ¡Qué grant mal & qué grant traiçión ha fecha! Ya dos tanto fizo peor éste que el astroso de Caýn[59] que mató a su hermano Abel. Por ende fue ‖ [110a] doblada esta traiçión que mató el niño, porque cuydó luego por ý fazer matar el ama que tanto amava, porque non quería fazer su voluntad. Mas la santa amiga de Dios querría ante quel su cuerpo fuese tormentado de grandes martirios ante la gente, que se otorgar a aquel cavallero.[60] E Caýn mató Abel despierto; mas éste mató su sobrino en dormiendo & aquél mató uno; mas éste cuydó[61] matar dos de un golpe. Tanto fue villana la traiçión que de la contar se faz enojo. Quando su dueña despertó, fue muy espantada, ca sentió la mojadura de la sangre que aún era caliente, & el lecho ende lleno, & dio grandes gritos & grandes baladros, & començó a llamar Dios & Santa

---

[57] *por sý*: *para sí*

[58] *su criado*: her charge; the child under her care.

[59] *Ya dos... Caýn*: This [man] acted twice as badly as the unfortunate Cain.

[60] *Mas la santa... cavallero*: as Mussafia indicates (p. 531, n. 1), the translator did not convey the sense of the original at this point:

> Et ce le mal croist et atise
> Qu'à un cop tuer ne volt mie
> L'Empereriz la Dieu amie,
> Ainz velt que ses corz biax et genz
> Soit tormenter voiant les genz.
> En li tormenter et destruire
> Se velt li lerres moult déduire. (1561-68)

Gautier is analyzing the gruesomeness of the murderer who, rather than killing her quickly, prefers to let her suffer and be shamed publicly.

[61] *cuydó* is written between the lines.

María. E el señor & su mugier despertaron & erguyéronse toste, & fezieron açender lunbre, & fueron a ella al lecho, & falláronle aún que tenía el cochillo en la mano, e toda bañada en sangre, & el niño degollado entre sus braços. Mas si ende ellos ovieron grant pesar, esto non preguntedes. E començaron a dar baladros, e en poca de ora ý fue grant gente assumada. Allá ovo grant lloro & grant llanto & muchos cabellos mesados. Mas el señor fazía tal duelo que non | [110b] sabía qué feziese. La señora carpía sus fazes & dexávase quebrantar en tierra, & baladrava de guisa quel palaçio ende reteñía todo; de cavalleros, de clérigos, de legos, ý fue tal buelta que non se podían oýr. Nunca omne vio mayor duelo del que allí era. Mas la mesquina de la enperatrís era ende tan espantada que non sabía desí parte. E tanto era pasmada que non sabía qué dixiese. Mas los pueblos que llegavan de todas partes, que cuydavan todavía que ella lo matara, dezían los más dellos que devía ser echada a los leones. Otros dezían que devía ser arrastrada; otros que la sosterrasen biva; otros que mejor vengança sería de la quemar, e assý serían el señor & la señora ya quanto vengados del fijo que le dieran a criar & lo matara. A esto se acordavan muchos. Otros avían ende grant piadat, & lloravan con duelo de la grant beldat que en ella veýan, e pesávales de su mala andança. Mas el omezián que aquella traiçión feziera fue al lecho & fízose commo que non sabía dende parte. E començóse de maravillar, & cató el cochillo de cómmo era sangriento commo espantado: "¡Ay, ladrona!" dixo él, "omiziana, bien paresce que muchas carreras tovistes, & que muchas gargantas tajastes, & que muchas eglesias avedes quemadas & robadas, & que muchas muertes fezistes, & muchas maldades." ‖ [110c] Desí tornóse contra el prínçipe & díxole: "Hermano, ¡cómmo fuestes neçio & qué mal vos guardastes quando vós en vuestra cámara metíades tal villana lixosa, que más de siete años ha andado cossera por el mundo! E bien semejastes ý syn seso en la fazer privada de vuestra cámara, nin de le dar a criar mi sobrino. Çertas, menester es que la sotierren biva." Entonçe la tomó por los cabellos & dio con ella tal tirada que toda la quebró en tierra. Desý aparejóla tal a coçes que por poco la non mató. "Hermano," dixo él, "mandat luego fazer grant foguera sin detenençia, & yo la quiero quemar. Synón fagámosla soterrar biva, o me la dat & levar-la-he a çima de aquella rocha & despeñar-la-he dende, o la faré rastrar tanto fasta que sea toda desfecha. Desý démosla a comer a canes." Mas la mesquina de la enperatrís tanto avía de vergüeña & d'onta que non sabía qué dezir nin qué fazer, mas en sospirando entre sus

dientes pedía merçet de todo su corasçón a la reyna Santa María
que la acorriese; ca non atendía ál synón que la quemasen o la
matasen de muerte mala. Mucho era dura su vida, & tanto avía de
miedo & de vergüeña, que non osava catar a | [110d] derecho omne
nin mugier. Mas la madre de Dios, que ella llamava tan piadosa-
mente en su corasçón, non quiso sofrir que ella ý prendiese
muerte. E tal era aparejada, que de pesar, que de saña, que d'onta,
que de las feridas, que sol non podía fablar palabra e avía tal pavor
de muerte que todas las carnes & los mienbros le tremían ayuntados. Mas la sabrosa Señora, que a la coita non falleçe a ninguna
alma que de corasçón la llama & ruega, metió en voluntad a la
dueña que oviese della duelo & piadat. Por ende dixo a su marido:
"Señor, señor, por Dios & por merçet, aved duelo & piadat desta
mugier mesquina, que tanto mal & tanta coita oy aquí ha. Sy nos
nuestro fijo mató, otro nos puede Dios dar sy le ploglier, e a mí
non plaze que por esto sea quemada nin destroída. Mas pues que
Dios perdonó su muerte, perdonemos nós a ella la de nuestro fijo,
e otrosý por amor de santa María, ca tanto es fermosa & tan bien
me ha servido que me non plaze de su muerte por cosa. Duelo
devía omne aver de se meter en tan fermoso cuerpo, que el diablo
le fizo esto fazer. ||

XII. [111a] Quando el señor vio que su mugier avía tal piadat e
que la quería dexar de matar, él lo otorgó así. Mas si a su hermano
quisiera creer, mala muerte le diera. Desí mandóla tomar el conde
& fízola levar a la mar, & mandó a un marinero que la metiese en
su barca & que la levase a una ysla muy lueñe do la non viese
gente nin oviese nunca buen día. Estonçe tomaron la mesquina &
metiéronla en la barca, e ella començó a tirar por sus cabellos, que
eran tales commo el oro, & a fazer el mayor duelo del mundo. Mas
aquéllos, que eran mala gente y crueles, dixiéronle que la ferrían
sy se non dexase de fazer aquel duelo. E asý la levaron muy lueñe
a alta mar. Desí començaron a fablar entre sý en la beldat de
aquella mugier que nunca tan fermosa dueña vieran, e dixiéronle
que feziese su voluntad. Entonçe el marinero & los remeros
commo malos & desleales, paráronsele en derredor & dixiéronle:
"Dueña, vuestra fazienda es asaz mal parada pero non | [111b]
dubdedes cosa, sy quisierdes conplir nuestras voluntades. E sy nós
bien estoviermos convusco, de ninguno non avemos[62] qué temer."

---

[62] *non avemos*: Mussafia rightly notes "wol *non avedes*" (p. 533, n. 1), s
the boatmen are telling the empress that as long as they are on good terms
with her, *she does not have* to fear anyone.

E la coitada erguyó los ojos al çielo & dixo en sospirando: "¡Ay,
señor Dios! & ¿quándo feneçerá esta batalla, que non veo tal que
me non comerá, nin puedo durar en tierra nin durar en mar? Por
mi beldat me viene tanto mal, que todos me demandan. ¡Mesquina!
Mejor me fuera de ser tuerta o çiega o contrecha. E sy non oviese
otro mal salvo esta tormenta desta mar, esto me sería grant
martirio. ¿Cómmo puedo sofrir tanto mal? ¡Mesquina! En negra
ora fuy naçida." Commo dixo el marinero: "Çertas, si fuésedes
señora de Suava o condesa de Sones, convien vos que fagades de
nós prez.⁶³ Ca yo vos meteré so el agua, & pescaredes commo
nuntria o semejaredes mergollón, sy vós non otorgades a nós. Mas
porque esto ya refusastes nin sy muriésedes por ende non sería de
vós tan escaso que todos non ayan su parte." & los remeros
traidores respondieron todos: "Ora aya ende mal grado & malas
graçias, ca mal que le pese, nós faremos en ella nuestro talante."
Entonçe travaron della a fuerça, & la mesquina [yva]⁶⁴ baladrando
& carpiendo quanto más ‖ [111c] podía e escarnida la ovieran o
muerta; mas el buen talante de Jesu Xristo non lo quiso sofrir, ca
una boz de angel muy clara & muy alta veno sobre ellos que les
dixo: "Malos, non forçedes esta dueña, ca much es de grant linage.
Suso en los çielos está la grant guarda, que vee a vós & todos
vuestros fechos noche & día & sy tan follones queredes ser que
queredes fazer tan grant pecado, la mar vos sorverá." & el marinero les dio entonçes bozes: "¡Dexalda, dexalda! ca mucho es
pequeño solaz quien mugier quier aver a fuerça." Entonçe dixo a
ella: "Dueña, mucho sodes noble; pues que sodes de tan grant
barata, ora vos departo un juego: o vós fazet de vuestro grado
nuestro plazer, o toste prendet el salto del can, & vía a la mar. E sy
solamente cosa desdezides, fazer-vos-he tomar & dar convusco en
esa agua." E aquélla, que avía el corasçón tan bueno que dava por
poco el cuerpo, por al alma salvar, llorando, rogava a santa María
que la acorriese & la consejase. "Ora toste," dixieron ellos. "Tomat
el salto. O ledamente & de grado fazet todo nuestro talante, o
bevet de la agua salgada." Entonçe res- | [111d] pondió la enpera-
trís muy mansamente: "Par Jesu Xristo mi señor & par su madre,
el vuestro amor me es tan amargo & tan salgado, que ante quiero
en un salto morrer en esta mar que fazer eso que me vós dezides.
Ca más me val que la mar me sorva que ser vuestra abaldonada, ca
non só de tan poco seso que por pavor de muerte quiera perder mi
candor & mi alma."

---

⁶³ *convien . . . prez*: it is in your interest to honor us.
⁶⁴ Mussafia supplies *yva*, which does clarify the meaning.

XIII. "Por los diablos," dixeron los villanos, "pues a la mar
yredes toste que vos fagades draga;[65] e cuyda que por su sermonar
se nos canbiarán las voluntades; o nos tiene por neçios o por
baviecas." Entonçe la tomaron de todas partes, por los pies & por
los cabellos, por la echar en la mar. E la mesquina començó a
baladrar & gritar & llorar muy fieramente, & rogava a Dios que la
acorriese, ca por su amor[66] sería afogada en aquella mar salgada. E
a alta voz, otrossí llamava a la reyna santa María e rogávale que la
acorriese & que la guardase la alma, ca el cuerpo la mar avería por
sepultura. E la madre de Dios, que bien la oyó, los fizo asý estar
pasmados, ‖ [112a] que se tenneron de la echar en la mar. Mas los
enemigos de Dios, que eran muy sañudos contra ella, vieron una
roca en par de la barca, & tomaron la coitada & dieron ý con ella
tan cruelmente, que a poco non la mataron. E así la dexaron
baladrando & coitándose sobre aquella peña e fueron su carrera los
que de malas manzillas toviesen quebrados los ojos. Assý tenía la
muerte a un pie de sý e començó a batir sus palmas & torçer sus
dedos. Dezir puedo que biva era muerta, ca bien creo que la cativa
más querría ser muerta que biva. E ninguno non deve demandar
sy biviendo morría, quando a dos dedos o a un pie tenía la muerte;
e ya le semejava que era con ella, ca non veýa carrera nin sendero
por do le pudiese estorçer. Allí fazía su duelo & dezía: "Señora,
Virgen gloriosa sagrada en que yo puse firmemente mi corasçón &
todo mi amor á grant tienpo, cata esta tu vasalla de los tus
piadosos ojos, ca más çerca de pie está de mí la muerte. ¡Mesquina,
mesquina! Ante quiero que la mar me mate que me otorgar a
aquellos gretones falsos, nin que tal yerro feziese | [112b] contra
Dios nin contra el enperador, que por aquel alevoso mezclador tal
desamor me cogió que me desterró & me echó asý por todo el
mundo en mala ventura. ¡Mesquina, mesquina! que de mal non
puedo durar en mar nin en tierra. Omes[67] & tierra & mar me
guerrean. Ora me defienda & me vala & me guarde sobre esta
piedra aquel que en al mar salvó a Santo Pedro." Assý la mesquina

---

[65] *que vos fagades draga*: this phrase was mistranslated. The French
original has: "Cele fresaie, cele drague" (l. 1868). The word *fresaie* means
'witch' and *drague* is equivalent to 'magpie', used figuratively here in the
sense of 'witch'. Mussafia points out that the translator may have perceived *fresaie* as a form of *facere*, and *drague* as equivalent of 'dragon', or
figuratively, 'a shrewish woman'. (p. 535, n. 1).

[66] *su amor*: the love of God.

[67] *omes*: there is no bar over the *m* in the Ms.

fazía su duelo sobre aquella peña. A pocas que se non desesperava & se dexava caer en la mar, ca non ha omne tan fuerte & tan valiente, que si tal aventura sobre él veniese, que toste non cayese en desconorto.

XIV. Assý fincó la enperatrís sobre aquella peña que de todas partes firía la mar & topava en ella, & saltava el agua tan alta que semejava a la mesquina que todo el mundo quería cobrir, e espesamente pedía merçet a Nuestro Señor Jesu Xristo que la acorriese. En tal guysa estovo la mesquina faziendo su duelo fasta la noche. Mas quando la noche veno, entonçe se le dobló su coita & su tormenta de frío & de fanbre & del pavor de la mar, así que a pocas le salía el fuelgo⁶⁸ & dezía: "¡Ay, Señor, verdadero Dios, que en la cruz muerte prendiste por nos librar del poder del diablo! ¡Señor que libraste Daniel & lo guardaste en el ‖ [112c] lago de los leones fanbrientos, Señor que guardaste los tres niños en la fornaz sanos & ledos, & te loaron cantando! ¡Señor, que guardaste Jonás tres días an el vientre de la ballena sano, que ningunt mal non prendió! ¡Señor, guarda my cativo cuerpo! e sy te plaz ¡échame çedo deste peligro! ¡Reyna de los çielos, ruega al tu glorioso fijo por mí, pobre mesquina, que me eche fuera desta mar, que me arribe a tal puerto do pueda bevir en paz & do pueda servir tan bien que la mi alma aya parte en la su gloria!" En tal guysa pasó la santa fenbra toda la noche, en oraçiones & en ruegos. Asý duró allí tres días & tres noches, e ya el rostro le negreçiera con coita & con fanbre & desatávasele el corasçón, así la coitava la fanbre & tormentávala la mar, e dezía en boz muy lassa: "¡Mesquina, mesquina! la fanbre me mata & la mar me coita mucho, a tanto que non cataré la ora que me desfará toda. ¡De todas partes me fieren los vientos tan fuertemente que a pocas me non derriban! ¡Mesquina, quánta mala andança que non veo cosa que me mal non faga! La tierra non me quiso sofrir, & la mar me quier matar, & la fanbre me coita | [112d] así de dentro que me çierra los dientes. ¡Cativa, cativa! aquí morré que non averé conforto de ninguno. ¡Mesquina, sy fuese en tierra., yría podir⁶⁹ el pan por las puertas con esos pobres, ante que sofrir tan grant fanbre! ¡Ay, Señor Dios! ¿por qué me desamas? que sienpre te yo amé de mi cativo corasçón. ¡Ay, mesquina, mesquina! tantas he de tormentas & de

---

⁶⁸ *a pocas... fuelgo:* she was barely breathing. Gautier: "Li esperites ne s'en va" (l. 2050). *Esperites* means 'breath'.
⁶⁹ *podir:* to beg.

pesares que por poco me non mato. ¡Coitada! bien puedo dezir quel muy piadoso Dios me tienta mucho más que non fizo a Job, que ya fue tienpo que fuy enperatrís de Roma, e agora só la más cativa mugier & más pobre que nunca naçió. ¡Ay, ventura! ¡Quántos moviste ensalçada, & cómmo me derribaste ende & me fazes lo peor que tú puedes! ca en más peligroso logar nin más amargo non me poderías tú echar deste en que yo estó. Tanto fallé en mý de contrario, que más de mala ventura me das, me semeja que a todos aquellos que en el mundo fueron. Tanto he de desconforto que me non puedes tú ende dar más, nin as poder de me peor fazer de lo que fazes. Nunca Job ni santo Estaçio tanto perdieron commo yo ‖ [113a] perdí, ca yo perdí la tierra & el aver, demás el cuerpo. Mas poco daría por el aver si pudiese en tierra aver un pequeño lugar en que serviese a Dios. Mas todo es nada, ca non veo por donde pueda salir. ¡Mesquina! si quier non averé preste a quien me manefieste;[70] e dezir puedo que mucho me desama Dios, quando non quier que a la mi fyn yo non[71] pueda resçebir el su santo cuerpo, nin que la mi carne cativa aya sepultura. Mas ¡mesquina! la mar me sorverá & mi cuerpo yrá nadando por ella, & non será soterrado nin llorado; mas peçes lo despedaçarán & comer-lo-an. Nin he marido nin padre nin madre nin hermano nin pariente por que sea llorada. Si lo Dios por bien toviese, de paños de seda o ricos xametes o de púrpura devía la mi carne ser cobierta.[72] Mas ¡cativa! ¡qué grant locura agora dixe, ca si a Dios plaz que la mi alma biva por su merçet en la su santa gloria, non daría por la carne nada. Mas el buen Señor piadoso en que yo puse todo mi corasçón, por el ruego de la gloriosa su madre a que lo yo rogué, faga la mi alma entrar en la gloria del su sant paraý- | [113b] so e le

---

[70] *si quier... manefieste*: I will not even have a priest to whom I could confess.

[71] Mussafia writes *non* in italics, by which he means that this *non* does not belong here, since it makes the sentence mean the opposite of what it should.

[72] *de paños de seda... cobierta*: Queen Sevilla in *Carlos Maynes* also remembered the luxury she could have enjoyed is she were in her previous position as empress:

Sy yo de buena ventura fuese en París, devía yo agora yazer en la mía muy rica cámara, bien encortinada & en el mío muy rico lecho, & ser aguardada, & aconpañada de dueñas & de donzellas, & aver cavalleros & servientes que me serviesen (Chap. XXIX).

However, whereas the *enperatrís de Roma* immediately repents of these thoughts, Queen Sevilla falls ill due to the poverty of her present condition.

dé gualardón de la coita & del trabajo quel mi cuerpo cativo
endura, qué es tan grave & tan fuerte." E llamava a santa María
que la acorriese, e dezía: "¡Virgen gloriosa, que vuestro fijo &
vuestro padre engendrastes, e que por vós quiso Dios el mundo
redemir, non querades olvidar a mí!" En tal guisa pasó la postremera noche. E quando veno contra la luz fue tan lasa & tan
fanbrienta & tan coitada, que ya non podía mover la lengua nin
fablar palabra. En esta coita adormeçió la mesquina, pero tremien-
do & gemiendo mucho. Mas el santo lirio & la rosa, que bien huele
sobre toda cosa, confortó la fanbrienta del su olor santo & glorio-
so, en guisa que la amortiguada ende fue confortada & abondada.

    XV. Assí dormía la coitada e santa María era despierta. ¿Pero
qué digo, poco seso? Ca santa María nunca duerme, mas sienpre
vela por todos aquellos que la de buen corasçón ruegan o an
rogada así día commo noche; e otrosí vela sienpre por todo el
mundo, ca sy ella dormiese sola una ora, todo el mundo sería
perdido & caería por los ‖ [113c] males que fazemos. Mas por esto
dixe que era espierta, ca ma maravillara que tantas tormentas &
tantas coitas endurara la mesquina sobre aquella peña. Pero bien
sé que por su perseverança, que quería bien provar, que por tanto
se non coitava. E con todo esto, bien creo que Nuestro Señor & la
su gloriosa madre la mantovieron todavía & la tenían por la mano,
ca synón, en otra guisa non podiera pasar por tantos peligros que
non cayese. Mas non nos devemos maravillar, nós mesquinos
pecadores, del grant rey de verdat en nos querer majar alguna vez,
o dos o tres o cuatro; quantas se él quisier, quando sofrió que
aquel santo cuerpo, que era más linpio que puro oro, oviese tantas
coitas & tantas tribulaçiones. Dios mesmo levó mucha persecuçión
en su cuerpo. E diz la Escriptura que aquellos que Dios más ama,
que a esos fiere más que a los que non ama. E el padre, el fijo que
más ama, esse castiga más. Assý nuestro padre de los altos çielos,
aquellos que más ama, esos fiere más. En Dios non ha nin punto de
desmesura mas todo quanto faz, todo es por mesura & por razón,
& contra nós non yerra nin punto de cosa que nos faga, | [113d] e
grant follía demanda quien quier ál preguntar de Dios. Dios faz de
nós commo de su tierra, asý commo el ollero sobre su rueda que
faze de su barro qual olla quier fazer. Dios fizo todas las cosas a su
voluntad. Non ý ha tan bien commo que callemos ende & reguar-
dar & veer el su grant señorío & el su grant poder. Dios nunca fizo
cosa sin razón. Esto deve saber qualquier lego, mas de saber los
fechos de Dios sin sus poridades poco más sabe ý el clérigo que el
lego, si muy letrado non es; ca el poder de Dios & sus poridades &

los sus juyzios son escuros tanto & tan encobiertos que bien puedo dezir que tanto sabe ende el lego commo el clérigo. Mas desto só bien çierto por la ley que mucho es buena obra & de todo buen enseñamiento ende viene grant pro a la alma & a la carne quando el omne bueno & la buena mugier se mantienen en buenas obras. E otrosí por aver omne viçio[73] alguna vez le viene después muy grant contrario. Çient mill almas son perdidas de omnes & de mugieres que sienpre ovieron riquezas & buena ventura & nunca sopieron qué era mengua nin lazería. Onde la Escriptura diz que estos atales ‖ [114a] son en aventura. Mas la santa enperatrís muy santa alma devía aver, que tantas sofrió de coitas & de amarguras con tan grant omildat. Agora tornaré a la mi materia & dezir-vos-he cómmo la madre del grant rey de los reys, que todo govierna, la libró de todos sus males.

XVI. Aquella que todo tienpo es piadosa & sabrosa & de buen talante, & que apaga & adulça todas coitas & todos pesares, aquella que es estrella de la mar, aquella que es donzella & madre virgen, aquella que es santa vía que los suyos endereça & guýa al reyno de los çielos, aquella que es tan preçiada & tan buena & tan conplida que todos conseja & todos conforta, confortó a la enperatrís que tanto era triste & desmayada & amorteçida. La sabrosa Virgen, pura & linpia, la enperatrís de todo el mundo, la madre del grant enperador de que los reyes & los condes han miedo, veno confortar a la enperatrís sobre la peña do seýa, e mostrósele en visión tan clara | [114b] que semejava a la enperatrís que la mar era esclareçida de la claridat de su faz, & díxole: "Mía buena amiga, porque el tu fermoso cuerpo guardaste tan bien, & porque mantoviste tan linpiamente castidat en todo tu tienpo, todas tus tribulaçiones & tus coitas falleçerán de oy más, & serán descobiertas & contadas las traiçiones & las falsedades que te a grant tuerto fezieron. E sabe que aquellos que te lo buscaron, que todos son gafos podridos." Entonçe le devisó cómmo feziese: "E porque tú non cuydes que esto que ves que es anteparança, tanto que despertares, toda serás confortada de tu fanbre & averás alegría & plazer de que me viste. Agora te avonda así de la vista de mi faz que fanbre non te faga mal. E porque sepas mejor que me viste, tanto que despertares, cata so tu cabeça, & fallarás una santa yerva a que yo daré tal virtud & tal graçia, que a todos los gafos a quien la dieres a bever en el nonbre de la madre del rey de gloria, que luego serán guaridos & sanos; ya tan perdidos non serán."

[73] *viçio*: luxury.

XVII. La santa enperatrís fue muy confortada de la visión que
vio de la gloriosa. Toda ‖ [114c] su fanbre se le olvidó & sus males,
e tan bien dormía & a tan sabor de sý, que le semejava que nunca
en tan buen lecho dormiera nin tan a su plazer. E semejávale que
más luziente era el rostro de santa María & más claro que el sol a
medio día. Asý que de su beldat non podería ninguno fablar a
derecho, por muy sotil que fuese. E por esto me non es menester
de lo mucho departir, ca ninguno non puede razonar mayor
bavequería de mantener razón onde non puede dar çima. Ca non
puede ser tan sesudo que pueda fablar conplidamente de aquella
señora tan alta, nin quien mucho ama la buena mugier, aquella que
es fermosa de cuerpo & fermosa de rostro. E bien devemos de
creer que mucho es fermosa la Santa Virgen, madre & donzella, de
cuya beldat son todos alunbrados & refechos, quantos en paraýso
son. Esta señora es tan fermosa, e tanto es de grant poder, que se
non enfadan de la ver los ángeles nin arcángeles nin los santos nin
las santas. E bien devemos crer que mucho es clara & de esmerada
natura la santa estrella do se ençierra & do se esconde & do se
asenbra el claro sol, aquella que alunbra todos los corasçones
verdaderos, aquella que alunbra çielo & tierra. ¡Torpe es el que
más ende demanda! |

[114d] XVIII. Quando se la enperatrís despertó, maravillóse de
la visión que viera & fue muy confortada & muy folgada. Todo su
cuerpo & su alma fue en folgura de la visión que viera de santa
María. E cató so su cabeça & falló la yerva que viera en visión. E
bien sopo luego que non fuera devaneo nin anteparança. Desý
fincó los inojos & dio graçias a santa María & tomó la yerva. Mas
nunca omne vio tan fermosa nin que tan buen olor diese, así que
todo el ayre aderredor ende era conplido. E desque se así vio
confortada la enperatrís, pensó muy bien de guardar la yerva, ca
bien sabía que do ella era tan desacorrida que non pudiera aver
conforto de ninguno, que la veniera visitar & acorrer la madre del
rey de gloria, en tal guisa que la libró de quantas tormentas ante
avía & de quantos contrarios. Assý la señora madre del rey
verdadero fizo de buen talante amansar la mar que era muy brava
quando los apóstolos[74] la llamaron con miedo de muerte que los
valiese. Otrossí fizo la mar amansar a esta santa mugier, que tanto
era brava & espantosa, de guisa que bien le semejava que por ella
la acorrería Dios, do era en tan grant coita que tanto se movería
quanto agua de pozo. De la otra parte la ferían los vientos de

---

[74] Ms.: *apostolos (apóstoles)*

muchas partes, que a pocas la non ‖ [115a] derribaron, sy non
fuera la madre de Dios que la acorrió, que fizo quedar los vientos
& la mar allanóo & tornó el ayre tan bueno & tan sabroso que la
enperatrís ende fue muy leda. Agora está en paz e en folgança de
la coita & del trabajo que fasta agora sofrió. Desý erguyó las
manos & los ojos al çielo, & llorando dio graçias a Dios & a Santa
María de todo su corasçón & de toda su alma.

XIX. Assí la sabrosa madre del rey de gloria non olvidó la su
buena amiga que estava sobre la peña, mas libróla de todo peligro,
ca ante que prima fuese pasada, assý commo Dios quiso & lo
guysó, vio venir la santa mugier una nave derechamente contra la
peña, vela tendida a buen xinglar; & fue ende muy leda & loó
mucho al nonbre de Dios llorando. E quando vio la nave llegar
çerca de sý, pedió merçet a grandes bozes a los que ý venían, que
por Dios & por santa María la levasen en su batel & la quitasen de
aquel peligro en que estava. E aquellos, que eran buena gente,
quando la vieron assý sola estar en aquella peña, ovieron della
grant piadat & | [115b] metiéronla en su nave & feziéronle mucha
onrra, ca bien les semejó alta dueña; e preguntáronle cómmo fuera
echada en aquella peña, & ella les dixo ende ya quanto. & diéronle
que comiese & pesaron bien della en quanto fueron por la mar,
fasta que llegaron al puerto que deseavan. E desque salieron de la
nave, falló la dueña un gafo en la plaça, & luego se le nenbró[75] de
la yerva que santa María le diera en visión, & destenpró della con
vino, & veno contra el gafo llorando, & diógela a bever, & tanto
que la bevió fue luego sano de toda su gafedat. Las nuevas fueron
ende por toda la villa & por la tierra. E veríades gafos de correr por
todas partes en pos ella a grant priesa. E la buena dueña desten-
prava de aquella yerva & dávales ende a todos a bever, e luego
eran guaridos & purgados. Así començó la buena dueña a andar
por la tierra sanando los gafos por doquier que yva. E commo
quier que le davan grant priesa, nunca se les quexava nin se
enojava por ende, mas llorava mucho con piadat que ende avía; e
grant maravilla era. Nunca Dios dio a ninguna yerva tal virtud
commo a ésta, nin tan grant fuerça, que tanto que[76] los gafos la
bevían, luego mudavan todos los cueros & las uñas & fincavan
sanos & folgados. Assý venía de todas partes a pie & en bestias &
en carretas, por montes & por valles, ‖ [115c] en pos la buena

---

[75] nenbró: Old Leon. variant of *membrar* 'to remember'. Cf. Port. *lembrar*.
[76] tanto que: as soon as.

dueña por do andava, que la yerva de santa María traýa. E dezían todos que de tal maravilla nunca oyeran fablar. Mucho era la dueña aconpañada por doquier que yva, así por villas commo por castillos commo por cada logar. E ella, por el amor de Dios, toda su cura metía por los gafos sanar, asý en los lechos commo en las carretas. A todos dava de aquello a bever & tan toste eran guaridos. E muy grant aver le traýan sy le ella tomar quisiese, mas nunca ende quiso tomar valía de una nuez,[77] ca dezía que non preçiava nada el aver terrenal, mas en servir a Dios metía assý su corasçón & su afán que non dava cosa[78] por el mundo en tal de salvar su alma. E tanto trabajó su cuerpo en velar & en orar & en ayunar & en llorar, que la su faz clara & vermeja tornó negra & fea. Non quería loor nin losenja de cosa que feziese; & asý fue demudada su faz & el fermoso paresçer del su rostro que non semejava en cosa la enperatrís que tanto solía ser fermosa, que de su beldat corría nonbrada por todo el mundo. Mas la graçia del Santo Spíritu le escalentó asý la voluntad que non dava cosa por la beldat del cuerpo por su alma salvar. Ningunt viçio non quería para su carne, ca bien sabía que quanto el cuerpo más martiriase tanto esclareçería más la alma. Por esto ninguna folgura non quería para sý, ca bien sabía que avía de podreçer & tornar polvo. Mas la alma | [115d] non puede podreçer. Por ende, lo[79] quería nodrir de castidat & de oraçiones & de astenençia; ca por el cuerpo fazer trabajar & velar mucho & orar de corasçón & por mucho llorar puede la alma entrar en la gloria. Por esto, la santa enperatrís en servir a Dios era toda su cura,[80] así día commo noche, manteniendo todavía su menester de sanar gafos & gafas, & non preçiava cosa la gloria terrenal. Asý fue tornada física, & dava a todos de su santa yerva & sanava de toda levra & podraga otrossí. Cuydo que non farían los físicos tal largueza de tal yerva, sy la toviesen en su cortinal, commo fazía ende la buena dueña, que era física de Santa María. E nunca ende quiso loor, mas todo lo fazía por el amor de Dios & de su madre.

---

[77] *nunca . . . nuez*: she never agreed to accept any payment [for her services].

[78] *non dava cosa* : she didn't attach any importance.

[79] *lo* refers to her body, not her soul. She wanted to nourish her body with chastity, prayers and abstinence.

[80] She attached all of her care to the service of God.

XX. Mas los maestros nin los físicos non vos son todos de tal
voluntad commo era la santa enperatrís. Esto los mata & los folla[81]
que ninguna cosa non quieren vender por dineros. Ante vos digo
que aquello que non vale dos dineros vos venderán ellos por
veynte o por treynta soldos. Mas la santa enperatrís obrava muy
mejor de la santa yerva de santa María, que los físicos de las suyas
a nós fazen. Mucho era la física de buen talante por el amor de
Dios. ‖ [116a] Tantos & tantas ende sanó que vos lo non podería
omne contar. Mas agora me callaré un poco ende, por vos contar
cómmo guareçió a sus enemigos aquella en que Dios tanto bien
puso. Aquel que mató el fijo de su hermano por fazer matar la
dueña porque non quería fazer su voluntad, engafeçió[82] & fue tan
desfecho el astroso en poco tienpo, que non semejava omne, mas
anteparança.[83] El hermano ende avía grant coita & grant pesar, &
enbió por toda la tierra buscar físicos; mas non venieron ý tantos
que le pudiesen prestar, tanto era podre & perdido, en guisa que
tan solamente non le podían fazer estañar el venino que dél salía.
Entre tanto la nonbrada[84] de la buena física fue por las tierras, asý
que lo sopo el conde que avía grant pesar de su hermano, e enbió a
buscar a sus cavalleros & a sus omnes, & mandóles que andasen
tanto fasta que la fallasen, e que le diesen & prometiesen tanto
fasta que la feziesen venir. Aquellos que allá fueron falláronla, &
tanto la rogaron que veno con ellos por su alma salvar. Mas
quando veno la enperatrís & llegó a ellos, non fue ý tal| [116b] que
la conosçiese: nin el conde nin su mugier, tanto era canbiada de la
beldat que solía aver; ca tanto era magra & negra & amariella que
nin el malo omeçida desleal, que era podre commo can gusaniento,
non la pudo conosçer. E así llegó entre ellos commo estraña. Mas
fue muy confortada & ovo alegría en su coraçón de que vio así
gafo & perdido aquel que la oviera a fazer matar & la feziera echar
en esterramiento & en mala ventura contra el mundo a grant
tuerto.[85] Mas non así contra Dios; ante fue más llegada a él. Mas la

---

[81] folla: form of the verb folar, modern hollar,, which means literally 'to
trample'. In this case, it is used in the figurative sense. In other words, it
bothered them extremely.

[82] engafeció: he was stricken with leprosy.

[83] non semejava...anteparança: the original version has: "Ne sembloit pas
home mès mostre" (l. 2556). In other words, he didn't look like a man, but
a monster.

[84] nonbrada: fame.

[85] Mas fue muy confortada...tuerto. this is a mistranslation of the original.
The empress has arrived at the house of the count who gave her

beldat del cuerpo faze la alma fea, esto sabía la santa mugier, e
bien entendía de sí que por su beldat que fuera su alma perdida, sy
más fuerte non fuera que otra mugier. E bien sabía que a muchas
aveno que por sus beldades las más ende fueron engañadas, e
quanto más fermosas son & más loçanas, tanto más toste yerran,
si se mucho non esfuerçan en aver buenos corasçones & verdaderos. Por esto non pesava a la santa mugier sy su beldat avía
perdida, que a tantas vezes guerreara con aquellos malos, que a
pocas la ovieran dañada, synon fuera por buen seso & lealdat. ||

[116c] XXI. El conde rogó a la santa mugier por Dios & por su
alma que puñase en le guareçer su hermano, & que le juraría ante
omnes buenos que todo su thesoro le pararía delante: su oro & su
plata & sus donas, para tomar ende ella quanto tomar quisiese &
que de todo quanto oviese faría su voluntad. "Señor," dixo la santa
dueña, "non vyne yo aquí synón por el amor de Dios. Mas por la
grant coita que prendiestes en me fazer demandar por las tierras &
porque vos amo mucho por la franqueza que en vós veo, mane-
fiéstese vuestro hermano ante mí & ante quales siete vos yo diré,[86]
& sy a Dios plaz, yo le daré sano." Entonçe enbió el conde por su
hermano & fízolo ser ante sý & ante su mugier & ante la buena
dueña, & ante los otros seys; & tanto era gafo & podre que venino
corría dél, así que non avía en el mundo omne nin mugier que se
dél mucho non enojase. Entonçe le dixo la santa dueña que se
manifestase ante todos sus pecados, que cosa non encubriese, e él
descobrió luego todos sus yerros, sy non aquel de la muerte del
niño que Dios asý vengara la dueña que tornara todo podre que lo
comían todo gusanos. Mas quando ella vio que aquél non quería
manifes- | [116d] tar, díxole: "Hermano, hermano, manifiéstate,
manifiéstate, ca para la fe que yo devo a mi señora santa María aún
non te manifestaste del pecado que tú feziste que más te agrava, &
que te más nuze. E porque te Dios asý firió & jamás non puedes
guarir de tu mal en tanto commo lo tovieres encobierto, & tú nos
dexiste grant pieça de tus pecados, mas sy te deste non libras, sabe
que mi melezina non te prestará."[87] Desto ovo él tan grant pesar &

---

hospitality in order to cure her second persecutor of leprosy. She has
suffered so many hardships that nobody recognizes her. Mussafia notes
that the original ascribes no joy to the pious woman over the misfortune
of her enemy. She is only happy that she has lost her beauty and has
become unrecognizable (p. 545, n. 2).

    [86] *ante quales...diré*: before the seven persons I will designate.

    [87] *non te prestará*: [my medicine] will not be useful to you. *Prestar* here
does not have its usual sense of 'to distinguish (oneself)'.

tan grant vergüeña que sol non pudo cosa fablar, e començó de
llorar & de gemer, sospirando mucho, ca vio que sy aquello non
descobriese, que nunca podía guarir. Desý avía tan grant vergüeña
& tan grant miedo de su hermano, que por poco le non quebrava el
corasçón.

XXII. Quando el conde vio que su hermano non osava manifestar aquel grant pecado, assañóse contra él & díxole: "Hermano,
¡déxate de gemer! Grant despecho he de ty porque te non libras de
tu pecado. Échalo fuera de ty synon cree que te querré grant mal
por ende, e sy este pecado es de algunt tuerto que contra || [117a]
mí feziestes, yo te lo perdono de buena voluntad, & Dios faga, &
tú ruega a Dios & a santa María que te lo perdonen." Entonçe el
omiziano desleal, sospirando, & llorando, començó en boz baxa
cómmo matara el niño por fazer matar la dueña, porque non
quería fazer su voluntad. Quando el señor esto oyó, dio muy
grandes baladros & dixo: "¡Ay, Dios, Señor! ¡Qué mal fecho! ¡En
mal punto tú naçiste, que mataste la más bella criatura del mundo
& en que era mi corasçón & mi alma! Mas mayor pesar he de la
buena dueña que del fijo, para la fe que devo a Dios, que fiz echar
en desterramiento por esa mar a grant tuerto." "¡Mesquina, mesquina!" dixo la dueña, "¡qué malas nuevas éstas son! ¡Cativa, agora
se me renovó el duelo de mi fijo! ¡Mesquina, si quier la buena
dueña que nos lo criava, que tanto era fermosa que nunca Dios
más bella criatura fezo, commo lazróo[88] a grant tuerto & qué
grant pecado ý fezimos! Mas si ella es biva, Dios, que es el
guardador de sus amigos, la guarde doquier que ella sea." Asý
llañían la dueña & su marido, su fijo & su buena ama & | [117b]
ementándolos mucho.[89] Mas quando la santa dueña asý vio llorar
el señor & la señora, tomóse a llorar con ellos muy doloridamente.
E desque así lloraron mucho, díxoles la enperatrís: "Mío señor &
mi dueña, sabet verdaderamente que yo só aquella que fuy vuestra
ama á grant tienpo. Yo só aquella mesquina entre cuyos braços

---

[88] Ms. *lazróo* (*lazró*).

[89] *Así llañían... mucho*: Mussafia points out that this sentence provides a
valid emendation for the equivalent portion of the original text, which he
considers devoid of meaning:

> La dame assez plore et sospire,
> Tot en plorant ele et son sire
> Molt doucement vont regardant
> La bele dame et son enfant. (ll. 2735-38)

Mussafia observes that they could hardly have been looking at her
since they believed she was dead.

yazía vuestro fijo dormiendo quando este malo traidor que aquí see le tajó la garganta por me fazer matar; & por este pecado solamente es maravilla commo se non sume la tierra con él, synon que Dios es tan misericordioso que lo sufre. ¡Ay, quánto mal & quánta onta me ha fecha! Mas non quiero más dezir. Dios le perdone quanto me fizo & lo sane de su mal." Quando el señor & su mugier le esto oyeron, levantáronse toste & fueron a ella, & començáronla de abraçar & de besar, & echáronse delante della en ginollos. Desý todos los de la villa ý venieron, que bien fueron más de tres mill. E tan grande priesa ovo en el palaçio que a pocas la non afogaron. E desque la saluaron & abraçaron & fezieron con ella grant alegría, el gafo podrido se echó a pies de la dueña & pidióle merçet llorando que le perdonase por Dios & por su alma su mal talante, & quel' diese del santo || [117c] bever. E aquella, que era piadosa & mesurada, le dio a bever, & fézole mudar todos los cueros & toda su levra & cayéronle en tierra e tornó sano & linpio commo una paloma. Quando esto vieron el conde & su mugier, rogaron mucho a la santa dueña a manos juntas que por amor de Dios que fincase con ellos & que casase con su hermano que ella guareçiera de tan vil enfermedat, & que fuese señor de quanto ellos avían. Mas la santa dueña les dixo que jamás nunca tomaría marido nin amigo, synón aquel que es señor del çielo & de la tierra. Después desto començó a guarir todos los gafos de la çiudat; e mucho avían todos los de la villa & de la tierra grant plazer con ella, e mucho serviçio le fezieran sy ella quisiera, e muy de grado quisieran que morase entre ellos, mas ella non quiso; e quando se ovo de yr, veríades salir muchas lágrimas de ojos. E tan grant gente yvan en pos ella commo farían en pos un santo cuerpo. E asý lloravan por su departimiento que todos se mojavan de sus lágrimas. ¿Qué vos diré más? Por conde nin por condesa nin por clérigos nin por legos non quiso fincar, & espedióse dellos & fue su vía sola muy pobremente. Mas mucho avía el corasçón fuerte & entero en sofrir coita & proveza | [117d] por ganar la vía del alma. E así era conplida de la graçia del Santo Spíritu que non amava nin preçiava cosa. Su cuerpo nin quería conpaña, nin amor de omne, ca bien sabía que era cosa vana.

XXIII. En tal guysa se fue la santa dueña commo física pobre, que non quiso solaz nin conpañía fuera de Dios; & quantos la veýan todos lloravan, así ricos commo pobres, con piadat, ca bien sabía que asaz avería de palafrenes & paños & dineros si ella quisiese. Mas de todo esto non avía cuydado. E así andó en muchas romerías visitando santos & santas, de guisa que todos sus paños fueron rotos & usados. E si[90] su marido feziera su romería de cavallo, non fue ella synón de pie. E desque andó por muchas tierras estrañas & por montes & por valles, & por villas & por castillos, & acabó muchas buenas romerías, llegó a Roma, así commo Dios quiso, & folgó ý. Mas tan negra tornó con lazería que sofrió & tan magra, que non falló tal que la conosçer pudiese.[91] Allí començó de sanar gafos & gafas & commo quier que ý sanó muchos, nunca la ninguno conosçió nin fue ende aperçebido. Ante dezían por la ciudat que ‖ [118a] muerta era grant tienpo avía. E por esto era guysado[92] que se olvidase su nonbre & que fuese muerta la fama quanto a lo del mundo. Pero a menudo oýa ella ementar a muchos & muchas la enperatrís, & fablavan de cómmo era tan fermosa & tan alva & tan vermeja & tan niña & tan buena dueña & tan enseñada & que tanto valía en todas cosas. Entonçe le veno e[n]miente[93] la viçiosa vida que ante vivía, quando era enperatrís de Roma, & començó a pensar & fue un poco torvada & movida & lloró tan mucho que se desvaneçió. Desý tornó razón sobre ella que le dixo: "¡Cativa! ¿Qué as? Esta aventura, & esta coita que sufres te veno por tu bien; & gradeçe a Dios esta proveza que te dio, & la riqueza que avías te echó en mal." E muchas vezes aviene asý que echa en mala ventura aquellos que la mucho aman, & demás queda con ellos en el infierno, ca los más preçiados & más ricos serán perdidos; assý la riqueza engaña los ricos. E bien vee omne llanamente que riqueza faz perder muchas almas & proveza salva muchas & da con ellas en ‖ [118b] paraíso. Ca los buenos pobres an verdat & omildat & proveza. Así la riqueza del mundo nenbró a la buena dueña que avía el corasçón blanco & linpio; mas proveza era ý assý arreygada que despreçiava la riqueza & el aver terrenal.

XXIV. El Spíritu Santo así alunbró la buena dueña que non preçiava una paja toda riqueza terrenal. E tanto era sotil física, que bien sabía, sin judgar oryna, quel sieglo es malo & falso.[94] E eso mesmo entendía, sin catar vena, quel amor terenal es malo &

---

[90] si: although.

[91] que non falló...pudiese: that she didn't meet anybody able to recognize her.

[92] guysado: used in the sense of 'fair, reasonable'.

[93] e[n]miente: Ms.: emiente.

[94] E tanto era...falso: And she was such a wise doctor that she knew very well, without having to do urine analysis, that the world was evil and false.

astroso. E otrosí sabía bien, sin palpar pulso, que tan buen esposo non podería aver commo Jesu Xristo, que es piadoso & sabroso sobre toda cosa. E por ende non entendía ý aver otro amor synón de Dios & de su madre. E por bien amar a ellos de consuno, & por ser linpia & sana, quísose estrañar⁹⁵ del mundo, ca ninguno non puede bien amar a Dios en tanto commo ovier sabor del sieglo, ca el amor del sieglo es mucho amargo & por ende lo desama Dios & su madre. E por esto non quería la enperatrís amor de omne nin de mugier. Ante estrañava⁹⁶ todo el amor terrenal nin quería ver buena cozina ‖ [118c] nin buen vino, nin buena carne, nin cortinas, nin cámaras, nin mulas, nin palafrenes. Mas bien podía ser que alguna vez era tentada del sabor de la carne, mas muy poco dava por su tentaçión; ca sienpre la carne es contra la alma. Esto sabía bien la dueña, & mucho comería & bevería quien consejo de la carne quisiese creer; desý grant joya & grant solaz, & grandes gargantezes & otros pocos sesos. Mas todo esto non lo preçiava la dueña cosa. Ante entendía de salvar su alma, & por ende non dava cosa por la carne. Tanto le fazía el frío commo la calentura; mucho martiriava su cuerpo en belar⁹⁷ & en ayunar. Assí costreñía la carne por salvar el alma; ca por esquivar toda riqueza, & por mantener su cuerpo en lazería tenía que enrrequeçía su alma. E quando fincava los inojos ante la imagen de santa María, así era la voluntad alegre que buen comer nin buen bever non preçiava una paja. Ella non comía buena carne, nin buen pescado, mas comía muy poco de pan negro mal fecho, & su alma peleava con la carne & dezíale: "¡Costréngete, costréngete mejor! ca me fazerás caer por tus viçios do caen aquellos que fazen el plazer de la carne." E dezíales muchas vezes: "Fuy,| [118d] fuy & fuy a Dios; ca dexé a ty & fuy a Dios; ca non quiero perder por grandes bocados lo que pierden muchos ricos que sus vientres engañan. Çertas yo non te amo tanto que tu plazer faga por fazer mi daño; & demás, después que te bien fartas, luego demandas aquello que la alma faz arder en el infierno. Por ende me quité de ty & de tu trebejo & quiero ayunar & tener abstenençia." Assý entençiava⁹⁸ con su cobdiçia. Mas a la çima non dava por ella una fava.

---

⁹⁵ *se estrañar*: this verb has several meanings in Old Spanish. Here, 'to exile herself'.
⁹⁶ *estrañava*: she dispensed with.
⁹⁷ *belar*: (*velar*) to stay awake.
⁹⁸ *entençiaba*: from *tençer*, 'she argued'.

XXV. La Escriptura diz que tres cosas con⁹⁹ que cada uno de nós se ha de conbatir, & lo que ellos pueden derribar, sabet que es perdido; & estas tres, sabet que coitavan mucho a la enperatrís: el mundo & la carne & el diablo. Mas ella era tan firme, & tan fuerte, & tanto se conbatía sesudamente, que todas tres los vençía & los derribó. E non es ningunt espiritual que non deva dubdar la batalla destos tres enemigos mortales, ca tanto nos fazen de tuertos & de tantas guisas, & en tantas maneras nos cometen, que sy nos perezosos o vanos fallan, muy toste nos derriban & dan connusco en las peñas ‖ [119a] del infierno. Ca este mundo cativo & avesado tantos nos faz de tuertos & en tantas guisas que toste nos vençerá sy nos fallan flacos. Ca la nuestra carne cativa que nós avemos, avemos grant sabor de la tener viçiosa, & non entiende ella ninguna cosa de nuestra pro. Ante nos tienta noche & día, mas non á pro de la alma nin punto; ante es su mortal enemiga. Ca los diablos sienpre están aparejados de nos tentar; desý de nuestras almas tormentar. E estos tres chanpiones son sienpre contrarios & aversarios del alma, & échanla a su perdiçión. Mas sy nós nos metemos en guarda de la Virgen santa María que es tan sabidor, & de tan grant poder, & tan firme, muy toste los vençeremos & daremos con ellos a perdimiento.¹⁰⁰ Mas el mundo abaldona & burla por cofonder a sus amigos & dar con ellos en infierno; mas por abstenençia es la carne duenda,¹⁰¹ e quanto la omne más quebranta, tanto la mejor ha. Ca los diablos & los enemigos & los seguydores & los deçebedores que sienpre estudiar por la derribar vénçen- | [119b] se por orar & por ayunar & por gemer & por llorar. Así, la santa enperatrís, con ayuda de la gloriosa santa

---

⁹⁹ In Ms.: *con*; should be *son*.
¹⁰⁰ *Mas sy nós ... perdimiento*: as Mussafia points out (p. 551, n. 1), the translator misunderstood the French version. The original text calls the attention of the audience to the empress because she has been able to fight everything that represented a danger to her soul. She has achieved her goal of a model behavior through her strength of character and her wisdom:
Mès se prenons garde à la dame
Qui tant par est de grant efforz,
Et tant par est et saige et forz
Moult les aromes tost dontez
Et tost veincuz et sormontez. (ll. 3020-24)
The Spanish version mistakes the word *dame* (referring to the empress) for an allusion to the Virgin Mary, and thus misconstrues the entire thought.
¹⁰¹ *es la carne duenda*: the flesh is conquered.

María vençió estos tres enemigos & los metio so sus pies. E si nós
assý quisiermos fazer, non averemos miedo que ninguno nos
pueda destorvar. Mas mal de su grado a Dios yremos.

XXVI. Desque la buena dueña fue en Roma donde era natural,
començó a sanar gafos & sanó ende muchos. Asý que lo dixieron al
enperador, que avía grant pesar por la mala ventura de su hermano, que era tan perdido que se non erguýa del lecho. Ca tanto
que levantó la traiçón a la enperatrís, así fue su carne llena¹⁰² de
sarna & de postillas, que non podería ser más. E ante quel año
fuese pasado, fue tan gafo & tan podre que fue cobierto de
gusanos. Asý lo ferió Dios de tan vil enfermedat por la mentira &
por la traiçión que levantara a la santa dueña, & era tan coitado
que más de veynte vezes en el día maldezía la muerte porque le
non llegava que lo matase. E asý raviava de podraga que avía en los
pies, & yazía baladrando en el lecho, llamándose catyvo, mesquino
& avía el rostro tan ‖ [119c] anpollado que non avía omne en el
mundo que se mucho non enojase dél, e tal era por todo el cuerpo
que non avía en él tres dedos de carne sana, & así era postelloso &
lleno de venino, & tan mal fedía que non avía omne poder de se
llegar a él sy ante non atapase las narizes, assý commo faría por un
can podre. El enperador, desque sopo las nuevas de la mugier
física, enbió luego por ella, e desque veno antél, resçebióla bien, &
díxole: "Dueña, un mi hermano yaze aquí tan gafo & tan coytado
que bien cuydo que çerca es su muerte; e nunca tantos físicos le
vieron que le podiesen dar consejo nin por ruego nin por aver.
Ruégovos que metades en él mano, & sy me lo guarides, dar-vos-
he por ende dos cargas de oro & de plata, & muchos ricos paños de
seda." "Señor," dixo ella, "Dios que es poderoso, me librará de yo
eso querer; atal es mi creençia & mi fe. De todo vuestro aver non
quiero yo valía de un huevo. E Dios non me desame tanto que yo
prenda nin dinero de la graçia que Él & la santa bendita madre me
han dada. Ante sea por el su amor abaldonada a todos aquellos que
en Dios creyeron & que la por Él demandaren.¹⁰³ ‖ [119d] Mas
sabet, señor enperador, que si vuestro hermano se quisier manefestar por buena fe de todos sus pecados ante el Apostóligo & ante
mí & ante todos los regidores de Roma, luego será tan sano

---

¹⁰² *llena*: Ms.: llona.
¹⁰³ *Ante sea...demandaren*: May [my divine gift of healing herbs] sooner
be abandoned by His love to all those who believe in God and who request
it through Him.

commo una mançana, e en otra guisa, jamás nunca será guarido, desto sea bien seguro." ¿Qué vos diré más? El Apostóligo fue llamado & todos los otros regidores & aquel quel grant mal endurava que avía muy grant sabor de guarir. Mas esto lo agraviava mucho que se avía de manifestar ante todos; mas todavía de fazer era, & dixo que lo quería fazer.

XXVII. Desque el Apostóligo & los regidores fueron en el palaçio del enperador, & tanta de otra gente que non podían ý más caber, el Apostóligo dixo al gafo ante todos: "Amigo, agora te guarda que non encubras cosa de tus pecados nin de tus yerros, ca por ventura este mal tan malo que tú as, non te veno sy non por tu grant pecado que as fecho." Entonçe le dixo eso mesmo el enperador, llorando mucho: || [120a] "Buen hermano, por Dios te ruego que por poco nin mucho, nin por vergüeña nin por onta, que ninguna cosa non encubras en tu coraçón, ya tan grant villanía non sea; aunque sea traíçión o cosa por que valas menos. Mas échalo fuera de ty & dilo. Agora yo fuese ferido de dos lançadas o de espadadas, en tal que te viese saño & andar sobre tus pies." Entonçe respondió el malato podre: "Señor hermano, quien contra Dios obra traiçión encobierta ante todo el mundo deve ser descobierta. E porque me yo encobrý contra Dios, quier Él que sea sabido ante todo el mundo & que finque yo por ende escarnido." Entonçe lo erguyeron en pies, & llorando de los ojos dixo: "¡Mesquino, mesquino! & ¿esto qué me val? escarnido só por mi grant pecado. ¡Mesquino! tan grant pecado he fecho que sé que Dios me majó por ende tan cruelmente que me tornó gafo podre, en guisa que todo el mundo se enoja de mí. ca más fiedo que un can podrido. ¡Ay, cativo, cativo maldito!" dixo él, "en mal punto fuy nado. ¡Ay, Dios, Señor, que en mal punto fuy nado, & cómmo fue grant daño de que en este mundo naçý! Sabed | [120b] señor enperador, & bien lo sepa esta dueña, que nunca fiz pecado tan mortal de que me non oviese confesado, asý me ayude Dios al cuerpo & a la alma, fueras de uno de que quiero agora manefestar ante todos los clérigos & ante quantos legos aquí son. E señor enperador, bien sabet que sy me vos mandásedes tirar la lengua después que lo yo ovier manifestado, que faríades ý grant derecho, ca yo erré tanto contra vós que si vós, tan toste que lo oyerdes, me non mandardes matar o meter en un fuego, vós erraríades mucho contra Dios. Yo mezclé vuestra mugier convusco falsamente, que era santo cuerpo & santa dueña, que era más salva & linpia que puro oro, que era piadosa & sabrosa a todas gentes; e por mí, cativo, fue muerta á grant tienpo, [a][104] tuerto & a grant pecado aquella santa enperatrís, que era tan fermosa dueña & de tan grant bondat. ¡Mesquino, mal aventurado! por el bien que en ella veýa, la desamé yo & traý contra vós así commo Judás trayó a Nuestro Señor; e porque non quiso fazer mi voluntad, me trabajé de la mezclar convusco en guisa que vos la fize desamar tan mucho, assý commo el diablo lo guisó que le mandastes echar una cuerda a la garganta, por qué la levaron rastrando a un monte do fue degollada." |

[120c] XXVIII. Quando el enperador esto entendió, por poco se le non partió el corasçón por medio. E tan grant pesar ovo & tan grant coita en el corasçón, que se dio con los puños grandes feridas en el rostro & dixo: "¡Mesquino, mesquino! ¿qué será de mí o qué consejo prenderé quando la más bella criatura que nunca Dios en el mundo fizo, & la mejor, & la más sabidor, fize degollar por mi saña & mi sandeçe? ¡Ay, mi dueña, & mi buena amiga! ¿cómmo vos maté a grant tuerto? E asý me tajan estas nuevas el corasçón que por poco me non fiero en él con un cochillo. ¡Ay, amiga hermana! ¿Cómmo me puede durar el corasçón que non quiebre con vuestro pesar? E sy yo sopiese dó vuestros huessos son, ya non sería tan luenga tierra que yo por ellos non fuese de pie & descalço, que nunca folgaría, & besar-los-ýa cada día, e fazer-les-ýa muy rico monesterio." Entonçe se dio grandes feridas en el rostro & en las façes, e tan grant coita ovo que ronpió los paños ricos de|
[120d] seda que vestía, & tiró mucho de sus cabellos, & desfazía el rostro con sus uñas, & esmoreçió ende & cayó de la syella en tierra.

XXIX. Quando el Apostóligo & los regidores & los otros que ý eran vieron tal duelo fazer al enperador, ovieron ende muy grant tristeza, & el gafo de su hermano avía tal miedo que non sabía qué feziese; ca muy grant pavor avía que lo mandasen matar. Desý començaron de yr faziendo tal duelo por la çiudat de Roma, así clérigos commo legos, así omnes commo mugieres, que non oyrían ý torvón, aunque lo feziese, ca muy grant pavor avían que se matase el enperador con sus manos. E los más lloravan la santa enperatrís que tanro era fermosa & sabidor & enseñada & que les tanto bien avía fecho; & yvan ementando mucho a ella & las sus buenas maneras & los sus buenos fechos & las sus grandes

---

[104] *a* not in Ms. Supplied to make sentence clearer.

limosnas. De clérigos, de legos, de viejos, de mançebos, de niños, de todos era ende mentada, e non avía omne nin mugier en toda la tierra que non cuydase que era degollada. E por ende, lloravan todos mucho, & otrosí por ‖ [121a] el enperador, que veýan tan grant llanto & tan grant duelo fazer. Mas aquella que Dios escogiera, que era tan buena & tan sesuda & tan piadosa, quando vio su señor tan grant duelo fazer por ella, començó mucho a llorar con piadat. Desý destenpró de la santa yerva & dio a bever en el nonbre del alto rey de gloria al gafo, & tan toste que la bevió, mudó el cuero & la gafedat, & cayóle en tierra toda, & fincó tal commo el peçe escamado. E así fincó sano de dentro & de fuera & ovo linpio el cuerpo & el rostro. Quando Naaman fizo bañar santo Helías siete vezes en el flume Jordán, non fue más sano que el hermano del enperador. Mas porque la dueña ovo pavor que le matase su marido, non se pudo tener que le non dixiese: "Señor enperador, dexat vuestro duelo, ca vuestro hermano es sano, & aquella por que vós este duelo fazedes es biva & sana. Agora, señor, non lloredes más, ca yo só vuestra mugier. Yo só la mesquina de la enperatrís que Nuestro Señor de tantas coitas & tantas tormentas guardó, que vos non sé dezir quántas nin de quál guysa. Dios perdone a vuestro hermano, & yo fago, que sin meresçimiento me assý fizo sofrir tanto enojo & tanta mala ventura." Entonçe contó ante todos por quantos peligros & quantas tormentas | [121b] pasara.

XXX. Quando el enperador esto entendió, católa & conosçióla luego, e tendio las manos contra el çielo, & dio graçias & merçedes al alto rey de los reys, & erguyóse toste & fuela abarçar, & començóla de besar por los ojos & por las fazes más de çient vezes ante que le cosa pudiese dezir con piadat que della avía. E quando pudo fablar, dixo a muy alta boz: ¡Ay, Dios, Señor, merçet; tú seas bendito & adorado & loado sea el tu santo nonbre, que me tú feziste cobrar la cosa deste mundo que nunca más amé." E el Apostóligo se maravilló desto más de çient vezes, & signóse & dio ende graçias al criador del çielo a manos juntas, & a la gloriosa santa María. Por este miraglo tan maravilloso, mandaron tañer los signos por toda la çiudat & por toda la tierra. Por el cobramiento de la fallada, fezieron tan grant fiesta & tan grant alegría por Roma que vos lo non podería omne contar, assý pequeños commo grandes, & loavan ‖ [121c] a Dios & su gloriosa madre mucho de corasçón.

XXXI. El enperador avía de su mugier tan grant plazer & tan

sobeja alegría que vos la non sabería omne contar nin dezir. E quando la catava en el rostro & en los ojos, semejávale que veýa a Dios. De la otra parte, avía tan grant piadat de la coita & de la pobreza que sofriera tan luengamente, & díxole: "Dueña, seméjame que Dios vos resuçitó verdaderamente, quando vos libró de tantas tormentas & de tantos peligros. Desde oy más, seredes señora & poderosa más que nunca fuestes. Dueña, non vos sé más que dezir, mas evad aquí mi cuerpo & mi alma & mi enperio & todo quanto he, poco & mucho, todo lo meto en vuestro poder. Ca yo bien veo, & así fazen muchos, que Dios es convusco & que Él vos guardó. De mí seredes onrrada & servida más que nunca antes fuestes; ca bien veo que salvo & leal es vuestro corasçón & vuestro cuerpo." E la dueña respondió entonçe & díxole: "Buen señor, vuestro enperio & vuestra tierra vos dexe Dios así mantener porque ganedes los reynos de los çielos do reynarán ‖ [121d] todos aquellos que bien fezieron & farán. Mas yo me vos quito de todo vuestro enperio, nin quiero parte de vuestro oro, nin de vuestra plata, nin de vuestro aver. E bien sabet en verdat que en mi tormenta, que fue grande & tan amarga, [que] prometý a Dios & a Santa María que sienpre mantoviese castidat. E sy Dios quisier, en todos mis días nunca averé marido nin señor, synón el rey de los altos çielos que es bueno & verdadero & sabroso & de buen talante. E su amor es en mí así arreygado que eché todo otro amor de mi corasçón & por su amor dó muy poco por el mundo; ca el su amor así me escalienta que del mundo non me inche ál,[105] ca bien he provado que non ha fe synón en Dios, e tanto he provado & ensayado, que bien sé & non dubdo en cosa, que fol es quien se en omne fía. E bien oso dezir, señor enperador, que non ha omne que sin Dios sea, que non sea vano & falso & entrepeçador & buscador de mal & grant rebolvedor, ca cosa de verdat non ha en él. Mas Dios es todo corasçón; Dios es toda fuerça que non ha en Él mentira nin engaño; e quien sin Dios es, non es synón mal afeitado & nodrido. El omne a la coita falleçe a su amigo. Esto he yo provado por mí, mas Dios es así entero ‖ [122a] & así verdadero que non puede caer nin tropeçar quien se a Él tovier. Pues buena conpaña es aquella que a la coita non falleçe a ninguno. E porque Dios es tan fuerte & tan poderoso que non dexa caer nin desviar

---

[105]*del mundo . . . inche al:* I do not care about the world. Although the Ms. reads *inche al,* it should be *incal,* from the agglutination of the adverb-pronoun *ende* with the verb *caler* (Corominas, I. p. 594). We have already seen this expression in Chapter X (note 54 above).

sol un paso a quien se en Él tiene de buen corasçón, le prometý &
fiz voto verdadero. Ca mejor esperar faz en Dios que en prínçipe
nin en rey. Ante es loco quien en omne mete su esperança. Mas,
señor enperador, porque la fe en los omnes es corta & rala, non
me osaría desoy más ý fiar; ca sin Dios non es ninguno de buena
fe. Ante es falso & mentiroso, & engañador. E así son coita &
recoita de las brasas bivas que de todos omnes me quité, ca amor
de omne es tan peligroso & de tal aventura, que el que ha más
poca cobdiçia, mejor se ende falla. Mas en amar a Dios, sin dubda,
non ý ha aventura nin caída, mas quien lo más ama & quien lo
mejor sierve, tanto más amado es dél, & mejor gualardón ende
prende, & quien lo más ama mejor lo ha. Pues, buen señor, buen
amar faz aquel en quien buen amor non puede pereçer, ca Dios es
tan largo que non puede en Él falleçer ninguno de quanto le |
[122b] meresçe. Non es verdadero amigo sy Dios non. E por ende
metý en Él todo mi corasçón & porque su amor non es de
aventura, mas sienpre es estable & dura sienpre. Todo otro amor
es de dexar & de esquivar; mas el amor de Dios cosa non se
estraña, ca Dios nunca se mueve nin se canbia, mas en todo tienpo
adelanta en bien; & quienquier que se mude, Dios non en cosa; e
porque se Dios non puede mudar, nin partir, nin mover, mi
corasçón nunca dél mudaré. Ante lo amaré más que todas las cosas
del mundo. Ca todo otro amor me es amargo. E por bien amar a Él
& a la su gloriosa madre desecho todo otro amor; ca ninguno non
sabe amar synón Dios, nin ha ninguno verdadero amador fuera
Dios. E así commo la lima tira a sí el fierro & lo quiere & lo prende,
así su amor prende mi corasçón & mi corasçón así se aprendió a Él,
que aunque me cortasen las venas & los nervios, nin aunque me
despeñasen, non sería ya más mugier nin amiga de ninguno sy dél
non, por en quanto biva. E con Él es ya mi corasçón en los çielos &
con su madre, que nunca de allá salyrá. Ca quando todo el mundo
me echó & me falleçió & me fizo mal, entonçe me acorrió el
piadoso Dios & me libro de todos mis enemigos mortales. E por
ende metý en Él asý ‖ [122c] mi corasçón que es con él soldado &
junto que nunca ende será desapreso nin partido por enperador
terenal; e tan mucho lo amo, & tanto me fío en él que por todo
otro amor do muy poco, & por ser más su amiga los çiclatones &
los paños de seda & los xametes & los anillos de oro, & todo otro
buen guarnimento, & los buenos comeres, & los buenos beveres,
& todo lo otro viçio por Él dexé, & dexo la onrra & la corona del
enperio por ser monja pobre. E quiero ser esposa del rey de los
çielos. E pésame que non ove fecho quando fuy donzella lo que

agora fago por aver reyno nin enperio. Ninguno tome por señor fuera a Dios, pero que bien sé que sienpre es Dios tan piadoso & tan sabroso que non desecha viejo nin mançebo. E tan grande es la su merçet & el su buen talante que non puede seer tan viejo nin viene tan tarde sy labrar quier en su viña que le non dé tal preçio qual de a los que vienen a la terçia o a la prima. E sy en mi vejez me fago monja & [en]¹⁰⁶ la su viña fuer a ora de nona, aún bien podré cobrar sy labrar quisier bien, el galardón & los dineros commo los de la de prima. E esto sinifica a mi entençión el gualardón | [122d] de la perdurable vida. Por ende, dexé & dexo por Él todos los sabores & los viçios del mundo, & a Él me do & a Él me otorgo, e el voto & la promesa que fiz a Él & a su madre, tenér-gela-he, e quiero agora contar aquí ante mi señor el Apostóligo quando me vós, señor enperador, mandaste matar. Entonçe dexé yo la tierra por el sol & quité a Roma por el paraýso. E por Jesu Xristo me partý de omne terenal, e ante vós & ante los regidores, & ante quantos aquí son, manifiesto de boca & de voluntad lo que puse en el mi corasçón á grant tienpo. E renunçio este mundo & desécholo. Desoy más me quito dél & del enperio, & de toda otra onrra terenal, ca non fazen a la alma synón mal. E por ende lo renunçio todo ante quantos aquí son, por amor del alto señor, & por aver parte en la su gloria, que sienpre ha de durar."

XXXII. El enperador llorava mucho & tremía todo con coita, & defendió al Apostóligo que le non diese el velo, & | [123a] jurava que non avía clérigo en Roma nin abat que dél quitase su mugier que lo non feziese ancorar en medio del río. Mas aquella en que era la graçia del Spíritu Santo demandó mucho ardidamente al Apostóligo que syn delongamiento le diese el floque & el velo. E sy lo dexase por dubda del enperador nin de omne nin de mugier, que a Dios respondiese por su alma. E el Apostóligo se tomó mucho a llorar & començóle a rogar muy sabrosamente, & díxole: "Dueña, non fagades assý; yo vos asuelvo de vuestro voto, & prendo ende todo yerro sobre mí." E los clérigos & los legos & el enperador & los regidores de echaron todos ante ella en inojos, & a manos juntas le rogaron que por Dios que se refrenase de su voluntat & que se dexase dende, & que otorgase quel Apostóligo lo levase todo sobre sý. Mas por todos ellos non quiso la enperatrís cosa fazer. Ante dixo que se dexaría quemar en un fuego que por ninguno quebrar su voto, & que nunca jamás consentiese que ningún omne se llegase a su carne. |

---

¹⁰⁶ *en* not in Ms., but supplied by Mussafia.

[123b] XXXIII. El emperador llorava por ende muy fieramente con coita & con pesar, porque la non podía de aquello partir. Mas a la çima, quando vio que su corasçón ý era tan afincado que la non podía ende quitar, & que de cuerpo & de corasçón & de voluntad dexava la corona del enperio & del mundo, ortogógelo llorando mucho. Por poco se le el corasçón non partía con coita de que así partían anbos; mas ella tanto rogó al Apostóligo, & tanto lo coitó & afincó, & tantas le dixo de buenas razones, que mal su grado le dio leçençia ende. E ella se esforçava de dexar el señor terenal por yr al çelestial.

XXXIV. En tal guisa resçebió de la mano del Apostóligo la bendiçión & floque & el velo la santa enperatrís, e así la alunbró el Santo Spíritu que dexó todas riquezas, & fizo tajar los sus fermosos cabellos e por llegar más a Dios ençerróse en una caseta pequeña & fue enparedada. Por tanto dexó el enperio & quiso sofrir lazería. Ca más querría la santa mugier pensar ‖ [123c] de su alma que[107] engrossar su carne; ca bien sabía la santa dueña que quien bien quier pensar de su alma, que le conviene enmagreçer el cuerpo & afanar & trabajar, ca sienpre la carne es contra el alma. E bien sabía ella que se avía a desavezar de bien comer & de bien bever, ca quien non costriñe la carne & doma, muy toste ensuzia el alma. E quien la non afana nin trabaja todo tienpo la falla rebuscador & rebelde. Por ende conviene martiriar la carne a quien de los pecados quier fuyr; e el que se tiene viçioso & s su sabor muy toste entrepieça en pecado. Por esto, non se deve omne echar a los sabores de la carne, ca por el vino fuerte & por los grandes bocados caen muchos & muchas en pecado mortal. Por ende non deve dar la dueña a su cuerpo ningunt buen comer, mas apretarlo assý por abstenançia que le non rodeen nin la tiente contra la alma nin cosa, nin lo enbolver en paños de seda, nin en cosa de que a la alma mal pueda venir.

XXXV. Assý se descargó la santa enperatrís del enperio por servir a Dios & a su madre, & porque su alma fuese salva. E metióse enparedada do nunca más viese a ninguno, synón aquel | [123d] que es verdadero & poderoso sobre todo el mundo, nuestro señor Jesu Xristo que ella tenía escripto en su corasçón & en que folgava. E por Él dexó ella todo el mundo & todas las cosas que ý son. Non era día que los rayos de las mientes del su corasçón non sobiesen çient vezes a los çielos por lo veer, e el su grant señorío &

---

[107] *que*: Ms. reads *ca*. I follow Mussafia as he changes it to *que*.

el su grant poder, & la su muy piadosa madre & sus arcángeles &
los ángeles & los santos & las santas, e catávase en el su corasçón
en la grant beldat de santa María. ¿Qué queredes más? Ella era en
tierra & la alma en el paraíso folgara. ¡Ay, Dios, qué dueña, & qué
monja & qué rendida a Dios & qué enparedada! A menudo se
echava estendida ante la imagen de la Virgen Santa María, de
aquella que en su vientre troxo nueve meses a Jesu Xristo, que era
su buen esposo & su amigo, que le metiera el anillo de la castidat
en el dedo, porque devía guardar tan linpiamente su corasçón & su
cuerpo & su alma, que fuese más linpia que oro puro. E firía sus
pechos, & ella bien sabía que pues que era desposada & bendita &
sagrada del Señor que todo cría, que le metiera el anillo en el dedo,
que de todos pecados se devía guardar en fecho & en dicho & en
pensamiento, & otrossý sabía que su esposo sabía bien & veýa
quanto ella pensava, e por ende se guardava en su corasçón ‖
[124a] assý de pensar villanía, que todo lo tenía linpio & syn
manziella. Todo su corasçón era en Dios & non pensava en ál. E de
pensar en Él avía tan grant sabor & tan grant viçio & tan grant
deleite, que más la abondava & más refecha se fallava ende la santa
cristiana que de la vianda terenal. E por ser a Dios bien junta, se
partiera de todo el mundo nin quería otra conpaña, sinon de su
libro, ca bien le semejava quando por él leýa & fablava con Dios, &
que se aconsejava con Él. Onde Santo Gregorio dize: "Quien
quisier sienpre estar con Dios, a menudo deve leer & orar." E
otrossý diz la letra: "Quien ora, quien obra, quien reza, con Dios
fabla, & Dios con él." E así fazía ella. E por ende non deve ninguno
destorvar nin detener clérigo nin monge nin monjas de sus oraçiones, nin de leer a menudo por sus libros, & de oýr sus oras, ca
por estas tres cosas puede omne vençer este sieglo escarnido & el
enemigo, e fazer de Dios señor & amigo, & por estas tres cosas se
parten ligeramente los vanos pensamientos. E por estas tres cosas
fue tan guardado el santo cuerpo de la enperatrís, que ol-| [124b]
vidó todo el mundo por pensar en la gloria espiritual, & allý dio su
alma a Dios.

Glossary

aballar mover, marcharse
afeitar adornar, hermosear
afeite cualquier arreglo con que se pone algo hermoso
aguardar guardar, montar guardia, cuidar
ál otra cosa
alevoso traidor
alva alba, blanca
alvistra recompensa que se daba al que traía una buena noticia
amidos a la fuerza, de mala gana
anca cadera
aponer achacar
ardit intrépido
arremeter enviar, soltar
arreygado arraigado, fijado
arreziado robusto, sólido, fuerte
asaz suficientemente, mucho
ascusamente silenciosamente, sin hacer ruido
aspro áspero (en el sentido de a-gresivo)
astroso desgraciado, el que tiene mala estrella
atender poner atento (el ánimo)
aturar soportar, tolerar
avenançia convenio
aviltar envilecer
aztor forma arcaica de 'azor'; ave de rapiña, de alas y pico negros, cola cenicienta, manchada de blanco y piernas amarillas

B

baladro grito descomunal
barragana manceba (con respecto a un hombre, mujer con quien mantiene con continuidad relaciones sexuales sin estar casado con ella)
bastir construir
batel bote
bavequería calidad de babieca

bavieca babieca, persona boba, necio
beço labio, principalmente el abultado
bofordar bohordar, tomar parte en un torneo
bordón bastón, especialmente el de peregrino
brafonera brahonera; pieza de armadura que cubría las piernas o los brazos
brava salvaje
brete trampa de coger pájaros
brial vestido propio de los dos sexos
bullir hervir
burel buriel, paño de color gris

C

ca porque
cabesçón parte superior de la camisa
caler importar
capirote capucho antiguo con falda que caía sobre los hombros y a veces llegaba a la cintura
carántulas brujerías
cardeno azulado
careza halago, mimo
carpir arañar
catadura gesto o semblante; generalmente con las calificaciones de mala, fea, etc.
catar ver, meditar, considerar
cativo cautivo; además de preso, prisionero, el vocablo significó infeliz, desdichado
çedo pronto, en seguida
çiclatón seda adamascada brocada de oro
cillero el que tenía a su cargo guardar granos y frutos de los diezmos en la cilla, dar cuenta de ellos y entregarlos a los partícipes
cinta cintura

coger   recoger, allegar
coita   pena
coitado   *cuitado:* apurado, mortificado
confonder   destruir
conloyar   alabar
contra   hacia
cormano   primo hermano
copero   el que tenía por oficio dar de beber a su señor
cortinal   pedazo de tierra cercado, inmediato al pueblo o casas de campo, que ordinariamente se siembra todos los años
cossera   corredora, merodeante
covigeras   camarera, mujer que cuida de la ropa y del servicio personal de un gran señor o dama
cras   mañana
criado   hijo, discípulo
cuidar   pensar
cura   cuidado

CH
chufar   chancearse
chumaço   almohadilla, cama de plumas

D
deçebedores   engañadores
deçer   bajar
defurtar   dehortar, disuadir
demudar   alterar, disfrazar, desfigurar
dende   de allí
desconortar   desanimar, desalentar
destenprar   desleír, disolver
despagada   descontenta, insatisfecha
dessovar   soltar las hembras de los pecas y las de los anfibos sus huevos o huevas
desý   desí, además, desde allí, después
devisar   contar, dividir
dona   dádiva
dubdar   temer, respetar
duenda   domeñada
dultadorio   temible

E
ende   de ello

enfadarse   cansarse, aburrirse
engrudo   masa de harina o almidón cocido en agua que se emplea para pegar papel y otras cosas ligeras
enparedada   recuulsa por castigo penitencia o propia voluntad
enpeçer   perjudicar, estorbar
ensalzar   exaltar, alabar
entençiar   disputar
entrepeçador   enredador, entorpecedor
esclavina   zurrón de cuero
esculca   espía
esgremirse   defenderse
enmarrido   apenado
esmoreçer   desmayarse, perder el conocimiento
esportilla   pequeña espuerta

F
falleçer   faltar
feneçer   fallecer, morir
feniestra   ventana
fincar   quedar, clavar, hincar (XXXIV en *Carlos Maynes*)
fol   loco, fuera de seso, desatinado
folla   de *hollar;* (*fig.*) pisotea
follón   iracundo, cobarde, vil
fondón   hondo
fornaz   horno de cal o de alfarero
franqueza   nobleza
fuelgo   aliento, respiración

gaja   gaje; prenda que el vencedor toma del vencido
gafo   leproso
galindo   juanetudo
garçón   miserable, bribón
gargantez   glotonería
grado   agradecimiento
guarecer   curar, sanar
guysar   preparar, disponer

J
juncar   sitio poblado de junqueras

L
laído   feo, triste
lasso   cansado, fatigado
ledo   alegre, satisfecho
lixoso   sucio, inmundo
lueñe   lejos

M

maner permanecer
magro delgado
majar castigar, afligir
malandante desventurado
malapreso sin suerte
malato leproso
mancilla mancha moral, lástima
mariscal herrador, veterinario
meaja moneda equivalente a medio duro de vellón
meçer menear, agitar
mergollón ave acuática que se sumerge
mesar accción de arrancar el pelo
mesnada conjunto de hombres a sueldo de un señor y que vivían en su casa
mezclar sembrar cizaña
mientes (parar —) mente
muleta pequeña mula
montero el que busca la caza en los montes

N

nuntria nutria; mamífero mustélido. Vive a orillas de los ríos y se alimenta de peces. Existe también la nutria de mar.

O

omezían homicida
ordio cebada
otrosí también

P

pagadora agradable
pagar contentar, satisfacer
palafrén caballo de posta
palmero peregrino de Tierra Santa que traía palma, como los de Santiago llevaban concha, en señal de su romería
paso quedo, despacio
penitençial penitente
peño trozo de roca resprendido o que se puede individualizar en el conjunto de que forma parte
pez cieno negro
pieça pedazo, trozo, parte

pódraga ulceraciones; enfermedad eruptiva u otra que produzca una expectoración copiosa y sanguinolenta
podre pus
postremera última
poridad secreto
preciar apreciar, estimar
prestar distinguirse, sobrasalir
prez honra, estimación
privado favorito, confidente
pro provecho
púrpura prenda de lujo que cubría el caballo, hecha de tela de ese color

Q

quitar libertar a alguien de manos de su opresor
quito libre

R

randón (de —; de rendón) corriendo, rápidamente
rapaza criada, con sentido fuertemente despectivo
refez vil, bajo, fácil
regatero revendedor
rendir devolver, entregar
repostero oficial que cuida de guardar el servicio de la mesa
reteñir resonar
ribaldos libertino, bribón
roca peña de monte, peña en el mar
rucio color de caballo (de pelo entrecano)

S

saber tener tal o cual sabor; tener inteligencia, ser entendido
sabroso deleitable al ánimo
sandío idiota, loco
sañudo enfurecido
saya especie de manto
seer sentarse
señero solo
señor señor; forma antigua de *señora* también
sesudo prudenta, discreto
sobarcada lo que se lleva debajo del sobaco

sobejo sobrado, excesivo
sol solo
soldadera ramera
suso hacia arriba
tabardo género de capa antigua castellana
taja plato trinchero
talante voluntad
tañer tocar
tarja escudo, moneda que había llevado la figura de un escudo en su reverso
toller quitar
topar chocar
tormentas tormentos
torvón trueno
toste pronto
trailla cuerda con que se lleva el perro atado a las cacerías
travar prender, agarrar
trebajar jugar
tresnar, treynar arrastrar
truhán desgraciado, débil, calamitoso
tuerto agravio

V
valia precio
vejançón viejo
vejaz viejo
velorta aro hecho con una vara de madera flexible
vermeja *bermeja;* encarnada
viltadamente vilmente
viltanças deshonras

X
xamete estofa de seda que se fabricaba en Damasco
xinglar dar gritos de regocijo

Y
ý allí
yacer estar echado
yantar tomar la comida del mediodía
yerro error
yuso hacia abajo

❧ Select Bibliography ❧

Albericus Trium Fontium. *Chronica Albrici monaci Trium Fontium a monacho novi monasterii Hoiensis interpolata.* Ed. Paulus Scheffer-Boichorst. M. G. H., Scriptorum. Hanover, 1874. XXIII, pp. 631-950.

Alfonso X, el Sabio. *Cantigas de Santa Maria.* Ed. Walter Mettman. Actas universitatis Conimbrigensis, 1959. I.

Anonymous. *Chanson de Sebile.* Ed. Paul Aebischer. "Fragments de la *Chanson de la reine Sebile* et du *Roman de Florence de Rome* conservés aux Archives Cantonales de Sion." *Studi Medievali,* Nuova Serie, 16-17 (1943-44), 135-52.

Anonymous. *Chanson de Sebile.* Ed. A. T. Baker and M. Roques. "Nouveaux fragments de la *Chanson de reine Sibille.*" *Romania,* 44 (1915-17), 1-13.

Anonymous. *Chanson de Sebile.* Ed. Frédéric Auguste Ferdinand Thomas, Baron de Reiffenberg. *Chronique rimée de Philippe Mouske, évêque de Tournay au treizième siècle, publiée pour la première fois avec des préliminaires, un commentaire et des appendices.* 2 vols. Brussels, 1836. I, pp. 611-14.

Anonymous. *Chanson de Sebile.* Ed. August Scheler. "Fragments uniques d'un roman du XIIIe siècle sur la reine Sebile, restitués, complétés et annotés d'après le manuscrit original récemment acquis par la Bibliothèque de Bruxelles." *Bulletin de l'Académie royale des sciences, des lettres et des beaux-arts de Belgique,* 44e année, 2e série. Brussels, 1875. XXXIX, 404-23.

Anonymous. *El baladro del sabio Merlin.* Ed. Adolfo Bonilla y San Martín. *Libros de Caballerías.* NBAE. Madrid, 1907. VI, pp. 3-162.

Anonymous. *De un cavallero Plácidas que fué después cristiano é ovo nonbre Eustacio.* Ed. Hermann Knust. In *Dos obras didácticas y dos leyendas sacadas de manuscritos de la Biblioteca del Escorial.* Madrid, 1878, pp. 123-57.

Anonymous. *Crónica del rey don Guillermo y de la reyna Bete su muger.* Ed. Hermann Knust. In *Dos obras didácticas...* Madrid, 1878, pp. 302-403.

Anonymous. *Crónica de los muy notables cavalleros Tablante de Ricamonte y de Jofre, hijo del conde Donason.* Ed. Adolfo Bonilla y San Martín. *Libros de caballerías.* NBAE. Madrid. 1907. VII, pp. 459-500.

Anonymous. *Cuento muy fermoso del enperador Otas de Roma e dela infante Florençia su fija e del buen cavallero Emeré* Ed. Herbert L. Baird, Jr. In *Añejos del Boletín de la Real Academia Española.* Madrid, 1976. XXXIII, pp. 13-126.

Anonymous. *La destruición de Jerusalém.* Ed. Adolfo Bonilla y San Martín. *Libros de caballerías.* NBAE. Madrid, 1908. XI, pp. 375-401.

Anonymous. *La demanda del sancto Grial, con los maravillosos fechos de Lançarote y de Galaz su hijo.* Ed. Adolfo Bonilla y San Martín. *Libros de caballerías* NBAE. Madrid, 1907. VI, pp. 163-338.

Anonymous. *Estoria del rey Guillelme.* Ed. Hermann Knust. In *Dos obras didácticas* ... Madrid, 1878, pp. 171-248.

Anonymous. *Fermoso cuento de una santa enperatrís que uvo en Roma e de su castidat.* Ed. Adolph Mussafia. "Eine altspanische Prosadarstellung der Crescentia- sage," *Akademie der Wissenschaften,* Philolophisch-Historische Klasse. Vien- na, 1866. LIII, 498-562.

Anonymous. *Historia de Clamades y de Clarmonda.* Ed. Adolfo Bonilla y San Martín. *Libros de Caballerías.* NBAE. Madrid, 1908. XI, pp. 423-42.

Anonymous. *Historia de los nobles cavalleros Oliveros de Castilla y Artus Dalgarbe.* Ed. Adolfo Bonilla y San Martín. *Libros de Caballerías.* NBAE. Madrid, 1908. XI, pp. 443-523.

Anonymous. *La historia del rey Canamor y del infante Turian su hijo, y de las grandes aventuras que huvieron.* Ed. Adolfo Bonilla y San Martín. *Libros de Caballerías.* NBAE. Madrid, 1908. XI, pp. 525-73.

Anonymous. *Libro del conde Partinuples.* Ed. Adolfo Bonilla y San Martín. *Libros de Caballerías.* NBAE. Madrid, 1908. XI, pp. 575-614.

Anonymous. *Libro del esforçado cavallero don Tristan de Leonis, y de sus grandes hechos en armas.* Ed. Adolfo Bonilla y San Martín. *Libros de Caballerías.* NBAE. Madrid, 1907. VII, 339-458.

Anonymous. *Libro del muy esforçado cavallero Palmerín de Inglaterra, hijo del rey don Duardos, y de sus grandes proezas, y de Floriano del desierto, su hermano, con algunas del príncipe Primaleón.* Ed. Adolfo Bonilla y San Martín. *Libros de Caballerías.* NBAE. Madrid, 1908. XI, 5-373.

Anonymous. *Macaire: Chanson de geste.* Publié d'après le manuscrit unique de Venise, avec un essai de restitution en regard. Ed. F. Guessard. Paris, 1866.

Anonymous. *Noble cuento del enperador carlos maynes de rroma e de la buena enperatriz Sevilla su muger.* Ed. José Amador de los Ríos. *Historia crítica de la literatura española.* 7 vols. Madrid, 1864; rpt. Madrid, 1969. V, pp. 344-91.

Anonymous. *Noble cuento del enperador carlos maynes de rroma e de la buena enperatriz Sevilla su muger.* Ed. Adolfo Bonilla y San Martín. *Libros de Caballerías.* NBAE. Madrid, 1907. VI, 503-33.

Anonymous. *Roberto el diablo.* Ed. Adolfo Bonilla y San Martín. *Libros de Caballerías.* NBAE. Madrid, 1908. XI, pp. 403-20.

Anonymous. *Valentin et Orson.* First edition. Lyon: Jacques Maillet, 1487. Copies in the British Museum, the Bibliothèque Nationale (Paris), and the Pierpont Morgan Library (New York).

Beauvais, Vincent de. *Speculum Historiale.* Ed. by Johannes Mentellin (1473). Book VII, Chapters 90-92.

Bohigas Balaguer, P. *Historia general de las literaturas hispánicas.* Barcelona, 1949. I.

Chatman, Seymour. *Story and Discourse: Narrative Structure in Fiction and Film.* Ithaca: Cornell University Press, 1980.

Chicoy-Dabán, José Ignacio. *A Study of the Spanish 'Queen Sevilla' and Related Themes in European Medieval and Renaissance Period* Diss. University of Toronto, 1974.

Deyermond, Alan D. "*La historia de la linda Melosina*: Two Spanish Versions of a French Romance." *Medieval Hispanic Studies Presented to Rita Hamilton.* London: Tamesis, 1976, pp. 27-65.

—————. "The Lost Genre of Medieval Spanish Literature." *HR*, 43 (1975), 231-59.

—————. *The Middle Ages.* In *A Literary History of Spain.* New York: Barnes and Noble, 1971.

Dessau, Adalbert. "L'idée de la trahison au moyen âge et son rôle dans la motivation de quelque chansons de geste." *Cahiers de civilization médiévale* 3 (1960), p. 23.

Diemer, J. *Die Kaiserchronik nach der ältesten Handschrift der Stiftes Vorau* (1849), I, pp. 347-92.

Eisenberg, Daniel. "More on 'Libros de caballería' and 'Libros de caballerías'." *La Corónica*, 5 (1977), 116-18.

—————. "The Pseudo-Historicity of the Romances of Chivalry." *Quaderni Ibero-Americani*, 45-46 (1976), 243-59.

Frye, Northrop. *The Secular Scripture: A Study of the Structure of the Romance.* Cambridge: Harvard University Press, 1976.

Fuego, Juan Miguel del. *La peregrina dotora.* Madrid, 1760; Barcelona, 1830; Valladolid, 1830.

Gautier de Coincy. "Conte de l'empereri qui garda sa chastée par moult temptacions." Ed. by M. Méon in *Nouveau Recueil de Fabliaux et contes inédits.* II, 1-128.

Giménez, Helio. *Artificios y motivos en los libros de caballerías.* Diss. The Florida State University, 1962.

Green, Otis H. *Spain and the Western Tradition.* Madison: University of Wisconsin Press, 1963. I.

Keller, John Esten. *Motif-Index of Mediaeval Spanish Exempla.* Knoxville: University of Tennessee Press, 1949.

Knust, Hermann. *Dos Obras didácticas y dos leyendas sacadas de MSS de la Biblioteca del Escorial.* Madrid, 1878.

Krappe, Alexander H. "La leggenda di S. Eustachio." *Nuovi Studi Medievali*, III (1926-27), 223-58.

Köhler, Erich. "Ritterliche Welt und *Villano*: Bemerkungen zum *Cuento del enperador Carlos Maynes e de la enperatris Seuilla*." *Romanistisches Jahrbuch*, 12 (1961), 229-41.

Malkiel, Yakov. "Editorial Comment: Stressed *nós, vós,* vs. weak *nos, vos* in Old Spanish." *RPh*, XVI (1962), 137.

—————. "Editorial Comment: Typographic Experimentation." *RPh*, XXIV (1970), 328.

Massmann, H. F. *Der Kaiser und der Kunige buch oder die sogennante Kaiserçhronik*, II (1849), pp. 149-247.

Menéndez y Pelayo, Marcelino. *Orígenes de la novela. 2nd ed.*, Madrid, 1935. I.

Michael, Ian. "A Parellel Between Chrétien's *Erec* and the *Libro de Alexandre*." *MLR*, 62 (1967), 620-28.

Millet, F. B. *Reading Fiction*. New York: Harper and Brothers, 1950.

Mussafia, Adolph. 'Über eine italianische metrische Darstellung der Crescentiasage." Sitzungberichte der Philosophisch-Historische Klasse, *Akademie der Wissenschaften*, LI, Vienna, 1865, 589-692.

Ortúñez de Calahorra, Diego. *Espejo de príncipes y caballeros*. Ed. Daniel Eisenberg. Madrid: Clásicos castellanos, 1975, I.

Propp, Vladimir. *Morphology of the Folk Tale*, 2nd ed. Trans. Laurence Scott. Austin: Univeristy of Texas Press, 1971.

Rodríguez-Moñino, Antonio. "El primer manuscrito del *Amadís de Gaula*." In *Relieves de erudición*. Madrid: Castalia, 1959.

Rose, H. J. *Religion in Greece and Rome*. New York: Harper and Row, 1959.

Rutherford, John. "Story, Character, Setting and Narrative Mode in Galdós' *El amigo Manso*." In *Style and Structure in Literature*. Ed. by Roger Fowler. Ithaca: Cornell University Press, 1975.

St. Thomas Aquinas. *Summa Theologica*. New York: Random House, 1945.

Thompson, B. Bussell. "Libros de caballería, or -ías?" *La Corónica*, 5 (1976), 38-39.

Thompson, Stith. *Motif-Index of Folk Literature*. Bloomington: Indiana University Press, 1957.

Timoneda, Juan de. *El Patrañuelo*. Valencia, 1567.

Todorov, Tzvetan. *Grammaire du Décaméron*. The Hague: Mouton, 1969.

Vinaver, Eugène. *The rise of the Romance*. Oxford: Clarendon Press, 1971.

Wallensköld, A. "Le Conte de la femme chaste convoitée pas son beaufrère." *Acta Societatis Scientiarum Fennicae*, 34 (1907), 1-95.

Walker, Roger M. "Tradition and Technique in *El Libro del caballero Zifar*." London, 1974.

Walsh, John K. "The Chivalriç Dragon: Hagiographic Parallels in Early Spanish Romances." *BHS*, 54 (1977), 189-98.

Wolf, Ferdinand. "Über die beiden wiederaufgefundenen Niederlandischen Volksbucher von der Königin Sibille und von Huon de Bordeaux." *Denkschriften der Kaiserlicher Akademie der Wissenschaften: Philosophisch-Historische Klasse*, Vienna, 1857, VIII, 180-93.

————. *Über die neusten Leistungen der Franzosen für die Herausgabe ihrer National-Heldengedichte*. Vienna, 1833.

Zarco-Bacas y Cuevas, Eusebio. *Catálogo de los MSS castellanos de la Real Biblioteca de El Escorial*. Madrid, 1929, I.